그들의
슬픔을

껴안을
수밖에

그들의
슬픔을

껴안을
수밖에

이브 엔슬러 지음
김은지 옮김

푸른숲

나의 폴라, 셀레스트, 토니, 알리샤, 알리아, 파블로에게

미안하다는 말만으로는 부족하다.

…… 더 깊은 차원의 책임이 필요하다.

우리가 우리 자신을 있는 그대로 받아들일 수 있게 돕는 책임.

우리가 훨씬 더 다층적이고 다채로운 사람임을,

우리가 누구고 무엇인지 알아가는 일이

현재진행형임을 이해하도록 돕는 책임.

용서는 단지 빚을 청산하는 일일 뿐이다.

화해는 벽을 부수는 일이다.

**바요 아코몰라페**BÁYÒ AKÓMOLÁFÉ

**작가 노트**

이 책에서 '여성'은 폭넓고 확장적인 의미로 쓰인다.

# 목차

**일러두기**

○ 본문 주석은 모두 옮긴이 주다.

# 서문

이 책은 속도를 줄이는 것과 되돌아보고, 보고, 진정으로 다시 보는 것에 관한 이야기다. 책임과 불편함에 관한 이야기다. 우리의 가장 연약한 부분과 순간을 기억하고 기리는 것에 관한 이야기다. 지독히도 외로운 우리가 갈구하는 손길, 잃어버린 사랑에 관한 이야기다. 벽을 허무는 이야기, 벽을 세운 우리에게 왜 그랬느냐고 자문하는 이야기다. 에이즈의 시대와 영원히 끝나지 않을 것만 같은 페미사이드의 세계에 관한 이야기다. 이것은 슬픔, 트라우마, 지독한 바이러스, 그리고 글쓰기에 관한 이야기다.

이것은 사유_Reckoning_에 관한 이야기다.

나는 세상 곳곳을 돌아다니며 낯선 향기_Scents_와 억양_accents_ 속에 어떤 다양한 층위의 놀라운 이야기가 숨어 있는지 배우는 축복을 누렸다. 다채로운 음악적 언어 속에서 저항의 리듬에 맞추어 엉덩이를 흔들었다. 나는 유람객이 아니다. 감옥과 극장, 노숙자를 위한 쉼터, 난민 수용소, 소년원, 여성 센터, 카페, 그 외 은밀한 장소 등지에서 내 생애를 보냈다. 나는 그곳에서 참혹한 고통을 겪고도 그 시련을 기어코 진보적 운동과 새로운 리더십으로, 예술, 원예, 의료, 치유로 승화시키는 여자들의 얼굴, 몸, 상흔, 이야기를 보고 들으며 세상을 배웠다.

나는 단 한 번도 개인을 정치에서 제대로 분리해서 생각하지 않았다. 위대한 시인 에이드리언 리치*Adrienne Rich*가 말했다. "감정이 육체로 들어오는 순간/그것은 정치적인 일이다. 이 접촉은 정치적이다." 나 또한 이를 믿는다.

나는 국가에는 관심이 없다. 그것은 가부장제가 절도와 탐욕, 소유, 폭력, 식민주의를 기반으로 임의로 구분 지은 경계일 뿐이다. 대단히 높은 확률로 원주민들에게 무참히 자행된 학살로 빼앗은 땅이다. 내 몸 안에 애국주의를 위한 세포는 단 하나도 없다. 국기를 쳐다보기만 해도 끔찍하고 속이 메스꺼워진다. 우연히 국가國歌를 듣게 되거나 누군가가 "우리는 지구상에서 가장 위대한 국가다"라고 말하는 것을 듣기만 해도 얼굴이 핼쑥해지는 기분이다. 나는 국가가 아니다. 나는 오로지 친절, 품위, 자유, 평등, 생명만을 믿으며 이에 헌신한다.

나는 늘 내 몸과 뇌를 동시에 통과하는 세상에 대해 써왔다. 나는 내 몸을 믿는다. 내게는 살아남기 위해 예민하게 진화되어 온 본능이 있다. 내 몸에는 무수한 구멍이 있다. 이렇게 태어난 것일 수도 있지만 그보다는 어린 시절의 끔찍한 학대가 인간에게 필수적으로 있어야 할 베일을, 참혹한 고통에서 자신을 지켜주는 베일을 찢어발겼을 것이다. 연유가 무엇이었든 그것은 내게 축복이자 저주였다. 나는 살아가는 데 꼭 필요한, 내 몸을 덮어주고 감싸주는 피부 없이 살아남는 법을 배워야 했다. 그러나 인생 대부분의 순간에 나는 그것에 실패했고 결국에는 자궁에 망고만 한 암도 생겨났다. 너무 많은 것이 그 안에 들어차 있었다. 13년 전의 일이다. 그 이후, 나는 나를 품어주는 초록 이파리와 생명력이 가득 깃든 샘, 커다란 버드나무와 아카시아, 탁 트인 하늘이 있는 숲으로 왔다.

　　코로나19는 시간을 멈추는 동시에 확장시켰다. 그것은 질병의 최전방에서 싸우지 않아도 되는 행운을 가진 우리에게 잠깐 멈추어 서서 안으로 들어가 보라고, 더 깊숙이 내려가 보라고 손짓했다. 우리는 이 유행병과 함께 과거와 기억, 두려움과 실망, 손가락 끝에서 손쉽게 펼쳐지는 세상 곳곳의 비극 속에 갇혔다. 바이러스는 우리에게 멈추라고, 앞만 보며 달리고 발전하고 쌓는 일을 멈추라고 했다. 모두가 잘 알듯 특히 무대 예술가 그리고 그들과 관련된 일이 자취도 없이 사라져 버렸다. 무대가 사라져 버렸다. 우리의 존재 의미와 가치, 정체성, 급료가 돌연 사라졌다. 여행도 중단되었다. 우리는 우리의 불안과 우리 자신에게서 달아날 수 없었다. 그것은 우주적 차원의 의자 뺏기 게임으로 무작위로 일어났다. 당신이 어디에 있든, 누구와 있든 음악이 멈추면 자리를 뺏길 수밖에 없다.

팬데믹 이전 우리는 빛의 속도로 달리며 탐욕스럽게 살아왔다. 마치 뱀이 먹잇감을 통째로 삼키듯 장소와 경험, 관계를 닥치는 대로 소비했다. 그것들을 제대로 씹거나 소화시키지도 않았다. 나 역시 끊임없이 나라를 이동하며 수많은 연설과 연극을 했지만 이를 몸으로 깊이 느끼고, 생각하고, 통합하고, 이해할 시간은 전혀 갖지 못했다.

내게 사유할 여유 따위는 없었다. 미국이라는 나라는 사유와 거리가 멀다. 우리는 늘 미래가 당장 거의 코

앞에 닥쳐오는 곳에 살고 있다. 미국은 크게 다섯 가지 중요 동사로 움직인다. 생산하다, 최대로 뽑아내다, 소비하다, 지우다, 승리하다. 사유하기와 그것에서 파생되는 되돌아보기, 이해하기, 책임지기 같은 것들은 시간과 관심을 요구한다. 아주 길고 고요한 진공 상태가 필요하다.

미국에서 사는 일은 도주 중인 범죄자의 머릿속에 사는 것과 비슷하다. 우리는 달리는 사람들이다. 새로운 집에서 더 나은 집으로, 구식 아이폰에서 최신 아이폰으로, 이 지역에서 저 지역으로. 우리는 결코 만족할 줄 모르며 늘 더 나은 것을 열망한다. 우리는 가족에게서 달아나고 트라우마로부터 달아난다. 나쁜 감정과 슬픔으로부터, 앎과 책임으로부터, 원주민에게서 땅을 빼앗아 이 나라를 세울 때부터 시작된 원죄와 그 죄책감과 수치심으로부터, 수백 년의 노예제와 흑인을 향한 폭력과 멸시로부터 달아난다.

미국에서 산다는 것은 숨 쉴 새 없이 달린다는 뜻이다. 숨 쉴 새 없이 달리던 그 시간이 종국에 가져온 공동의 재앙, 전염병이 닥치기 이전에도 언제나 그랬다. 그러나 코로나19는 호흡기 바이러스 그 자체로도 전 세계의 수많은 사람을 산소호흡기에 의존하게 했으며 그보다 더 많은 사람의 숨을 앗아 갔다. 코로나19 기간에 백인 경찰은 9분이라는 끔찍한 시간 동안 공개적으로 조지 플로이드_George Floyd_의 목을, 말 그대로 무릎으로 짓이겨 숨을 빼앗았다. 캘리포니아에서 발생한 큰불은 지구의 숨을 빼앗은 것은 물론 새 수백만 마리를 질식하게 해 추락시켰다.

코로나19 이전에도 우리가 사는 세상은 이미 지나치게 빠른 속도로 달리고 있었다. 우리는 우리를 나아가게 하고, 연결하고, 지우기도 하고, 우리 메시지를 전달하는 영리한 테크놀로지에 심취해 있었다. 더욱 빠르게, 빠르게만 달리는 우리의 집합적인 몸은 늘 무언가 혹은 누군가가 우리 뒤를 바싹 쫓고 있어 따라잡히기 직전이라는, 그래서 집어삼켜질지도 모른다는 강박에 시달렸다. 어쩌면 이미 그렇게 되어버렸을지도 모른다. 그러나 이 전염병은 우리의 영혼이 육체를 찾아 돌아가도록 이 모든 것들의 속도를 늦추었다. 내 영혼이 바이러스가 일으킨 의도치 않은 이 칩거 기간 동안 제자리를 찾아가고 있다.

그러나 한편 세상은 균열되기 시작했다. 우리, 즉 국가가 그동안 외면하고 파묻고 부정하던 모든 것이 바로 눈앞에서 돌연 발가벗겨진 채 활활 불타오르기 시작했다. 미 제국 중심부에 떡하니 자리하고 있던 그 모든 불평등과 무관심, 잔혹성이 실시간으로 증명되었다. 우리는 트럼프 정권이 그 대단한 현대 기술과 업적을 가지고도 아주 손쉽게, 처음에는 수백 명을 그다음에는 수천만, 수백만 국민이 아프고 죽어가도록 내버려 두는 장면을 목도했다. 그들을 붙잡아 살리고자 하는 그 어떤 숙고와 계획, 심지어는 염려조차 부재한 와중에 시신은 빠르게 썩어갔다. 가족과 주변인들이 그 죽음을 받아들이고 애도를 시작하기도 전에 말이다. 불공정한 시스템 아래에서 유색인종의 바이러스 감염률은 백인에 비해 세 배나 높았으며 사망률은 두 배나 되었다. 보건의료 분야 종사자들은 제대로 된 가운도 없이 쓰레기봉투를 뒤집어쓰고 무방비 상태로 현장에 보내져 바이러스에 노출되었다. 이번에도 어김없이 사람들을 구하는 일에 여자들이 동원되었고 그들은 또다시 희생을 감수했다. 인종차별적 가부장제의 자본주의 정맥이 산산이 찢어발겨져 사방에서 피가 흘러내렸다.

코로나19는 우리에게 제발 멈추라고, 제발 멈추어서서 이제는 사유할 때라고 피를 흘리며 말하고 있다. 이러한 급진적 대면을 피해온 사람들에게 감염병은 충격이었다.

사유는 대체 무엇이며 지금 우리에게 왜 그토록 중요할까? 사유의 과정은 기억하기, 인식하기, 책임지기의 행위를 수반한다. 눈앞에 있으나 우리가 바라보기를 거부하는 바로 그것에서 눈을 돌리지 않고 들여다보고 살펴보고 수치심을 기꺼이 끌어안으라고 요구한다. 사유는 개인과 집단의 책임과 그 둘이 언제, 어떻게 교차하는지를 결정한다. 진정한 사유에는 실수와 잘못, 악행을 인정하고 사과하며 필요하다면 생각이나 행동을 바꾸는 일까지도 뒤따른다.

지난 45년간 나는 수많은 글과 일기를 썼다. 내게는 까만 글씨 위에 에스프레소 자국이 짙게 남은 종이 한 무더기가 있다. 모놀로그, 연극, 기사, 에세이, 우화, 연설문, 시, 불평들이다. 코로나19는 내게 그간 써온 글들을 돌아볼 수 있는 시간을 주었다. 내 일생의 천착과 호기심의 자취를 따라가다 보니 어느새 사유에 관한 책 한 권이 되었다.

이 책은 시간순이 아니라 주제별로 글을 묶었다. 글의 흐름과 시의성을 고려했으며, 온갖 부인과 회피로 점철된 표피를 하나씩 벗겨내려 애썼다.

과격한 허위 정보들이 넘쳐나는 시대에서 사유하기란 평범한 행위가 아니다. 사유는 가짜 뉴스와 그럴듯한 거짓말, 거북한 역사를 덮으려는 우파의 간교한 시도에 대한 해독제다. 우리는 아이들에게 어딘가 불편하고 죄책감을 일으킬 만한 역사적 진실을 가르치는 데 거의 발작처럼 반발감하는 시대를 살고 있다. 이는 어리석고 유치하고 위험하기까지 하다. 이대로는 아이들을 포함한 우리 모두가 결국 이 끔찍한 기억상실증으로 오염된 바다에서 서서히 익사하고 말 것이다. 귓가에 들려오는 음악에 귀 기울이고 불 속으로 걸어 들어가 진실을 대면하려는 의지를 가질 때야 우리는 진정한 자신으로 서로의 안에서 살 만한 미래를 꿈꿀 수 있다.

이 책에는 내 인생을 이끌어 왔으나 이제는 수정되어야만 하는 신화와 이야기에 관한 사유가 담겨 있다. 상실과 모순에 관한 사유와 슬픔에 관한 사유도 있다. 애도 되지 못하고 나누어지지 못한, 소화되지 못한 슬픔이 너무나 많다.

여러 측면에서 이 책은 어떤 슬픔의 형상이다. 집합적이고 파편적이며 너무 늦어버린 슬픔. 그런 것들이 흘러 모였다. 그것들은 머리보다는 마음을 따른다. 그것들만의 궤적을 갖는다.

그리하여 이것은 글쓰기에 관한 책이기도 하다.

나는 글을 써야만 했다. 나는 글 쓰는 행위에서 자신을 발견했다. 그리고 일찍부터 나를 못되고 쓸모없는 아이라고 명명한, 위압적이고 폭력적인 사람들의 테두리 밖에서도 내가 존재할 수 있음을 알게 되었다. 나는 또 다른 페르소나를 통해 글을 썼고 그렇게 나의 내적 자아와 외적 자아의 대화가 시작되었다. 마침내 후에 생존자라고 부를 수 있게 된 내 일부에 주체성과 정체성을 부여할 수 있었다.

글쓰기는 자살과 광기로부터 나를 구원했다. 적어도 그 광기로 무언가를 만들게 해주었다. 나의 글쓰기는 증인이었다. 고발이며 고백, 발굴, 구원이었다. 단어를 나열하는 일은 일종의 벽돌쌓기였다. 그마저도 아주 잠시만 지탱되는. 그렇게 나는 혼돈과 폭력 속에서 의미를 건져 올렸다. 글 속에서 나는 아름다움을 만들어 낼 수 있었다. 가족을 찾을 수도 있었다. 우리 존재를 비추는 거울이 없다면 무슨 수로 우리가 실존한다는 것을 알 수 있을까? 작가 마크 마토우세크*Mark Matousek*는 "어머니의 얼굴에서 세상을 배운다"라고 했다. 그런데 어머니의 얼굴을 이해할 수 없다면, 어머니가 입술을 굳게 다물고 있다면 어떻게 해야 하지? 그녀의 두 눈과 관심이 당신을 향하고 있지 않다면? 그렇다면 우리는 어떤 세상을 배우고 발견하게 될까?

나는 단어를 하나씩 하나씩 쌓아 올려 겨우 존재할 수 있었다. 내가 쓴 시구 한 절, 에세이 한 편, 연극 한 편, 기사 한 줄, 책 한 권은 전부 금방이라도 사라질 것 같은 내 존재가 증발하지 않도록 막아주는 보호벽이었다. 당신도 어렵지 않게 상상할 수 있을 것이다. 음절과 명사, 동사로 쌓아 올린 존재는 대단히 위태로운 명제와 같다. 읽는 이가 글쓴이의 말을 이해하지 못하거나 가치를 모르거나 존중하지 않아, 글쓴이를 거절과 외로움이라는 남루하고 불타는 구덩이로 던져버릴 수도 있기 때문이다.

그러나 인간은 언제나 글을 쓰는 일에 실패하고 만다. 진실로 쓰고자 했던 문장에서 늘 딱 한 발짝, 딱 한 단어가 모자라고 만다. 그리고 어떤 측면에서는 너머에 닿을 것도 같지만 넘기 불가능한 그 구렁텅이가 애초에 한 인간을 시련에 빠뜨린 문제보다도 존재를 더 쇠약하게 한다. 우리가 의미를 찾는 데 있어 완전히 무능하고 모자라며 실패했다는 사실을 현재진행형으로 증명해 보이기 때문이다.

글쓰기란 실로 위험한 행위다. 버지니아 울프*Virginia Woolf*는 책을 한 권씩 끝낼 때마다 자신의 책이 완전한 실패작이라 믿으며 깊은 절망의 나락으로 침잠했다. 마지막 책을 쓴 뒤에는 급기야 주머니에 무거운 돌멩이들을 채워 넣고 강으로 걸어 들어가 다시는 돌아오지 않았다. 나 또한 고백해야겠다. 내가 쓴 글을 다시 읽을 때면 내 살점을 다 뜯어내고 싶은 강렬한 충동에 아주 자주 휩싸인다는 사실을. 나도 얼마간은 애처롭기까지 한 이야기를 스스로에게 들려주고는 한다. 언젠가는 내가 꿈꾸는 글을 쓸 수 있을 거라고. 아마도 이 이야기는 내가 주머니에 돌을 넣지 않을 수 있었던 단 하나의 희망이자 망상일 것이다. "그래, 이번에는 쓸 수 있을 거야. 단어가 비로소 의미를 만나면, 나의 갈망과 닿으면, 진실과 아주 조금이라도 닮게 되면, 내 어린 시절의 구타와 강간이 남긴 기억 상실 그리고 파편화된 지성이라는 균열을 넘어서면, 나 자신과 나의 글을 비로소 온전히 쓸 수 있게 되면, 나의 언어가 어둠 속에서 고유한 빛을 발하며 신성한 품위와 명료함을 지니게 되면, 그래, 이번에는 정말 그런 글을 쓸 수 있을지도 몰라." 나는 이렇게 혼자 되뇐다.

그러나 이제 나는 일흔에 가까운 나이가 되었다. 시간이 얼마 남지 않았다. 어떤 이는 내게 글을 쓰려면 거창한 것을 써야 한다고, 그래야 사람들이 내 생각에 진실로 관심을 가질 것이라고 했다. 그러나 글쓰기는 하나의 생존 방식일 수도 있다. 혼란을 염려하는 방식, 타인의 횡포에 휩쓸리기를 거부하는 방식, 어둠 속에서 조용히 눈물 흘리는 방식.

우리는 그저 최선을 다한다. 가능한 한 본질에 가깝게 말하려 애를 쓴다.

진실이 우리에게 함께 공범이 되자고 손짓하는 어두컴컴한 방으로 한 걸음 한 걸음 조심스레 발걸음을 옮긴다. 우리 몸속 모든 세포가 하지 말라고 외치는 그 말을 기어코 소리 내어 말한다. 금기, 발화가 금지된 골치 아픈 문제들이 가드레일을 뚫고 나아간다.

거의 평생에 가까운 시간 내내 마음 깊은 곳에서 나는 아무것도 아니라는, 완전히 아무것도 아니라는 감정에 사로잡혀 있었음을 고백한다. 이제 와 돌이켜보니 이 땅에서 내 지난 세월은 꽤 자주 실패한 영웅적 시도들의 연속이었을지도 모른다. 허무에서 벗어나고자 했던, 머리에 두른 붕대를 풀어버리고자 했던, 공허와 부재 대신 실체와 가치를 발견하려던 시도들.

나는 이제 나이가 들었다. 젊은 사람들의 컬트 문화, 팔로워, 틱톡과도 상관없는 나이가 되었다. 그러나 나는 글 쓰는 일을 멈추지 않는다. 글을 쓰고 그 글들은 간밤의 마지막 자취와, 어느 순간 떠올라 겨울나무의 앙상한 가지 끝을 수정처럼 반짝이는 태양을, 그리고 짙은 청색 하늘 위로 눈부시게 빛나는 별들을 통과한다. 나는 이곳에 있는 동시에 이곳에 있지 않다. 점점 흐려지다 마침내 사라진다. 이제야 내가 얻은 가장 깊은 깨달음은 어쩌면 평생 두려워했던 '무無'가 사실은 전혀 두려운 것이 아닐지도 모른다는 사실이다. 우리는 모두 그곳에서 왔을지도 모른다. 광활한 무가 집으로 돌아가는 우리를 기다려 환대해 줄지도. 그리고 내가 존재라고 불러온 그것은 어쩌면, 떠나기 전 지금 이곳에서 만나는 다른 이들의 손을 그저 잠시나마 꼭 붙잡아 보려는 타오르는 갈망뿐일지도 모르는 일이다.

# 글은 타올랐다

**1993년**

열 살 때, 나는 아버지에게 가장 친한 친구였던 주디와 함께 나가 놀아도 되는지 물었다. 우리는 같은 길에 살고 있었는데 나는 그때 주디를 열렬히 좋아했다. 아버지는 안 된다고 했다. 나는 왜 안 되느냐고 물었다. 아버지는 "내가 안 된다고 말했으니까" 이렇게 말했다. 그는 내가 왜냐고 물어 화가 났다. 아버지는 왜냐는 말을 가장 싫어했다. 나는 그를 실망시켰다. 아버지가 웃으라고 했다. 나는 웃고 싶지 않다고 대답했다. 내게는 웃을 만한 일이 없었다. 아버지가 웃는 게 좋을 거라고 경고했다. 그의 목소리가 커졌다. 나는 웃지 않았고 아버지는 내 뺨을 후려갈겼다. 나는 방 반대편으로 내동댕이쳐져 벽에 쿵 소리를 내며 부딪쳤다. 정신이 나갈 만큼 놀랐던 기억이 선명하다. 나는 폭탄이 바로 내 옆에서 터진 것만큼 놀랐다. 그리고 웃었다. 모자란 꼭두각시처럼, 볼이 아플 만큼 입꼬리를 끌어당기며 웃었다.

나는 폭력이라는 실체가 처음으로 내 몸에 깊이 각인된 이 순간을 생생히 기억한다. 세상을 향한 내 신뢰가 처음으로 흔들리기 시작한 순간, 두려움의 본질을 처음으로 알게 된 순간, 살기 위해 다른 사람인 척해야 했던 순간이었다. 내가 나의 적이 된 순간이었다. 그날 이후 아버지의 집에서 나는 죄수처럼 살았다. 집, 하면 떠오르는 신뢰, 안전, 평안은 완전히 사라져버렸다. 나는 피난민처럼 살았다.

이 풍경 속에서, 이 황량한 사막 속에서 나는 서서히 그리고 기적처럼 나의 다른 일부를 발견했다. 그것은 손에 닿거나 증명되거나 확인되지 않았다. 그것은 아버지의 세상에 속하지 않았다. 아버지는 그것을 만질 수도 바꿀 수도 없었다. 폭력 혹은 장소보다 더 큰 무엇이었다. 아버지의 비난이나 고통보다 더 강했고 그의 의심보다 더 영리했다. 갈망이었다. 그것은 내 것이었다.

나는 글에서 이것을 발견했다. 글은 내 친구였다. 글은 나무가 우거진 오솔길을 달리는 내 작은 기차였다. 글은 타올랐다. 글은 힘이었다. 글은 창을 열었다. 글은

내 옷을 벗겨 냈다. 글은 일을 꾸몄다. 비명을 질렀다. 글
은 저항이었다.

1

나도 한때는
유쾌한

사람이었어요

나는 늘 벽에 매혹되었다. 누가 벽을 쌓고 누가 그 벽을 기어이 허무는지에 관한 이야기들. 벽. 국경선. 닫힌 문. 그 뒤에서는 무슨 일이 벌어지고 있을까? 감옥. 집 없는 사람들을 위한 쉼터. 핵연료 저장고. 밀입국자 수용소. 교외 주택. 나는 인생의 상당 시간 동안 그 안으로 들어가기 위해 애썼다. 나는 뉴욕에 있는 한 쉼터에서 9년간 집 없는 여성들과 함께 일했다. 베드포드 힐스 교정 시설 *Bedford Hills Correctional Facility* 에서도 강력 범죄로 복역 중인 여성들을 대상으로 하는 글쓰기 수업을 8년간 이끌었다. 파키스탄과 전前 유고슬라비아에서는 난민 캠프에 있는 여성들을 인터뷰했다. 매서운 추위가 몰아치는 미국 남쪽 국경에 있는 텍사스 브라운즈빌의 밀입국자 수용소와 쉼터에서 이주 여성들의 목소리를 들었다. 그곳에서 나는 미국의 제국주의와 기후 위기가 가져온 폭력과 빈곤 때문에 자기가 살던 땅에서 달아나야만 했던 어린 여성들과 아기를 품에 안은 어머니들이 안전한 곳을 찾아 간절히 헤매는 모습을 목격했다.

이 모든 곳에서 나는 문자 그대로의 벽, 갈고리가 달린 철조망을 부수고 싶었다. 집 없는 여성들과 감금된 여성들, 이주 여성들, 피난 여성들을 지우거나 비인간적으로 묘사하는 고착된 서사도 허물 수 있기를 간절히 바랐다.

그리고 물론 내 평생의 시간은 내 마음의 벽, 그러니까 어린 시절 극심한 폭력과 학대 속에서 살아남기 위해 쌓아야만 했던 그 벽을 천천히 조심스레 허물어가는 여정이었다. 나에게 일어난 그 사건을 기억 깊숙한 곳에서 제대로 꺼낼 수 있을 만큼 강해지기 위한 여정이었으며 그 일을 글로 쓸 수 있을 만큼 강해지기 위한 여정, 나를 그리고 어쩌면 다른 이들까지 해방시킬 수도 있는 여정이었다.

# 장벽이 아니라 사랑을 쌓는

**베를린, 1989년 11월 16일**

*1989년 11월 9일 저녁, 베를린 장벽이 무너졌다.*

나는 그곳에 가야만 했다. 이 역사적 사건이 일어나는 순간을 목격하고 경험하기 위해. 그곳은 독일 전역에서뿐 아니라 전 세계에서 온 온갖 사람들로 들끓었다. 월 페커°라는 별명을 얻은 그들은 작은 망치부터 아주 크고 무거운 망치에 끝까지 다양한 도구를 가지고 왔다. 그렇게 조금씩 조금씩 색색의 벽을 허물었다. 이 글은 그때 쓴 일기다.

---

° 독일어로는 mauerspechte, 영어는 wall peckers로 벽을 쪼는 딱따구리라는 뜻

나는 살라미를 먹고 싶은 욕구에 사로잡혀 잠에서 깬다.
그 하얀 점박이 고기의 육즙이 내 위로 폭포처럼 떨어지
는 것 같다. 화장실 문이 비뚤게 달려 있어 지날 때마다
문에 긁히고 만다. 입술은 시멘트처럼 쩍쩍 갈라지고, 내
눈은 그래피티 같다. 그러니까 벽*DIE MAUER*.

그들은 브란덴부르크에서 기다린다. 망루 위에 올
라 동독을 향한 채. 하지만 불도저는 보이지 않는다. 경비
병들은 기발한 사진들을 찍을 수 있는 기회라 생각한다.
장미와 양초를 들고 서로 포즈를 잡는다. 우리는 탭댄스
를 출 준비를 하고 있다.

1965년 11월 25일, 48세의 하인츠 조콜로브슈*Heinz Sokolowski*는 베를린 장벽을 넘으려다 사살되었다. 그러나 지금 아이들은 축제의 조랑말들처럼 장벽 아래에서 날뛰고 노래한다. 부활절 달걀이라도 찾듯 떨어진 벽돌을 찾아 자갈길을 달린다. 나무들이 잎을 떨어뜨린 뒤였다. 나무들은 황량하다. 군용 헬기가 머리 위를 맴돈다. 소년 한 무리가 소년 하나를 신문으로 두들기며 떠든다. 택시 한 대가 동쪽으로 달린다.

벽에 난 구멍으로 반대편을 내다보면 만화경을 들여다보듯 사람이 손으로 깎아 만든 것 같은 풍경이 펼쳐진다. 그쪽 세상은 삭막하고 소박하다. 그래피티도, 빈 맥주잔도, 번쩍거리는 카메라 플래시도, 베네통도, 배트맨이 그려진 옷을 입은 사람도 없다. 그곳은 무대처럼 텅 비어 있다. 무슨 일이든 일어날 수 있는 무대처럼. 기다리는 사람들의 강은 불어나지만 장비는 오지 않는다.

나는 빠지지 않는 이처럼 고집스럽게 박힌 벽의 일부를 잡아당겨 본다.

체크포인트 찰리*Checkpoint Charlie*° 벽에는 미키마우스

---

° 베를린 장벽에 있던 검문소

가 그려져 있다. 미국인들은 하인즈 케첩에 푹 절은 소시
지를 먹는다.

미술관에는 어느 벌거벗은 여자가 다리 사이에 콘
크리트 한 조각을 끼운 채 누워 있다. 가시철조망이 사람
들 머리를 관통한다. 이 벽이 무너지면 우리는 동서가 아
닌 다른 방향에 대해서도 생각해봐야 할 것이다. 고개를
들어 하늘을 보며 오존에 대해 묻고, 우리의 무기들을 보
며 이 많은 핵무기가 여기서 무엇을 하고 있는지 물어야
할 것이다. 국기는 기고만장하게 펄럭이지만 국가는 없
다. 벽이 있지만 그 벽은 지금 무너지고 있다.

빵이 마치 얼어붙은 우리 어깨처럼 딱딱하다. 나
는 그에게 굴라시를 다시 데워달라고 부탁한다. 우리가
히틀러의 벙커를 둘러싼 담을 따라 걷는 동안 해가 저물
었다. 어둠이 모습을 드러내자 내 입에서 탄 맛이 난다.
벽은 이름 없는 이들의 무덤을 위한 하나의 거대한 묘
비가 되고 우리는 죽은 자들 위를 천천히 걷는다. 나는
엠M.에게 전화를 건다. 그의 목소리는 안락의자. 나는 그
안으로 푹 가라앉는다. 녹색의 호텔 수화기를 꼭 움켜쥔
다. 우리가 장벽으로 돌아가자 브란덴부르크 위로 달이
떴다. 따뜻한 와인과 맥주도 있다. 콧수염을 완벽하게 기

른 남자가 검은 옷을 입고 오르간을 연주한다. 곰으로 분장한 여자가 휘파람을 불며 청중들에게서 박수를 유도한다. 경찰들도 왔다. 더 많은 사람이 술을 마신다. 자정이다. 미국인 앵커가 그들의 이야기를 읊는다. 우리는 바닐라 소스가 올려진 따뜻한 아펠슈트루델°을 발견한다. 내 어머니가 나를 사랑하는 것 같은 맛이 난다.

• • •

## 11월 17일

그녀는 따뜻한 침대 안에 있다. 그녀에게서 양파 냄새가 풍겨오고 우리가 속삭이는 동안 베를린의 얼어붙은 부엌으로 달이 떠오른다. 어디를 가든 늘 타는 냄새가 난다. 그 냄새가 내게도 깊게 배어 바깥에서 그릴에 양고기를 굽다 온 듯한 착각이 든다.

고르바초프 얼굴이 그려진 오렌지색과 노란색의 커다란 풍선들이 창문에 와 부딪쳐 그의 얼굴이 일그러진다. 우리는 그곳에서 차를 마신다. 70년대 풍 디스코 카

---

° 겹겹의 얇은 페이스트리 안에 사과와 건포도를 채워 구운 파이

페에서 다이애나 로스*Diana Ross*의 목소리가 흘러나온다. 부루퉁한 표정의 남자가 철로 된 카운터에 기대어 담배 연기로 허공에 동그란 고리를 만든다. 여자 바텐더는 입에 포진이 나 있다. 서독으로 오려는 사람들의 행렬이 끝도 없이 길어 그들은 여권 확인하는 일을 포기해버렸다. 반대쪽에서는 아무도 쇼핑을 하지 않는다. 동독은 미주리 주처럼 천천히 서쪽으로 이동하고 있다. 장담컨대 공산주의가 아니었대도 청교도 사상 때문에 이렇게 될 운명이었다. 정부는 계속해서 변혁을 선포했지만 유리창으로 베네통을 들여다보는 동독 사람들 눈에는 이미 모든 것이 변해버렸다.

벽을 따라 다국적 퍼레이드가 지나간다. 얼어붙은 바람 한 줄기가 불고 태양은 디스코 조명처럼 형형색색의 빛바랜 페인트, 슬로건, 그래피티 위를 비춘다. 흰 머리에 장밋빛 뺨을 한 여인이 한 손에 바구니를 들고 페인트칠을 벗겨 내며 먼지를 뒤집어쓰고 있다. 키 큰 남자가 벽을 쾅쾅 내려치며 흔들자 커다란 돌덩이들이 땅 위로 흩어진다. 체크무늬 옷을 입은 남자가 울퉁불퉁한 틈을 비집고 기어오른다. 그의 한쪽 신발이 떨어지자 친구들이 신겨준다. 누구든 망치질을 시작하면 사람들이 그 주

변으로 모여든다. 코러스가 소프라노를 받쳐주듯. 이것은
오페라다. *장벽이 아니라 사랑을 쌓는.*

우리는 샐러드와 치즈, 올리브, 양상추를 함께 먹
는다. 입술 위에 묻은 비니거 드레싱이 달콤하다. 베를린
한가운데서 그녀는 벤치에 앉아 내 등을 마사지해 준다.

오후 5시, 우리는 울워스*Woolworth*°에 있다. 망치와
왼손잡이용 장갑을 찾는다. 실내는 밝고 사람들로 붐빈
다. 동독 사람들은 오렌지색 바구니를 손에 들고 흥분해
돌아다닌다. 그들은 나무에 매달린 다람쥐처럼 바구니를
거꾸로 든다. 마침내 자유다. 마음껏 빈곤할 자유 그리고
우리의 빈곤을 목격할 자유. 상점에서 흘러나오는 음악
이 이 혼란스러운 쇼핑객들 위를 마치 발급이 거부된 비
자처럼 떠다닌다.

우리는 다시 장벽이 있는 차가운 어둠 속으로 돌
아간다. 자갈 위를 맴도는 한기 때문에 발의 감각이 마비
되었다. 오늘도 매일 밤 같은 자리로 돌아오는 어떤 남자
집시를 본다. 그는 자기 몸이 들어갈 만한 구멍을 만들 때
까지 매일 조금씩 벽을 부수고 있다. 장벽 반대편에 있는

°  호주 대형 마트

경비병들 옆에 앉을 수 있을 때까지 계속할 작정이다. 사나운 11월 밤, 우리는 남자 옆에 서서 어린아이처럼 두 눈을 꼭 감는다. 돌덩이가 우리 위로 쏟아지고 다음 순간 산산이 부서진다.

# 숙녀들

**1989년**

*1980년대 낙수 이론에 기반한 로널드 레이건Ronald Reagan의 정책은 빈곤층과 중산층에게 재앙이었다. 미국은 높은 실업률과 비싸지 않은 주택의 부재, 치료를 받을 수 없어 거리로 내쫓긴 정신질환자들의 탈시설과 심각한 복지 예산 삭감으로 극심한 문제를 앓았다. 점점 더 많은 이들이 집을 잃고 거리로 내몰렸다. 이 시기 미국의 노숙인은 이십만 명에서 많게는 오십만 명에 이른 것으로 추정된다.*

*평소와 다름없이 집 앞 맨해튼 거리를 걷던 나는 어느 날 돌연 굶주리고 고통에 찬 그 많은 사람 앞을 지날 수 없게 되*

었다. 절친한 친구 폴라 앨런Paula Allen이 격려해 준 덕에 나는 30번가에 있는 올리비에리 홈리스 센터Olivieri Drop-In Center에서 자원봉사를 시작했다. 내 연극 〈숙녀들Ladies〉은 그때의 경험을 바탕으로 만들어졌으며 뉴욕의 한 여성 노숙자 쉼터를 배경으로 그들의 생존 문제를 다루었다. 연극은 1989년 뮤직-시어터그룹Music-Theatre Group에 의해 세인트 클레멘츠 극장Theater at St. Clement's에서 공연되었다. 오늘날 미국 노숙자 수는 오십만 명을 넘어섰다. 노숙자 평균 수명은 쉰 살을 넘지 못한다. 아래는 내가 만난 여성들에게서 영감을 받은 모놀로그다.

• • •

## 니키NICKIE

밖에서 너무 오래 지내면 생기는 일입니다. 익히지 않은 스크램블드에그처럼 모두 뒤섞여 버려요. 당신 몸의 부서진 파편들이 피를 흘리며 다른 파편들로 흘러 들어가고요. 당신의 감정은 빌어먹을 싸구려 울워스 가방에 쑤셔 박힌 물건들처럼 나뒹굽니다. 그러고는 이내 가방에 무엇이 들었는지조차 까맣게 잊게 되어요. 당신이 아는 것은 그저 가방이 무겁다는 것, 하지만 그 어디에서도 당신의 가방을 내려놓도록 허락하지 않기에 짊어지고 다녀야 한다는 사실뿐입니다. 가방에 허락된 공간은 그 어디에도 없지요. 그러다 어느 밤, 당신은 제기랄, 이 염병할 가방, 내뱉고 가방 따위 내팽개쳐 버리고 맙니다. 며칠 후 돌아오면 가방은 사라지고 없어요. 당신은 진심으로 화가 난 것처럼 굽니다. 누가 내 가방을 가져간 거야? 썅, 누가 내 가방을 가져갔냐고? 그 안에 전부 다 들어 있는데! 하지만 마음 깊은 곳에서는 가방이 사라져서, 그리고 당신도 나중에는 그런 식으로 사라질 것이라는 사실을 알게 되어서 기분이 한결 나아집니다. 뭐, 어느 정도는.

• • •

**알레그로**ALLEGRO

그들은 우리를 계속 이 시궁창 같은 곳으로 보내요. 저도 다른 모든 사람처럼 예쁜 것이 좋아요. 돈이 없다고 취향과 기분까지 없는 것이 아니라는 말이에요. 당신들의 추잡한, 쓰레기나 다름없는 구호품이 필요한 것이 아니라고요. 저는, 제가 품위 있고 소중한 사람이라는 사실을 느낄 수 있는 집을 원해요. 친구들을 기꺼이 초대하고 싶은 그런 집이요. 집주인은 이 지붕만 겨우 있는 집에 내가 감사해야 한다고 말해요. 낡고 냄새나는 옷을 여기다 던져 놓고 가는 사람들처럼요. 저는 그것들에 감사해야 해요. 그 사람들이 이 옷들을 입고 싶어 하기는 할까요? 아니요, 그들은 그저 새 옷을 사기 위해 옷장을 비운 것뿐이에요. 집주인은 이런 시궁창에서 살고 싶을까요? 아니겠지요. 내게 얌전히 굴라고 말하지 마세요. 우리는 너무 오랫동안 침묵해 왔어요. 우리에게 제대로 된 집을 주세요. 그럼 입을 다물겠어요.

# 나도 한때는
# 유쾌한 사람이었어요

**뉴욕, 1989년**

어느 날 비쩍 야위고 초췌한 여자 하나가 올리비에리 홈리스 센터에 왔다. 지하 고문실에서 막 도망친 것 같은 몰골로 팔과 다리에는 온통 담뱃불로 지진 흉터가 뒤덮여 있었다. 머리카락은 문자 그대로 빗자루처럼 갈라져 있고 온몸에 먼지를 뒤집어쓰고 있었다. 그러니까 그녀는 한눈에도 딱 죽기 직전이었다. 나는 곧바로 여자를 데리고 택시를 잡아타 응급실로 갔다. 그 상황에서도 여자는 원래 자기가 얼마나 예뻤는지 아냐고 농담을 했다. 나는 그녀가 재미있는 사람이라는 것을 알 수 있었다. 이 글은 그녀를 위해 썼다.

여기는 너무 어두워요. 모든 것이 잿빛에 시간도 존재하지 않고 아무도 찾아오지 않아요. 경계도 흐려요. 가장자리에는 구멍이 숭숭 나 있고 그 구멍 안에는 월경혈, 오줌, 간혹 유황 냄새가 코를 찌르는 찐득하고 시큼한 진흙이 들어차 있고요. 3년째 내 침대 옆에 시계를 두지 않았어요. 나는 침대가 없어요. 내가 지금 쓰는 간이침대 말고 나를 따뜻하게 맞아주는 포근하고 안락한 침대 말이에요. 나는 판자 위에 올라간 커다란 소예요. 사람들이 나를 이리저리 움직여요. 그들은 나를 철제 테이블로, 간이침대로 옮겨요. 때로는 딱딱한 오렌지색 플라스틱 의자 두개 위에 올려진 고깃덩이가 되기도 하고요. 때때로 파리들이 내 위에 앉지만 나는 물리치지 않아요. 파리들은 내위에서 붙어먹고 알도 낳아요. 알이 내 살갗을 비집고 들어가요. 내 안에서 그 못생긴 것들이 알을 까는 것이 느껴져요. 가발 같은 내 머리털은 이제 막 입관할 준비를 마친시신의 머리털처럼 푸석거려요. 상처도 덕지덕지 있고요. 어제 머리를 무심코 만지는데 머리카락이 한 줌이나 빠지는 것이 아니겠어요. 내 손바닥에 놓인 머리카락은 도무지 내 것처럼 느껴지지 않았지만 휑해진 머리 가죽은 느껴졌어요. 기억은 뾰족한 돌이 되어 내 관자놀이를 찔러요. 나도 한때는 유쾌한 사람이었는데. 칵테일파티에서 소리 높여 떠들었고 나를 둘러싼 사람들은 하얀 이를 드러내며 웃었어요. 나는 사람들에게 즐거움을 주는 재미있는 사람이었어요. 나는 실크 옷을 입었고요. 어려운 책도 읽었어요. 손톱이 깨끗했고 지갑과 사진도 있었어요. 전화기와 화장 솜도요. 나는 이제 소리 내어 떠들지 않아요. 말은 나를 아프게 해요. 내 안에서 나오는 말이 나를 찔러요. 그 말들은 내가 더럽다는 사실을 상기시켜요. 말들은 내가 이제 씻지 않는 사람이라는 것을 상기시키지요. 내가 더는 움직이지 않고 더는 열망하지 않는다는 것을. 말은 다른 사람들처럼, 내게서 분리되어 나를 떠나요. 나는 내 말들이 나를 떠나지 않기를 바라요. 내게 머물기를 원해요. 그것만이 내 유일한 가족인걸요.

• • •

당신은 나를 두려워하고 있군요. 그런 당신의 모습이 보여요. 나를 바라보지 않는 당신. 나를 보지 않으려고 안간힘을 쓰는 당신. 내 가난이 행여나 당신을 더럽힐까 두려워해요. 가난은 전염성이 강하니까요. 당신은 나 때문에 구역질이 나는 것 같군요. 내 절망을 혐오하고요. 내 고난에 메스꺼워하고 있어요. 내 존재가 당신에게도 무슨 일이든 일어날 수 있다는 사실을 상기시켜요. 비극이 우리 뇌를 바꿀 수 있다는 사실과 두뇌에 있는 관이 어느 날 그냥 뚝 부러져 버릴 수 있다는 사실을요. 어느 날 폭풍이 당신을 집어삼킬 수도 있다는 사실을 일깨워요. 당신의 이름조차 잊게 하거나 길을 잃게 할 수도 있고요. 당신이 오줌을 지리게 만들 수도 있어요. 그 따뜻함과 축축함에 당신은 어쩐지 여기는 안전하다고 착각해요. 그렇게 아무 데로도 떠나지 못하게 되는 거예요.

# 600

**킹스턴, 뉴욕, 2019년 11월**

파푸아뉴기니 마누스섬Manus Island 임시수용소에 억류된 사람들이 쓴 편지를 읽고 난 뒤 머릿속에서 그 생각을 떨칠 수가 없다. 육백 명의 사람들이 호주 총리와 의원들에게 쓴 편지였다. 그들은 핍박받던 고국에서 달아나 보트를 타고 호주로 가려던 사람들이었다. 그러나 호주 해군에 붙잡혀 외따로 떨어진 섬에서 아무런 법적 도움도 받지 못하고 몇 년째 갇혀 있다.

안녕하세요, 친애하는 맬컴 턴불*Malcom Turnbull* 총리님,
피터 더턴*Peter Dutton* 장관님.

저희는 마누스섬 임시수용소에 갇혀 있는 난민이자
망명을 원하는 사람들입니다. 이번에는 다른
제안을 드리고자 이 편지를 씁니다.
지난번에도 편지를 써 이 감금 조치를 풀어달라고
도움을 요청한 바 있지만 아무런 응답을 받지
못했습니다. 이에 저희는 우리가 쓰레기와 별반
다르지 않은 한편, 이 생지옥을 살아가는 본보기가
되어 다른 보트들이 더는 호주에 오지 못하도록
막는 역할에 충실한 노예라는 사실을 깨닫기에
이르렀습니다.
유일한 차이는 '난민 보트를 막는' 역할이 끝나면
호주 납세자와 정치인 들에게 우리 존재가 너무나
비쌀 것이라는 점입니다.
이에 저희는 이 막대한 비용 손실을 막고 호주의
명예를 훼손하지 않으면서도 국경 또한 영원히
지킬 수 있는 제안을 몇 가지 드리고자 합니다.

1. 우리 모두를 바다 한가운데서 쓸어버릴 수 있는 해군 함정(HMAS°도 좋습니다)

2. 가스실(DECMIL°°이 처리해 줄 것입니다)

3. 독극물 주사(국제보건의료서비스*IHMS*가 도와줄 것입니다)

이는 그 어떤 농담이나 풍자가 아니며 저희의 제안을 진지하게 고려해 주기를 간청합니다. 호주 이민·국경보호부*DIBP, Department of Immigration and Border Protection*가 이미 밝혔듯 저희에게 안전한 보금자리를 제공해 줄 나라가 없기에 저희는 이곳 마누스섬에서 서서히 죽어가고 있습니다. 문자 그대로 고문과 같은, 트라우마로 점철된 하루하루를 보내고 있습니다. 긴 글 읽어주셔서 감사합니다. 미리 크리스마스 인사를 전합니다.


마누스섬 난민들이자 망명 신청자들 드림

---

° His Majesty's Australian Ship, 왕립 호주 군함

°° 호주의 에너지 솔루션 기업

나는 감히 이 육백 명의 사람들이 정부에게 자기들을 죽여 달라고 편지를 쓰는 심정을 헤아려 본다. 그런 요구를 하게 되기까지 얼마나 깊이 절망했을지, 얼마나 심신이 피폐해졌을지, 얼마나 무시당했을지, 얼마나 지독한 고통에 시달렸을지. 자그마치 육백 명. 초대형 여객기 탑승 인원과 맞먹는 수다.

나는 어디서도, 그 어떤 곳에서도 나를 원하지 않는다는 기분을 상상해 보려 애쓴다.

강간과 살인, 사랑하는 사람들이 눈앞에서 죽는 폭력으로부터 달아나기 위해 자라온 집을 떠나고 온몸으로 기억하는 땅을 떠나고 내 의식에서 큰 자리를 차지하는 산과 바다, 지금까지 집이라고 알고 있던 그 모든 것을 떠나야 하는 심정을 헤아려 본다. 그저 낯선 땅을 밟았다는 이유만으로 범죄자가 되는 심정을 말이다. 그저 그곳에 있었다는 이유로. 나는 육백 명의 사람들이 얼마나 쉽게 증발하고, 잊히고, 파괴될 수 있는지도 계속해서 생각한다. 우리 시대가 가진 극단성, 끝없는 잔인성과 고난, 병적인 몰인정함에 대해서도. 세상은 서로를 돌보기보다 법으로 금지하는 쪽으로, 피난처가 되어주기보다는 처벌하는 쪽으로 흐르고 있다. 나는, 이 편지를 처음 작성한 마무드라는 남자를, 그가 수용소에서 돌린 편지 중 사람들이 열렬하게 반응한 편지는 이것이 유일했다는 말을 계속해서 생각한다. 그들은 어떤 식으로 죽는 것이 나을지 의논한다. 어떤 이는 물에 빠져 죽기를, 어떤 이는 가스를, 또 어떤 이는 총살을 택하며 함께 아이디어를 모아 편지를 작성했다. 이슬람교인인 그들은 수용소에서 기도를 올리고 줄을 서 편지에 서명했다. 어딘지도 모르는 외딴섬에 붙잡혀 말도 안 되게 비좁은 공간에 각자의 트라우마를 지닌 천여 명의 남자와 소년 들이 한데 뒤섞여 물도 약도 없이 매 맞고 희롱당하고 천대받으며 산다는 것은 대체 어떤 일일까? 숨 막히는 열기와 땀내 풍기는 악취 속에서 뱀이 출몰하고 비가 오면 물이 새는 공간에 산다는 것은, 더구나 끝난다는 기약도 없이 그런 삶을 살아야 한다는 것은 대체 어떤 일이냐는 말이다.

그들은 아프가니스탄, 스리랑카, 이라크, 이란, 다르푸르, 시리아, 파키스탄에서 도망쳐 온 난민들이었다. 나는 단지 그들의 국적을 확인하고 싶었을 뿐인데도 기사를 일곱 개나 뒤져야 했다. 제국주의 국가들은 그들에게 폭탄을 투하해 무수히 많은 사람을 다치게 하고서는 이를 피해 살아남아 자기들의 죄를 상기시키는 사람들을 미워하고 악마로 묘사하며 종국에는 파괴하려 한다.

몇 주간의 단식 투쟁 끝에 심하게 야위고 헐벗은 수백 명의 몸과 꿰맨 입술 주변으로 말라붙은 피, 혹은 그들이 삼킨 면도날. 그리고 그것에 베이는 그들의 장기와 힘줄에 대해 나는 계속 생각한다.

극심한 불안, 끝을 알 수 없는 불확실성을 계속 살아내야 하는 깊은 절망, 무의미한 삶이 가져오는 고문과 다름없는 그 정신적 고통을 나는 생각한다. 이란의 잘생긴 청년 레자 바라티Reza Barati는 어느 날 돌연 일어난 폭동에 두개골이 깨질 때까지 발길질을 당해 죽었다. 나는 그의 사진에서 눈을 뗄 수가 없다.

나는 이번 주 내내 마누스섬에 있는 사람들과 함께 있다. 그들이 쓴 편지를 읽고 또 읽는다. 때때로 메마른 나무를 그저 멍하니 바라보기도 한다. 때때로 나는 샤워를 하다 말고 울음을 터뜨린다. 그런다고 해서 그들의 고통이 덜어지지는 않는다. 나도 안다. 그런다고 해서 그들이 안전한 피난처로 풀려나지도 않는다. 나도 안다. 하지만 나는 그들의 편지를 계속해서 읽고 또 읽을 것이다.

## 2

우리는
모두

떠나고 있다

그 일은 너무나 빨리 일어났다. 순식간에 무서우리만치 앙상해졌고 숨을 쉬거나 걷기조차 힘들어졌다. 그들의 보드라운 뺨에 피의 낙인이 번졌다. 가장 푸르른 시절 쓰러지는 물푸레나무처럼.

바이러스가 노리는 사람들은 너무도 특별했다. 별종들, 섬세한 이들, 환영받아 본 적 없는 이들, 혀에 마법이 깃든 이들, 사랑 나누기를 즐기는 이들, 욕망으로 경계를 허물고 밤을 밝히는 이들. 어느 날, 문화의 오존층에 거대한 구멍이라도 뚫린 듯 순식간에 그들이 사라져 버렸다.

# 테러리스트 천사

**뉴욕, 1997년**

나는 1980년대와 1990년대에 걸쳐 거의 15년 동안 스티븐 폴 마틴Stephen Paul Martin, 리처드 로열Richard Royal과 문예지 〈센트럴 파크Central Park〉를 공동 편집하는 특권과 기쁨을 누렸다. 함께 일하는 지난 몇 년간 리처드는 에이즈와 싸웠다. 그는 감상벽에는 일말의 관용도 없는, 멋진 유머 감각을 지닌 사람이었다. 이 글은 그를 위해 썼다.

리처드, 오늘은 비가 그쳤어. 나무들은 싹을 틔울 준비를 하고 있지. 이 일로 시를 쓰지는 않을 거야. 약속해. 당신은 키가 무척 컸어, 리처드. 당신은 날씨에 관한 시를 쓰는 시인들을 두고 놀리고는 했어. 때로는 얼굴이 빨개져서는 침까지 튀겨 가며 말을 했지. 이제 시는 존재하지 않는다고, 당신은 말했지, 아우슈비츠 이후로는, 히로시마 이후로는. 그래, 리처드, 시는 존재하지 않아. 그렇게 네 몸이……

앙상해

변기에

앉지도 못해

몸은 덜덜 떨려 오지

점심을 먹으며 정맥주사를 맞고

저녁을 먹을 때도, 행복에 젖어 있을 때도

그의 노랗고 실용적인

세균과 궤양을 죽이는 투명한 킬러

주사를 맞은 그가 발을 헛디뎌, 왜냐면 그의 다리가

고무처럼

흘러내리고

피가 뿜어져 나와

타일 벽에 흩뿌려지기에


오늘은 비가 그쳤어, 리처드. 얼어붙은 진흙 속에 파묻힌 병든 쿠르드인의 무릎이 보여. 그들의 무덤은 너무 얕아 시신이 채 가려지지도 않아. 지난봄에 당신과 내가 함께 걸었잖아, 리처드. 우리는 강으로 향하던 중이었고 당신은 폐결핵에 걸려 얼굴이 누렇게 떠 있었지. 머리도 짧게 민 상태였는데 웃을 때면 머리가 아프다고 했어. 옆에서 당신을 부축할 때는 앙상한 팔꿈치가 나를 쿡쿡 찔렀지. 당신은 병원을 나올 계획이었어. 나는 당신에게 신문을 읽어주었어. 전쟁이 막 일어난 참이었지. 우리가 군대를 보냈고. 스커드 미사일에 든 막대한 자금은 당신을 살릴 수도 있는 가능성이었어. 그 많은 탱크는 치료제가 될 수도 있었지. 그 돈은 이제 다 사라져 버렸어. 리처드, 당신도 사라져 버렸어.

　　우리는 마지막으로 그를 태우고
　　누렇고 퀴퀴한 복도를 미끄러져 갔어
　　바퀴 달린 라운지체어로
　　수척한 몸들이 누운 방들을 지나
　　울부짖는 연인들의 방들을 지나

TV쇼가 틀어져 있는 동안.


리처드, 내가 당신 가슴 위에 있는 유리 몽돌을 눌렀
더니 바이러스가 당신을 떠나는 꿈을 꾸었어.

내가 그의 살결에서 가장 부드러운 부분을 문질렀고

그의 삶이 통째로

다시 시작되기만을 기다리고 있다는 것을 나는 알게
되었지.

그는 고통스러워. 욕구가 일기를 간절히 바라.

그는 내 욕구에 대해 물어. 나는 말해

사랑에 빠지는 일과 그것의 뾰족한

바늘에 대해

그는 이미 잠이 든 뒤였지.

그는 마흔한 살이야.

그가 자꾸 떨어지는 바람에 간호사들이 와 그를 침대
에 묶어.

그는 피로감 앞에 무릎을 꿇어

포르노 가게 뒤편에서

덤불 속에서

후미진 골목에서

한때 그랬던 것처럼


리처드, 당신의 죽음은 음란해. 당신은 준비가 되지
않았지. 그것은 당신이 초대한 것이 아니니까. 그것은 영
적이지 않았어. 퀴어들은 비밀스레 죽기를 원하지 않아.
성교 때문이 아니야. 난잡하게 놀아서 이렇게 된 것이 아
니야. 당신은 천사였어, 리처드. 당신은 테러리스트였지,
그리고 내 친구였어. 당신은 다정했고 화가 무척 많았고
절대로 이렇게 되어서는 안 됐어.


그가 깨어나자
산소 튜브가 코에서 흘러내렸어.
그는 자기가 오줌을 싸고 있는지 보려고,
거기 오줌이 진짜 있는지 보려고 기저귀를
들추고 자기 성기를 확인해.


오늘은 비가 그쳤어, 리처드. 나무들은 싹을 틔울 준
비를 하고 있지. 나는 이 일로 시를 쓰지는 않았어.

# 우리는 모두 떠나고 있다

매일 아침 5시, 실라는 비터멜론 약초를 그녀의 항문
에 넣는다.

마크는 카페인 걱정은 하지 않는다.

폴은 카테테르_catheter_를 꽂고 나니 안심이 된다.

팀은 체중이 늘고 있다.

그들은 밝게 켜둔 초들 사이에 앉아 있다. 나의 친구들이.

내 주방 테이블에 동그랗게 모여.

마크는 신성한 어머니의 화신을 찾는다. 그녀는 가만히 그의 머리를 받쳐 준다. 그는 자기를 연민하지 않는다.

실라는 1년째 어머니와 같이 살고 있지만 크랙중독자인 어머니는 자기가 감염되었다는 사실을 알면 가만히 있지 못할 것이 뻔하기에 감염 사실을 알리지 않는다.

폴은 자기가 물고기 같다고 느낀다. 주변을 인지하는 시력이 떨어져 오직 앞으로만 헤엄치는 물고기. 다리는 지느러미다. 도시의 거리에 있는 나뭇가지들이 자꾸만 그를 찌른다.

팀은 권력 있는 시의원이고 기회만 생기면 콘돔 이야기를 한다.

찬 공기가 플루토늄 같아 실라는 커다란 겨울 코트를 샀다. 한기가 뼛속까지 뚫고 들어온다.

마크의 몸은 마치 조각처럼 군더더기 하나 없다. 그가 흰옷을 입으면 그에게서 천사들이 계속해 날아오른다.

폴의 스튜디오 1층은 허드슨강이다. 피하 주사기, 약통, 정크 푸드 포장지 따위가 밀려온다.

실라의 자궁 근종이 몸 안에서 너무 커지자 학교 아이들이 선생님이 임신한 줄로만 안다.

AZT. DDL. CMV 백신°. 그냥 이 약들 써보면 안 될까?

폴은 리놀륨 바닥에서 뒹굴던 어둡고 난잡한 섹스를 기억한다. 그는 확진된 후로 다른 사람의 몸을 만지지 않는다. 외국인이 모어를 그리워하듯 그는 섹스를 그리워한다.

---

○　AZT(아지도티미딘), DDL(디다노신), CMV(거대세포바이러스) 백신 모두 에이즈 관련 치료제이다

팀은 남자친구가 자기를 진심으로, 진실로 바라보기 시작하면 그를 떠나게 만든다. 팀은 늘 일이 많고 팀이 붙어 있는 것이라고는 전화기뿐이다.

폴은 또다시 수혈을 받는다. 새로운 피가 몸에 들어올 때마다 그는 구토한다.

독성/자연식. 그냥 푸딩이나 먹자.

마크가 아프리카 제비꽃을 가져온다. 마크는 섹스를 하고 나면 지금 어떤 기분인지 꼭 말로 표현해야 하는데 연인이 침묵하면 미쳐버릴 것 같다.

실라는 7년간 두 명하고만 말했다. 외출도 하지 않는다. 친구들은 실라가 자기들에게 화가 났거나 성공하지 못해 은둔한다고 생각한다. 아주 오래전 실라가 노래를 부를 때면 섬에서 바람이 불어오는 것만 같았다.

팀은 대통령 선거에 출마하려는 꿈을 꾸지만 공산당원과 애널 섹스한 일을 들켜버렸다.

폴이 잠에서 깨고 나자 가방 안에 있던 약이 다 사라져 버렸다. 깊은 바다에 빠져 발버둥 치는 기분이다.

어머니가 왜 더는 제 곁에 있지 않은지 그는 기억나지 않는다.

마크는 어머니에게 모든 것이 그의 성기 때문이라고, 그러니까 성기 크기 때문이라고 하는 이야기를 들었다.

이렇게 되어서는 안 됐다.

내 핏속.

내 테이블에서.

팀은 다음 임기를 위해 선거 유세를 뛰고 있다.

마크는 두렵지 않다.

폴은 예고도 없이 나타나는 시야의 사각지대를 만날

때마다 비명을 내지른다.

실라는 자고 있다.

추락하는 T세포. 비터멜론 치료법.

폴은 셔벗이 먹고 싶다. 그것은 입안 염증을 낮게 해 준다.

마크는 카페인 걱정은 하지 않는다.

팀은 돌아다니는 중간중간 맥도널드를 먹는다.

실라는 곡물과 채소만 먹는다.

아무도 펜사이클리딘 $PCP$°은 갖고 있지 않다.

**입술 포진**.

---

° 환각 작용을 하는 약물

그때 내가 안아줄 수 있었다면.

마크는 헬스클럽에 간다. 몸을 한 번 움직이고 보고, 또 보고 다시 움직인다.

폴은 욕조에서 나오지 못한다.

실라의 T세포가 증가하고 있다.

팀은 하도 큰 목소리로 외치고 다녀 이제 목소리가 나오지 않는다.

폴이 다시 수혈을 받는다. 그러자 친구들이 그에게 TV와 비디오 플레이어를 사주었고 그는 〈왈가닥 루시 *I Love Lucy*〉를 볼 생각에 신난다.

마크는 영혼에 대해 얘기한다. 모두가 찾는 기적에 대해 말하고 그것이 이미 여기에 있다고 말한다.

HIV는 정체성이 아니다.

T세포만이 죽음의 유일한 척도는 아니다.

우리는 여전히 살아 있다.

폴이 큰 목소리로 체호프를 인용한다.

시청 앞에 선 팀은 화가 났다. 그는 지금 끈적한 보라색 콘돔들을 공중에 흩뿌리고 있지만 사실은 바위를 내던지고 싶다.

실라는 피아노 독주회를 제안받는 꿈을 꾼다. 그녀가 연주를 시작하자 땀이 흐르고 땀은 양동이 몇 개를 채우고도 남을 만큼 많이 흐른다. 이윽고 땀이 피로 변하고, 피는 다시 추수감사절 칠면조에 끼얹어진 그레이비소스 같은 것으로 변한다. 턱시도와 드레스를 입은 사람들이 그것을 피해 서둘러 공연장을 떠나려는데 실라는 그것이 그레이비가 아니라 자기 설사임을, 설사로 이루어진 자기 인생임을 깨닫는다. 불현듯 그녀는 행복감에 젖고 오리와 보트, 나무 조각들이 그 옆을 둥둥 떠다닌다.

마크는 더 이상 꿈을 꾸지 않는다. 두 눈을 감으면 노란빛이 그의 심장과 성기를 감싼다. 자신에게 닿는 창조주의 손길이 느껴지자 그는 웃는다. 그가 일곱 살이 채 되기 전에, 아버지가 그를 떠나기 전에, 그때 웃었던 것처럼 다시 한 번 그렇게 웃는다.

그들은 사랑을 갈구했기에.

그들은 다른 이의 손길을 간절히 원했기에.

팀은 의료용 고무장갑을 낀 커다란 몸집의 남자에게 수갑이 채워진다. "저를 보호해 주어서 고마워요." 팀은 입으로 해주기라도 하듯 경찰에게 매력적인 미소를 지으며 말한다.

폴이 내게 전화를 한다. 목소리가 심하게 떨리고 있다. 갓 태어난 아기처럼 지금 당장 자기에게 와줄 수 있는지 묻는다.

최근 마크는 내게 편지를 써 이렇게 말했다. "내 안의 인내심이 바닥나 버렸어. 충분히 깊이, 충분히 열렬히 할수 없게 된 이 불능 상태에 분노가 치밀어."

가장 열심히 섹스를 하고 다닌 사람들이 무언가를 찾아 헤맸다.

팀은 경찰차 안에서 유권자들에게 손을 흔든다. 뺨에서 흘러내리는 피를 가리려 애쓴다.

바이러스는 정액, 피, 모유를 통해 전파된다. 바이러스는 우리를 통해 전파된다.

커다란 허브 알약이 실라의 목에 걸린다. 잠시, 숨이막히는데 알약을 꺼내지 못하는 상상을 한다. 그리고 죽어 다시는 노래하지 못하는 상상을. 7년이 지나고 하룻밤을 그와 보냈을 뿐인데 그것에 걸렸다. 그것이 그녀 안에걸려 실라는 캑캑거렸다. 다시는 노래하지 못했다. 목구멍. 그는 안전하니까, 그녀는 생각했다. 그는 그녀의 남편이었으니까. 그는 아는 사람이었으니까.

폴을 안는데 그의 머리가 내 어깨를 쿵쿵 찧는다. 마치 커다란 바닷물고기의 눈물이 그를 흔드는 것처럼. 나는 그를 죽음의 현실로 태어나게 하는 산파다. 그의 부인肯認은 후에 내게 전해질 태반이다.

실제로도 이토록 참혹한 일일까? 아니면 그들이 내 친구들이기 때문일까?

내 테이블에 둘러앉아. 내 집에서.

나는 실라에게 차를 권해 잠시 머무르게 한다.

팀에게는 콩 샐러드를 좀 더 준다.

폴에게 뉴턴 무화과 쿠키를 가져다준다.

마크는 프라이팬째 그대로 먹는다.

마크는 하늘을, 별을 집어삼키고 밤을 삼킨다.

실라는 달일지도 모르는 가로등을 향해 긴 울음을 토해낸다.

팀은 다른 사람들을 도우려 한다.

폴은 중국식 슬리퍼를 신고 있는데 그의 지느러미에서 물이 뚝뚝 흘러 슬리퍼가 축축하다.

우리는 모두 지금 살아 있다.

우리는 모두 떠나고 있다.

# 특별 조치

**뉴욕, 1999년**

연극 〈특별 조치*Extraordinary Measures*〉는 1993년 에이즈로 세상을 떠난, 훌륭한 연출가이자 배우, 지도자이자 사랑하는 내 친구인 폴 워커가 죽기 전 보낸 마지막 날들에 영감을 받아 만든 작품이다. 1999년 히어*HERE* 극장에서 셀레스트 레센*Celeste Lecesne*이 처음 선보인 이 연극은 죽음이 인생을 배우는 궁극의 수업임을 보여준다. 의식이 없는 폴이 의료 보조 장치(극제목인 '특별 조치')를 달고 숨만 겨우 유지한 채 병실에 누워 있다. 그의 형제와 친구들, 과거 학생들이 병실에 한 명씩 나타나 그에게 말을 건다. 이제 그들은 감정 혹은 질문을 받아

줄 수 없는 멘토를 앞에 두고 자기감정의 진실을 찾으려 애쓴다. 다음 모놀로그에서, 코마 상태인 폴이 우리에게 말을 건넨다.

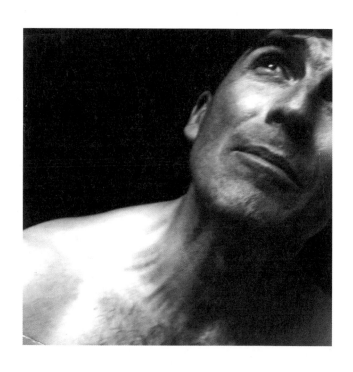

# 폴

어디 있지? 어디에 있어? 보이지가 않는군, 제기랄. (그는
물건들을 뒤지며 사방으로 던진다) 안 보여. 찾을 수가 없
어. CMV. 약도 없어. 풍경은 토막 나고 도처가 사각지대
야. 앞이 도무지 보이지 않아, 안경은 어디 있는 거야, 안
경이 필요해, 안경 없이는 읽을 수가 없다고. 앞도 보이지
않아. 누가 좀 도와줘요. 젠장, 좀 도와줘요. (그가 안경을
찾는다. 잠시 앉아서 진정하는 것 같지만 여전히 앞이 보이지
않는다는 사실을 알아차린다) 안 보여. 안 보인다고. 안경을
썼는데도 보이지가 않아. 도무지 보이지 않아. 깨어날 수
없어, 눈구멍을 열 수가 없다고. 돌아갈 수 없어. 여기서

빠져나갈 수 없어. 내 안의 나를 깨우기 위해 나는 계속해서 깨어나. 이미 무언가 달라진 내 안의 그것, 이미 사라져 버린 그것을 다시 흔들어 깨우고 있는데. 계속해서 그것을 깨워 보려고, 눈을 뜨게 해 보려고. 눈은 바로 거기 있어. 이 병실 안에 눈이 있다고. 여기는 진짜 병실이고. 눈은 몸 안에, 침대 위에, 병실 안에 있다고. 난 눈을 뜨고 싶은데. 내 눈은 더는 그런 것이 아니야. 눈이 아니지. 눈아, 나는 네가 보이는데. 볼 수가 없네. 말할 수가 없어. 하지만 그들은 거기에 있지. 이 세 가지 현실이 저기 있어. 나는 계속해서 깨어나, 깨어난다고. 깨어나고 있어. 돌아가려고 애를 쓰지. (그가 외치며) 그런데 내가 여기 있는데 내가 들리지 않아. 나는 이 안에 갇혔어. 일어나 봐. 숨이 쉬어지지 않아. 무언가가 내 안에 불어오고 있어. 거대하고 짙은 것이. 무언가가 내 안에 공기를 불어 넣고 다시 빼내고 있네. 숨을 쉴 수가 없어. 깰 수가 없어. 돌아갈 수 없어. 나는 붙잡혔어. 붙잡혔어. 붙잡힌 거야. 살고 싶어. 숨을 쉬고 싶어. 공기를 마시고 싶어. 이 더러운 병원 유리창을 비추는 햇살을 느끼고 싶어, 염증 덮인 입안을 살살 녹이는 빨간 젤리도 먹고 싶어, 사야카가 막 파마 하고 나온 머리를 보고 싶어, 오드리, 오드리, 오드리를 보고 싫어, 청중을 보고 싶어; 안녕하세요, 안녕하세요, 내가 보이나요? 안 보여요? 이렇게 와주다니 정말 친절하시네요. 알파벳을 원해. A, B, C, D, 요즘 내가 제일 좋아하는 낱말도 보고 싶어. 궤적 그리고 석회석, 또, 라이스 푸딩, 매시 포테이토, 〈왈가닥 루시〉, 제임스 조이스 James Joyce, 펜타마민 pentamamine°, 급수탑, 〈티파니에서 아침을 Breakfast at Tiffany's〉, 이것들을 원하고, 짜증이 날 만큼 시끄러운 새들, 아일랜드의 비, 아일랜드 모직, 눈으로 볼 수 있는 것이라면 무엇이든 좋아, 초록빛이 도는 것이라면 무엇이든, 테리! 너와 함께 있고 싶어, 널 만지고 싶어, 겨울이면 거칠어지는 네 살결을 느끼고 싶어, 내 친구들을 보고 싶어, 깨어나고 싶어. 깨어나고 싶어. 정말이지 깨고 싶어……. (그를 진정시키는 어머니의 목소리) 폴, 계속 헤엄쳐 나아가렴. 앞으로 곧장. 그래, 계속 나아가렴.

°    항진균제로. 후천성면역결핍증AIDS 치료를 위해 사용한다

# 폴

나는 몸집이 큰 남자들을 사랑했지. 덩치 큰 아일랜드 남자들을. 큰 손, 단단한 등, 군살 없는 배를 가진 남자들을. 부두에서 일하거나 학교 버스를 몰거나 소방관이거나 온종일 무거운 것들을 나르는 남자들. 진짜 일을 했던 남자들. 자기만의 소박한 방식으로 세상을 나아가게 했던 남자들. 외로움에 몸을 떨고 술 몇 잔이면 자신이 외로워 몸부림친다는 사실을 순순히 털어놓는 남자들. 소유욕이 지나치고 자기가 그렇게 매달렸다는 사실에 화가 나, 어둠 속에서 나를 벽에 밀어 넣거나 낡은 리놀륨 바닥에 눕혀 놓고 자기 것으로 만들었던, 나를 조금은 다치게도 했던 남자들. 비슷한 부류의 여자들과 달리 자신의 혼란과 연약함을 드러내지 못하고 침묵해야 했던 고통이나 외로움을 참을 줄 몰랐던 남자들. 그런 남자들이 내게 말을 걸었어. 그들은 캄캄한 어둠 속에서 내게 위스키 냄새가 뒤섞인 욕설을 뱉고 주근깨 박힌 육중한 어깨로 나를 짓눌러. 그들은 두려움과 무지, 의심을 내 안에 밀어 넣으며 거친 두 손으로 내 머리카락을 부드럽게 쓸어 넘겼지. 그러면 나는 속수무책으로 그들의 슬픔을 껴안을 수밖에. 사실 그때쯤이면 나도 그들의 난폭한 남자다움에 정신이 완전히 나가버린다고. 나는 노동으로 다져진 그들의 손과 입, 근육이 단단한 엉덩이와 허벅지를 탐했어. 외롭게 서 있는 그들의 음경을 원했지. 난 그들이 나를 헤집고 내 몸 가장 깊숙한 곳까지 들어와 심장으로 뛰어들기를 바랐어. 이 남자들, 이 덩치 크고 말없이 일하는 남자들, 어둠 속에서 내게 문을 여는 남자들이 말이야.

어머니는 내게 감탄할 줄 아는 능력은 주셨지만 평온함 같은 것은 주지 않으셨어. 그래서인가 봐, 신비와 익명성, 연기와 진심, 경외와 사랑 사이에서 나는 늘 길을 잃고 말아.

# 리처드에게

**뉴욕, 1997년**

당신의 눈물이

굶주린 개들처럼

지금 한꺼번에 닥쳐오네요.

세상이 불타고 있어요.

당신의 운전면허증처럼

사람들은 자꾸만 당신의 미래를 빼앗고요.

그들은 당신이 돌아다니지 않기를 바라요.

통계: 성기에

가시철조망을 두르시오.

그리고 당신, 이제 더는

붉은 심장을

망가진 심장과 구분하지 않는,

그들이 설명할 수 없는 삶을 사는 당신은,

너무나 선명히

둥그레지고 있어요

마치 부처처럼.

# 3

가장
중심부에 난

구멍

모정 결핍 *mother hunger* 은 병이 아니라 부상이라고들 한다. 상처. 가장 중심부에 난 구멍. 어머니를 탓하려는 것은 아니다. 정말이다. 사실을 말하는 것뿐이다. 나는 내게 젖을 물려줄 어머니의 가슴을 원했다. 그러나 나는 담배 연기를 마셨다. 나는 그가 내게 하는 짓을 막아줄 어머니가 필요했다. 그러나 그녀는 그의 공범이 되었다.

나는 출생과 동시에 실종되었다. 나는 무수히 많은 사라진 자들 중 하나가 되었다. 단어는 내게 숲에 떨어진 빵 부스러기였다. 집으로 돌아가는, 문을 여는, 어머니의 암호를 해독하는 빵 조각들.

내 정신과 의사는 언제인가 내게 이렇게 말했다. 연인들에게 나를 좀 안아달라 구걸하느라. 그들의 너덜거리는 팔에 풀을 붙이는 데 내 평생을 바쳤다고.
그러니 나의 글을 풀이라고 생각해 주기를.

# 어머니에게

**일기장 발췌, 1994년**

저는 제 배꼽이 무서워요. 만지지도 못하겠어요. 한번은 이런 상상을 했어요. 배꼽이 스르르 풀려 가느다란 끈이 되는 거예요. 그것은 무한히 길어지더니 내 적들을 꽁꽁 묶어요. 또 어떤 날에는 제 배꼽이 독약으로 변해 몸속으로 떨어져요. 제 혈관을 타고 빠르게 퍼져나갔고요. 저는 온갖 종류의 색으로 변했어요. 그리고 죽었어요. 천국은 없었어요. 몸은 없는데 심장 박동 소리만 들려왔어요.

어머니, 저는 제 안에서 일어나는 죽음이 두려워요.

끝이 보이지 않는 지평선처럼 계속해서 자라나요.

　이렇게 부탁할게요, 어머니, 어머니의 땅으로 돌아와
주세요.

# 내 어머니는
# 내 어머니가 아니었다

**뉴욕, 2000년**

내 어머니는 내 어머니가 아니었다

그리고 나는 아버지의 사유재산이었다. 나는 그의 물건이었다.

의자처럼.

마른 나뭇잎처럼.

고장 난 전화기처럼.


어머니와 나는 단 한 번도 가까웠던 적이 없다.

나는 어머니의 몸이 기억나지 않는다.

그녀의 가슴이 그립지 않다.

군중에 섞인 그녀를 단번에 찾아낼 수는 없을 것이다.


내가 마흔 살이 되던 해, 우리는 처음 대화를 나누

었다.

아버지가 죽고 난 뒤였다.

우리는 안심했다.

아버지의 눈이 아닌

내 눈으로

어머니를 보게 된 것은 마흔두 살이 되고 나서였다.


어머니는 유쾌한 사람이다.

혼자 있을 때는 휘파람을 불러 노래도 한다.

기분이 좋을 때는

노래가 춤이 되기도 한다.


그녀는 깡말랐다.

폐암이 발견되어 폐를 떼어 낸 뒤에는

가슴이 쪼그라들어 이제는

내가 입지 못하는 드레스도 입는다.

우리는 같은 몸을 가졌다.

도무지 살이 찌지 않는 몸.

나중에 배에 살이 좀 찌기는 했지만.

늙고 병들어 점점 더 말라가는 몸.

탄탄한 몸.

우리의 몸은 움직여야만 한다.


어머니와 나는 둘 다 늦잠을 좋아한다.

이른 아침에는 죽고 싶은 기분이 된다.

그렇게 이른 때에는 베일 한 장조차 없다, 그래서 아
프다.

우리는 밤의 새다.

지금은 자정이 지났고 어머니도 방에서 깨어 있다.

그녀의 외로움에 내가 질식되기 전의 시간.


나는 늘 어머니를 겁쟁이라 여겼다.

어머니를 경멸했다.

어머니는 내가 맞는 것을 그냥 보고만 있었다.

내가 식당에서 코피를 흘리고 있을 때도 그저 가만히
보기만 했다.

어머니는 단 한 번도 나를 보호하지 않았다.

어머니는 내 탓이라고 했다.

그녀는 아버지를 떠나지 않았다.


아버지는 어머니보다 열일곱 살이 많았다.

그에게는 돈이 있었고 어머니가 스스로 멍청하다고
느끼게 만들었다.

어머니는 아버지의 아이들을 낳았다.

나는 그 아이들 중 하나였지만

그의 물건이었다

뾰족한 연필처럼.

찢어진 지도처럼.

빈 유리잔처럼.

내게는 어머니가 없었다.


내가 마흔두 살이 되던 해에 햇볕에 탄 내 몸에 어머
니가 알로에를 발라주었다.

어머니 손길을 받기 위해 살갗이 벗겨진 것이 아니었
을까, 생각했다.

어머니는 무척 다정했고

우리는 둘 다 놀랐던 것 같다.

생전 처음 어머니가 나를 좋아하는 것 같다는 느낌을 받았다.

울고 싶어졌다.

어머니에게서 나는 냄새는 상관없었다.

어머니가 상냥한 사람이라는 것을 알게 되었다.


내가 서른아홉 살이 되던 해 아버지가 날 강간했다는 사실을 처음 어머니에게 알렸다.

비가 내렸고 바다에 큰 폭풍이 일던 날이었다.

길이 다 잠겼다.

어머니는 방을 나가고 싶어 했지만

그러지 않았고

우리는 무언가가 해방되어 날아가는 광경을 함께 지켜보았다.


다음 날 아침 6시, 어머니가 나를 불렀다

어머니는 일찍 일어나는 사람이 아니었으므로 어머니가 밤을 새우거나 했음을 나는 알았다.

어머니는 울고 있었고

내 말이 사실이라는 것도 알았다
내가 어머니를 배신했고, 어머니도 나를 배신했고
우리는 서로를 알지 못했다는 것도.
그 순간 우리는 다른 사람의 사유물이기를 멈추었다.


다음 날, 우리는 플로리다 새러소타Sarasota에 있는
다친 새들을 보호하는 박물관에 갔다.
날이 흐렸고 커다란 펠리컨 한 마리가 다리를 절었다.
그곳 새들 거의 전부 어딘가가 망가져 있었다.
새들은 영영 다시 날지 못하거나
새장을 떠날 수 없을 것이다.


몇 달 뒤 어머니가 내게 전화해
어머니가 죽어 아버지를 만나게 될 때
아버지가 자기에게 화를 내면 어떡해야 하느냐고 물
었다.
어머니가 아버지 대신 나를 믿은 일로
아버지가 배신감을 느끼면 어떡해야 하느냐고.
아버지는 죽었다고 내가 대답했다.
하지만 나 또한 여전히 아버지에게 휘둘렸다.

어머니는 가끔 내게 무언가를 사주고 우리는 함께 아버지 돈을 쓴다.

그러면 우리 안에 얼마간은 사악한 흥분감이 일기도 한다.


어머니는 여전히 때때로 아버지의 언어로 말한다.

칵테일 두어 잔을 드시고 난 뒤면 말이다.

얼굴색이 변하고 아버지처럼 화난 표정이 된다.

그럴 때 나는 어머니를 좋아하지 않는다 아니, 어머니가 하는

말들을 좋아하지 않는다.

어머니가 나를 자랑스러워한다는 것을 알고 있다.

어머니는 혼자 있을 때 행복하다.

바다 옆, 그녀가 살고 있는 곳에는 폭력이란 존재하지 않는다. 조용하고 평화롭다.

수영장에는 남편을 여읜 부인들이 여럿 있고

어머니는 펠리컨들을 잡느라 법석이다.

# 그녀는 얼마나 연약하던지

**꿈, 1998년 5월 15일**

나는 꿈 때문에 너무 피곤했다. 딱딱한 공이 내 뇌에 딱 박힌 느낌이었다. 나는 머리카락, 시간, 내 몸의 일부를 잃듯 내가 어머니를 잃는 중이라는 것을 느낄 수 있었다. 나는 밖으로 나가려고, 그 작은 구멍과 피, 음순, 내 어머니의 액을 뚫고 나가려고 기를 쓰고 있었다. 나는 바로 여기서 시작할 것이고 당신은 거기서 끝난다고 말하기 위해 싸우고 있었다.

　　꿈속에서 나는 한때 가장 친했던 친구에게 이제 다시는 내 인생에 끼어들지 말라고 말했다. 그녀가 아무리 아담하고, 예쁘고, 참을 수 없을 정도로 매혹적이고, 진짜 나인 적 없던 나이고, 내게 했던 나쁜 짓들이 사실은 의도했던 것이 아니고, 이제는 엄청난 애를 쓴다고 해도 말이다. 꿈속에서 나는 악을 썼다. 우리가 선을, 경계를 긋지 않았냐고, 그러니까 그녀는 그 선을 넘으면 안 된다고. 그녀가 선을 넘을 때마다 나는 사라져 버렸다. 그러니 그녀는 그 선을 넘지 말았어야 했다. 꿈속에서 나는 비명을 질렀다. 그녀가 무너지고 있었다, 염병, 무너져 내리고 있었다. 믿을 수가 없었다. 그녀는 얼마나 연약하던지. 얼마나 가냘프던지, 마치 연기처럼 얼마나 실체가 없는 것이었던지, 내가 바랐던 모습과 어쩜 그토록 다르던지.

# 온 세상에 비가 내리고 있어요

**꿈, 2012년**

나는 어머니에게 전화를 걸었다. 15년 만에 처음 건 전화였지만 사실 어머니는 이미 죽었다.

마지막으로 그렇게 전화를 걸었을 때 나는 잔뜩 취해 있었다. 그때 스물두 살인가 그랬던 나는 맨해튼에 있는 어느 지저분한 바에서 감상적인 상태가 되어 전화기에 대고 왜 온 세상에 비가 내리고 있느냐며 울었다.

수화기 너머로 전화를 끊으라고 어머니에게 소리 지

르는 아버지의 목소리가 들렸다. 어머니는 전화를 끊었다. 나중에 다시 전화를 하지도 않았다. 나를 보러 오지도 않았다.

# 구타당한 아기

이 모놀로그는 *2022년 10월, 극 〈마이 바디, 노 초이스 My Body, No Choice〉 제작을 위해 아레나 스테이지 the Arena Stage 의 몰리 스미스 Molly Smith 가 의뢰해 쓴 글이다.*

어머니는 세상을 떠나며 고무줄로 칭칭 감은 두껍고 짙은 갈색 봉투를 내게 남겼다. 봉투는 은밀한 무언가를 숨긴 것처럼 보였다. 불길한 에너지 혹은 가공할 만한 비밀, 그래서 어쩌면 내 인생의 궤적을 영원히 바꾸어버릴지도 모르는 무언가를. 나는 그런 것은 알고 싶지 않았다. 그래서 몇 년간은 봉투를 쳐다보지도 않았다. 집 한쪽 구석,

바구니 안에 가만히 놓인 봉투 위에는 먼지가 내려앉았다. 어쩌다 바구니에 발이 걸리기라도 하면 나는 곧 속이 울렁거렸고 비운이 닥칠 것만 같은 기분이 되었다.

솔직히 말하면 나는 그 꾸러미를 받고 조금은 놀랐다. 어머니가 나를 생각할 줄은 몰랐다. 우리가 함께한 역사가 담긴 물건을 간직하고 있을 거라고는 전혀 생각하지 못했다. 그 봉투는 어머니가 나를 위해 남긴 유일한 물건이었다.

그 일은 어느 날 그냥 일어났다. 계획한 일이 아니었다. 나중에야 그날이 어머니 기일이었다는 사실을 깨달았다. 나는 그런 날을 챙기지 않는다.

나는 그냥 그렇게, 바구니에서 봉투를 꺼내 끈을 풀고 그것을 열었다. 묘한 냄새가 났다. 고통의 냄새였던가? 고통에서도 냄새가 나나? 손을 대면 금방이라도 바스러질 것처럼 그 안에 든 모든 물건이 낡아 있었다. 이상한 수집품 조합이었다. 내 5학년 성적표(왜 5학년이지?), 고양이와 무지개와 나비 그림, 후회와 가짜 감정이 가득한 애절한 시들이 담긴 어머니의 날 카드들, 출생증명서, 흐릿해진 사회 보장 번호, 대학 졸업식 프로그램, 졸업식 연설을 위해 타이핑했지만 이제 거의 글씨를 알아볼 수 없는 얇은 반투명 종이, 대학 마지막 학기 성적표. 졸업 후 길을 잃은 것이 분명해 보이는, 취해서 어머니를 부르짖으며 썼던 편지들도 그 안에 들어 있었다.

사진 조합도 이상했다. 졸업 가운을 입고 히피 샌들을 신은 채 졸업장을 받는 나. 오렌지색 인도풍 천 아래에서 한눈에 보아도 어색한 자세로 내 침대에 앉아 있는 나와 어머니. 그런 사진을 찍었다는 사실도 이제는 잘 기억나지 않는 어린 시절 사진들. 아버지는 그때 꽤나 멋을 부린 뉴욕 출신 사진가를 고용했었다. '촬영'은 그야말로 고통이었고 영영 끝나지 않을 것만 같았다. 나는 파마까지 했다. 사진 속에서 나는 비극적으로 귀여워 보였다. 내 작은 코에도 불구하고 유대인이라는 사실은 가려지지 않았다. 슬픔이 묻어있는 눈과 경계하는 눈빛, 하얀 점퍼스커트 위에 달린 딸기 장식. 그 사진들 위에는 사진이 얼마나 실망스러운지 써 놓은 아버지의 노트도 붙어 있었다. "이 사진들은 내 아이들을 조금도 닮지 않았다." 사진가를 생각하니 마음이 안 좋았다. 아버지를 실망시킨다는 것의 의미를 나는 아주 잘 알고 있었으니까.

그리고 가장 아래 있던 사진 한 장. 나는 심장이 쿵 떨어졌다. 나는 몇 번이나 사진을 다시 보았다. 그렇다,

아기 시절 내가 확실했다. 그러나 사진 속 그 아기는 두들 겨 맞은 얼굴을 하고 있었다. 검게 멍든 두 눈과 길게 베 인 콧등에 눈썹 위 여기저기 부딪쳐 생긴 상처들. 나는 깡 패, 그러니까 아기 깡패처럼 보였다. 구타당한 아기 깡패.

그때까지 나는 아기들을 향한 내 거대한 혐오감을 설명하지 못했다. 아기를 떠올리면 슬픔과 공포가 먼저 나를 덮쳤다. 내가 아이를 갖는다는 상상만 해도 숨이 막 히고 기만이라는 생각이 들었다. 나는 아이를 망치거나, 실수로 다치게 하거나, 먹이는 것을 깜박하거나, 어딘가 에 두고 잊어버릴 것 같았다. 나는 늘 같은 악몽을 꾸고는 했다. 긴 여행 끝에 어딘가에 도착하고 보니 아기를 기차 에 두고 내렸다거나, 숲속에 두고 왔다거나, 가는 길에 어 디선가 놓치고 그 사실을 알아차리지도 못했다거나 하는 그런 꿈들.

내가 아기에 관해 아는 것이라고는 그들이 슬프다 는 사실뿐이었으니 나는 아기를 슬프게 할 것이 분명했 다. 나는 슬픈 아기는 원하지 않았다.

아기들은 멋진 몸매를 망치고 몸과 머리를 곤죽으 로 만든다. 그들은 짜증나는 족속이며 칵테일파티를 방 해하는 존재일 뿐이었다. 시끄럽고 도움이 필요하고 어지럽히고 콧물을 흘리고 오줌과 똥이나 싸는 것들이었다. 어머니는 어지럽히는 것을 싫어했고 특히 똥을 싫어했다. 어머니는 일주일이 넘도록 내게 기저귀를 두 개만 채워 배변 훈련을 시켰다. 슬프고 더럽고 구타당한 아기 깡패.

다섯 살이 되고 아버지가 나를 성적으로 괴롭히기 시작한 후로 나는 내가 영영 아기를 가지지 못하게 될 것임을 직감했다. 다른 여자아이들이 자기 인형을 애지중지하며 예쁜 옷을 입히고 달콤한 말을 속삭일 때 나는 내 인형의 목을 베거나 머리카락을 자르거나 바다에 빠뜨렸다.

그런데 잠깐, 나는 질문이 생길 수밖에 없었다. 내 어머니는 왜 내게 이 사진을 주었을까? 무엇을 말하고 싶어서? 내가 진실이리라 생각했던 것이 정말 진실임을 알려주려고? 그렇다면 왜 살아 계실 때 진작 보여주지 않았을까? 이 사진을 왜 간직하고 있었지? 어머니가 사진을 찍었나? 나는 얼마나 자주 맞았던 거지? 누가 때렸지? 오빠가 장난감 트럭으로 내 이마를 한 번 때렸고 나중에는 아버지가 나를 계속해서 때렸다. 어머니가 날 떨어뜨렸던 것일까? 아니면 높은 선반 위에 나를 잠시 두었는데 내가 떨어진 것일까?

왜 이제 와서 이 모든 것이 낯설지 않게 느껴지는 거지? 누군가가 늘 내게, 내 몸에, 내 얼굴에 달려들었던 것처럼. 나는 어린 시절 내내 몸을 낮추었고, 복싱 선수처럼 주먹을 날릴 준비가 되어 있었고, 그러나 단 한 번도 충분히 빨랐던 적은 없었고, 잽싸게 피했고, 겁에 질려 있었고, 어수선했고, 참을 수 없이 불안했다. 내 몸은 내 몸이었던 적이 없었다. 얼얼한 뺨에 차가운 물수건을 대고 있거나 터틀넥 셔츠, 스웨터 따위로 목이 졸린 자국을 가렸다. 나는 어머니가 중지와 엄지로 거칠게, 정말이지 거칠게 붙잡고 흔든 내 뺨을 손으로 문질렀다. 너무 아팠다. 어머니가 손을 뗀 뒤에도 내 뺨은 여전히 파르르 떨렸으며 새빨간 자국이 남고는 했다. 하지만 아픔보다 훨씬 더 큰 수치심이 매번 나를 덮쳤다. 어머니는 더러운 똥을 털어내듯 손가락을 튕겼다. 내가 그 똥이었다.

나의 몸과 얼굴이 내 것이 되기를 멈추고 폭력과 불명예의 장이 된 것은 정확히 언제부터였을까?

물론 나는 술을 마시고 담배를 피우고 마약을 했다. 고통을 잠시 잊게 해주거나, 덜하게 해주거나, 고통의 위험과 고통의 기억에서 멀어지게 해준다면 무엇이든 닥치는 대로 몸 안에 집어넣었다. 열네 살 때였다.

그리고 물론 술과 마약은 내 몸에서, 고통의 근원에서 나를 멀리멀리 데려가 주었지만 그와 동시에 나를 나 자신에게서도 떨어뜨려 놓았다. 그만둬, 싫어, 너는 누구지, 나는 정말 원하지 않아, 부탁이야 그만해 같은 말들로부터도. 동의와 선택권들로부터도. 내 몸은 더는 내 것이 아니었으며 이미 오래전에 부서진 물건이 되어버렸다. 다치고 슬픈 것, 두들겨 맞고 후려쳐지고 유린당하고 빼앗기고 강간당한 그런 것. 내 몸뚱어리는 공공재산이 되었다. 그의 사유물이던 것이 이제는 그들의 사유물이 되었다. 그러던 어느 날 갑자기 이 뿌연 안개와 헤어날 수 없는 숙취 속에서 의사가 내게 말했다. 내가 임신을 했다고. 우리 같은 아이들에게 낯선 일은 아니었다. 임신이라니. 슬픈 아기에 대한 공포감이 나를 덮쳤다. 내 인생은 시작도 하기 전에 돌연 끝나버렸다. 나는 붙잡혀 목이 매달렸다. 오 아니, 오 하느님, 안 돼요 안 돼 안 돼요 임신이라니요. 내 안에 생명이 남아 있을 수 있다는 생각을 나는 전혀 하지 못했다.

나는 순식간에 불안감에 잡아먹혔다. 내 안에 생명을 지닌 몸이 자라고 있다니 참을 수 없어 내 머리통을 날려버릴 것 같았다. 해일처럼 덮쳐오는 이 불행한 운명에 질식할 것 같던 나는 기진맥진해 바닥에 누웠다. 하느님 제발, 당신을 믿지는 않지만요, 하느님 제발요, 이 아이를 낳지 않게 해주세요. 이 비운을 데려가 주세요.

그리고 나는 구원이라고 할 만한 것을 얻었다. 그 임신중지수술, 그 구원의 날. 7월 4일이었다. 그들이 내 몸에서 자라며 모든 것을 집어삼키고 있던 비운을 거두어 갔다.

나는 몸을 부들부들 떨었다. 의사는 친절했다. 내 손을 잡아주던 간호사도 있었다. 그때 들렸던 진공 흡인기 소리가 기억난다. 시간 속으로 굴러떨어지던 순간도 기억난다.

• • •

얼마 후 내 손에는 진 한 병과 토닉, 라임과 얼음이 들려 있었다. 당시 살고 있던 사회복귀 시설의 작은 방 침대 위에 누웠다. 그때껏 평생토록 7월 4일을 경멸해 왔지만 근처에서 들려오는 폭죽 소리가 처음으로 전쟁이 아닌 내 몸의 주체성과 자유를 외치는 소리로 들렸다. 폭죽이 펑,

펑 터질 때마다 나는 거울에 비친 내 맨몸에 대고 잔을 들었다. 경련이 일 때마다 잔을 들며 내 피에 기뻐했다. 무엇이 나를 구해주었는지는 몰라도 나는 그것에 대고 머리를 숙였다.

　　임신중지는 내가 내 몸을 두고 생전 처음 스스로 선택한 일이었다. 나는 그때 스물세 살이었다. 구타당하고 강간당하고 폄하된 몸. 어둠 속에서 난폭하고 덜떨어진 남자애들에게 맡겨졌던 내 몸. 지워지고 죽은 줄로만 알았던 내 몸이 어느 순간 비워지고 삶을 얻었다.

# 웃음을 멈추고
# 함께 싸워주기를

**2018년**

이 글은 브렛 캐버노Brett Kavanaugh 연방 대법관 지명자의 인준 청문회가 열리는 동안 〈타임Time〉에 썼던 글이다.

캐버노 지명자를 지지하는 백인 여성들에게,

　　지난밤 저는 수천 명 앞에서 연설하던 도널드 트럼프Donald Trump 대통령이 크리스틴 블래시 포드Christine Blasey Ford 교수를 조롱하는 장면과 마주했습니다. 저는 그의 뒤에서 그를 응원하며 웃음을 터뜨리는 여자들에 주목했어요. 그리고 눈 깜짝할 사이에 제게 너무도 익숙한 악몽

속으로 굴러떨어졌습니다. 그러므로 당신들에게 이 글을 쓰지 않을 수가 없었어요.

　내가 아이였을 때 내 아버지는 나를 때렸고 성적으로 학대했습니다. 어머니는 나를 보호하지 않았고요. 당신들이 도널드 트럼프 옆에 섰듯 어머니는 아버지 편을 들었고 저는 그 사정을 이해합니다. 아버지가 생계를 책임지는 가장이었으니 어머니는 아버지 편에 섰을 것입니다. 어머니도 살아야 했기에 아버지 편을 들었을 거예요. 그녀 앞에 닥친 현실이 너무나 끔찍해, 보지 않는 편이 나아서 어머니는 아버지를 편들었겠지요.

　어머니는 남자에게 질문하는 법을 배우지 못했기에 아버지 편에 섰습니다. 어머니는 남자의 시중을 들고 기분을 맞추어주라고 배우셨고 여자를 믿지 말라는 말에 더 익숙했어요. 내 아버지가 죽고 나서야 어머니는 딸의 어린 시절 진실을 인정하며 제게 용서를 구했습니다. 그제야 어머니는 안락하고 보장된 생활을 위해 자신이 딸을 희생양으로 삼았다는 사실을 직시할 수 있었습니다. 내가 어머니의 '희생양'이었다는 것, 그 말은 어머니 입에서 나온 말이었습니다.

　포드 교수를 비웃는 여자들의 영상에서 누군가

는 냉소를 봅니다. 저는 거기서 거리 두기Distancing와 부정하기Denial를 봅니다. 20년이 넘는 세월 동안 저는 여성 폭력 종식을 위해 일했습니다. 이 나라를 아주 많이 돌아다녔어요. 제 연극 〈버자이너 모놀로그〉를 처음 오클라호마 무대에 올렸던 때가 생각납니다. 청중이었던 여성들 절반이 자신도 강간당했거나 구타당한 적이 있다는 이야기를 제게 털어놓았습니다. 그들은 아주 작은 목소리로 속삭였고 어떤 이들은 저 외에 다른 누구에게도 말한 적이 없다고 했습니다. 별일 아니라고, 괜찮다고, 스스로를 다독이며 부정해 왔던 거예요.

저는 당신이 당신 딸 대신 아들과 남편을 선택해야만 하는 상황을 원하리라고 생각하지 않습니다. 미래 세대는 우리가 겪었던 고통을 겪지 않기를 바라겠지요.

• • •

남자가 아니라 여자를 믿는다고 입 밖으로 소리 내어 말함으로써 당신이 감수해야 하는 위험을 알고 있습니다. 그것은 이제 당신이 겪어온 일을 제대로 마주하고 진실을 따르겠다는 뜻이겠지요. 전 세계 여성 인구 3분의 1이 성폭행을 당했거나 폭력을 경험한 적 있다면 당신들 중에서도 이런 일을 겪은 사람이 있을 것입니다. 다른 여자를 믿는 일은 당신이 겪었던 고통과 두려움과 슬픔과 분노에도 손을 내미는 것을 뜻합니다. 그 일은 때때로 견딜 수 없이 괴로워요. 저 또한 자기 부정에서 벗어나고 저의 가해자, 아버지를 끊어내기까지 수년이 걸렸기에 이를 잘 알고 있습니다. 여태껏 전전긍긍하며 쌓아 올린 내 안락한 인생이 순식간에 전복될지도 모르는 위험을 무릅쓰고 진실을 드러내야 하니까요. 하지만 감히 말하건대, 거짓 속에 사는 것은 삶을 반만 사는 것과 같습니다. 나의 진짜 이야기를 시작하고 나서야 저도 진정한 행복이 무엇인지, 자유가 무엇인지 알게 되었어요.

사랑하는 사람이 폭력의 트라우마로 고통받는 모습을 지켜보아야 하는 사람들과 언젠가 자녀들이 이러한 폭력에 노출될까 봐 걱정하는 사람들이 있음을 압니다.

한때 제게 어머니가 필요했듯 우리에게는 당신들이 필요하기에 저는 지금 이 글을 씁니다. 우리는 두려움과 수치심을 기꺼이 감수하고 침묵을 깨고 나온 여자들 곁에 당신들이 서주기를 바랍니다. 집회에서 웃던 여성들 중에는 가슴 깊은 곳에 끝내 표현되지 못한 다른 어떤 욕망과 감정을 품은 여성들도 있을 것이라 믿습니다.

당신도 우리와 함께 싸워주십시오. 여성에게 가해지는 폭력은 우리 영혼을 파괴합니다. 자아를 완전히 말살하고 감각을 무디게 합니다. 우리를 우리 육체에서 떼어놓습니다. 폭력은 우리를 이등 시민으로 붙잡아 두기 위한 도구입니다. 우리가 입 다물고 문제를 제기하지 않으면 우울증, 알코올과 마약중독, 폭식, 자살로 이어질 수도 있어요. 폭력은 우리가 스스로 행복할 자격이 없다고 믿게 만듭니다.

제 어머니는 자기 부정이라는 덫에 걸려, 무슨 일이 벌어졌는지 알아차리고 딸에게 사과하기까지 40년이라는 세월이 걸렸습니다. 여러분도 지금으로부터 40년이나 지나 딸에게 사과하게 되는 일은 바라지 않겠지요. 성난 남자의 질주를 우리가 함께 멈춥시다. 난폭하고 복수심에 불타며 성폭행범일 확률이 높은 이 남자의 질주를 말입니다. 시간이 없습니다. 당신들의 상원의원을 부르십시오. 웃음을 멈추고 싸움을 시작하십시오.

제 모든 사랑을 담아,

이브

## 4

살아 있는
것이

유감이지 않은 몸

여성과 소녀 그리고 여성으로 식별되는 사람을
의도적으로 살해하는 행위.

# 레이철의 침대

**크로아티아, 1994년**

*1993년 맨해튼 거리를 걷던 나는 〈뉴스데이Newsday〉 표지를 장식한, 강간 캠프에서 막 도망쳐 나온 보스니아 소녀 다섯 명의 사진에 사로잡혔다. 그 일은 완전히 비현실적이고 불가능해 보였다. 나는 그곳에 가야만 했다. 이 글은 그 당시 썼던 일기다.*

"그들이 예순 살인 제 어머니와 예순여덟 살인 아버지를 밖으로 끌고 갔어요. 체트니크Chetnik °인 이 소년 병사들은 우리랑 학교도 같이 다니고 마을에서 함께 자라던 아이들이에요. 그런데 그 아이들이 제 아버지를 우리 마당 한가운데 세우더니 아버지 머리에 총구를 겨누었어요. 그러고는 아버지 머리와 목, 사타구니에 돌을 퍼붓기 시작했습니다. 넋이 나간 아버지는 속수무책으로 서 있었고 저와 어머니, 친척들은 이를 지켜보아야 했어요. 아버지의 몸이 찢겨 피가 흐르고 상처가 벌어졌지만 그들은 멈추지 않았어요."

○ 　세르비아 민족주의 무장 조직

나는 둥그렇게 모여 앉은 여자들 가운데 놓인 철제 의자에 앉아 있었다. 그들은 전부 담배를 피우며 진한 블랙커피를 마셨다. 우리는 크로아티아 자그레브 외곽에 있는 난민 캠프의 임시 진료소에서 최근 보스니아를 탈출한 '여의사'(통역사가 그렇게 불렀다)라는 서른 살 여성의 이야기를 듣고 있었다. 지금은 1994년 여름, 나는 보스니아 난민들을 인터뷰하기 위해 이곳과 파키스탄에 두 달간 머물 예정이다. 나는 여성들에게 자행되는 잔학 행위에 관한 보고서들을 읽고 분노를 참을 수 없었다. 그래서 극작가이자 시나리오 작가로 이에 관한 영화 대본을 쓰기 위해 이곳으로 왔다.

　　"그리고는 그들이 어머니를 데려가 어머니가 선 땅 위로 기름을 부었어요. 소년들은 성냥을 기름에 가까이 들이대며 낄낄댔지요. 어머니의 얼굴이 하얗게 질렸어요. 추위도 대단했고요. 그렇게 3시간 동안 어머니를 고문하자 어머니가 소리 지르기 시작했어요. 치마를 찢고 울부짖으며 '자, 어디 마음대로 해봐라, 체트니크 놈들아! 날 죽여라. 너희들 따위 겁나지 않는다, 죽음도 무섭지 않다! 날 죽여라!' 소리쳤어요."

　　이야기를 함께 듣던 다른 보스니아 여자들이 숨을

참았다. 그녀에게 질문하는 내 목소리가 적막을 뚫고 그곳에 울렸다. 마치 흔하고 흔한 전쟁 이야기라는 듯, 이미 다 들어본 이야기라는 듯 딱딱하게 질문하는 기자의 목소리였다. 나는 물었다. "당신의 이웃이 당신을 배신한 기분은 어땠나요?" "전쟁 전에는 당신이 이슬람교인이라는 사실을 걱정한 적 있었나요?" 나는 전문가인 척하는 페르소나 뒤에 숨어 그것이 마치 비밀 은신처라도 되는 듯 안전한 공간에서 여자들에게 질문을 퍼부었다.

"제가 겨우 그곳에서 탈출해 여기 도착했을 때" 의사가 말을 이었다. "저희 마을이 다시 안전해졌다는 소식을 들었어요. 유엔군이 강제 수용소를 급습해 아버지가 풀려나셨다고요. 저는 희망을 품었어요. 그런데 체트니크가 다시 마을을 덮쳤고 저희 가족을 전부 베어 학살했어요. 어머니와 아버지의 토막 난 시신이 저희 집 앞마당에 흩뿌려져 있었대요."

나는 그들의 말을 들으며 내 마음속 어떤 것들이 무너지고 있음을 느꼈다. 논리, 안전, 질서, 이유 같은 것들. 눈물을 흘리고 싶지 않았다. 전문가는 울지 않는다. 극작가는 사람을 등장인물로 인식한다. 이 여자는 의사 캐릭터다. 트라우마가 있지만 금세 회복할 힘을 가진 강인한 여성 캐릭터. 나는 파르르 떨리는 내 몸을 제압했다.

• • •

자그레브에 온 후 열흘 동안 전쟁 희생 여성들을 위한 센터 내 소파에서 잠을 잤다. 1991년에 설립된 이 센터는 전쟁 중 강간 피해를 당한 세르비아인과 이슬람교인, 크로아티아인 여성들을 위해 지어졌다. 그러나 지금은 강간 피해 여성뿐 아니라 전쟁 중 집을 잃은 여성들까지 포함해 오백 명 넘는 여성이 도움을 받고 있다. 그곳에서 일하는 여성들 대부분 난민이다. 그들은 스스로 그룹을 조성해 식량, 약, 세면도구, 아이 장난감 등을 긴급 제공하고 일자리를 찾아주거나 의료 지원을 받게 해주며 아이들이 학교에 갈 수 있게 돕는다.

처음에는 매일 하루 5시간에서 8시간썩 도심 한가운데, 황량한 난민 캠프, 카페 등지에서 여자들을 인터뷰했다. 여자는 검은 옷을 입어야 하는 나라에서 온, 검정 실크와 검정 면, 검정 라이크라로 된 옷을 입은 여자들을 만났다. 인터뷰 내내 나는 이 여자들을 당장 구해내고 싶다는 절박한, 그리하여 나를 무력하게 만들거나 때로는 분노에 휩싸이게 하는 욕구에 시달렸다. 혹은 극작가 역할을 유지하느라 진을 뺐다. 나는 이야기를 들으며 내가 만들 드라마를 상상했고 여자들이 하는 말의 리듬과 속도를 가늠해 보았다. 이런 접근 방식으로 나는 무엇에도 휘둘리지 않는 매정하고 우월감에 젖은 사람이 되었다.

수많은 저널리스트가 이미 이 여자들의 인생을 헤집어 놓고 떠났다. 여자들은 침략당하고 빼앗기고 속은 기분이 되었다. 난민 직원들이 나를 캠프에 머물게 해주고 내가 그곳에 있는 동안 때로는 내게 관심을 주었다는 사실은 영광이자 특권이었다. 나는 계약 기간이 끝나고도 계속해서 그곳에 머물렀다. 나는 그동안 그들과 수직적이고 일방적인 방식으로 관계 맺었으며 나 스스로를 치유자이자 문제 해결사로 여겼다. 이 미친 현실과 잔인함 그리고 상실 속에서 나를 보호하기 위해, 드러내지는 않았어도 속으로 절실한 통제 욕구를 지니고 있었던 것이다. 분석적이고 해석적이며 심지어 이 전쟁 통의 잔학함 속에서 예술을 끌어내고자 했던 이 욕구는 나의 무능에서 기인했다. 사람들과 온전히 함께 있지 못하고 그들의 고통에 진심으로 공감하지 못하며 듣지도, 느끼지도, 이 진창 속에서 기꺼이 길을 잃지도 못하는 무능.

자그레브에서 지낸 지 열흘째 되는 날, 센터에서 일하는 레이철이 주말에 자기 집에 와 있는 것이 어떻겠느냐고 물었다. 크로아티아에 온 뒤로는 혼자였던 적이 없었으므로 무서웠지만 내 경험을 시험하고 현장의 진짜 얼굴을 볼 기회였다. 레이철의 집에 도착했을 때는 밤이었다. 복도에 있는 등이 고장 났는지 자꾸만 꺼졌다 켜졌다 해서 어둠 속에서 혼자 벌벌 떨었다. 활동가로 지내면서 여성 노숙인 쉼터에서도 일했고 핵전쟁 반대 시위에서 펜스에 몸을 묶기도 했다. 쥐가 들끓는 빗속에서 야외 취침도 하고 네바다의 핵실험 장소에서 방사능 먼지를 뒤집어쓰며 야영을 한 적도 있었다. 그러나 그토록 지독한 외로움은 처음이었다. 나는 미국에 전화를 걸었다. 아파트 안을 불안하게 서성댔다. 책을 읽으려 했지만 집중이 되지 않았다. 나는 레이철의 침대 위, 화려하고 붉은 이불에 누웠다.

온갖 무자비한 이야기를 들으며 내 마음은 스스로 탈락하는 미생물처럼 무너져 내렸다. 불붙은 담배가 안구 바로 앞까지 들이밀어졌다는 군인의 아내, 참수당한 나이 든 부모님, 차에서 군인 남편과 친구들에게 성폭행을 당한 열다섯 살 소녀, 군인들 희롱에 손에 권총이 쥐어진 3개월 된 아기, 세르비아인에게 강간당해 임신한 아이를 결국 낳기로 결심한 뒤 식량을 빼앗긴 이슬람교인 어머니, 사라예보를 탈출한 뒤 만난 캐나다인 삼촌에게 성폭행을 당할 뻔한 열네 살 소녀, 구호 상자에 든 더럽고 얼룩진 옷에 감사하기를 강요받는 난민들.

　이 잔인함도 원초적인 공포심도 내 마음을 무너뜨리지는 못했다. 그러나 이 여성들을 향한 내 마음을 내가 막아섰다는 사실은 진실로 나를 아프게 했다. 레이철은 부엌과 침실과 거실과 화장실이 모두 한 공간에 있는 작은 방에서 나라는 이방인을 위해 달콤한 페이스트리를 만들어주었다. 그녀는 빠진 이를 드러내며 내내 미소 지었고 자기 옆에 있던, 줄담배를 피우면서도 구겨진 치마와 지저분한 머리를 사과하는 여자를 계속해서 다독여주었다. 마치 유리가 살을 벤 것처럼 내 눈에서 눈물이 터져 나왔다. 눈물은 나를 무너뜨려 아무것도 아닌, 더는 사실로 똘똘 뭉쳐진 무언가가 아닌 것으로 만들었다. 정의, 권위, 명성에 매달리던 내 욕구는 산산조각 나 액체의, 비정형의, 내가 알아볼 수 없는, 나와 닮지 않은, 내가 아닌 것이 되었다. 오로지 걸쭉한 진짜만이 남았다. 곤죽이 된 피투성이 덩어리. 그것이 녹아내리고 있었다.

레이철의 방에서 하루를 보내고 난 뒤 내 여정은 완전히 달라졌다. 나는 인터뷰를 신성한 사회 계약으로 보기 시작했다. 나 혼자만 대상에게서 이야기와 사건, 감정을 취해서는 안 됐다. 우리 사이에 무언가가 오고 가야 했다. 나 또한 나를 내보여야 했다. 기꺼이 약해져야 했다. 더는 나만 보호할 수 없었다. 이야기 밖에서 서성이고 있을 수만은 없었다. 전쟁은 자연스럽지 않고 그 잔혹함과 끔찍함은 불편한 것이 맞다. 이제 나는 때로 인터뷰 도중에도 눈물을 흘린다. 내가 한없이 작고 무력하다고 느끼며 이를 숨기지 않는다. 과거의 방어적인 태도와 구별 짓는 접근 방식은 내 안에서 죽었다.

제가 녹아들 수 있게 해주세요. 뒤섞이게 해주세요. 갑옷처럼 단단한 저의 자아를 해방시켜 주세요. 원 안에 받아들여지게 해주세요. 저를 앞세우지 않게 해주세요. 제가 집 잃은 사람이, 집을 그리워하는 사람이 되게 해주세요. 더 많은 것을 무너뜨리기 위해 실망하는 일을 멈추지 않게 해주세요. 저를 더 숨길 수 있게 해주세요, 익명이 되게 해주세요. 그리하여 나의 차례, 나의 메시지, 나의 몫, 나의 작품, 나의 순간을 걱정하는 마음을 버리게 해주세요. 마침내 원 안에 앉을 준비가 되게 해주세요.

# 죽음에 내몰린 여자들과
# 그들을 돕는 남자

**부카부**_Bukavu_, **콩고민주공화국, 2007년 8월**

이 글은 내가 콩고민주공화국을 처음 방문하고 난 뒤 〈글래
머_Glamour_〉에 쓴 글이다. 나는 뉴욕대학교 법학대학원에서 드
니 무퀘게_Denis Mukwege_ 의사를 인터뷰했다. 그 일을 계기로 그
에게 초청을 받아 콩고에 방문했다. 무퀘게 의사는 후에 노
벨평화상을 수상했다.

나는 지옥에서 막 돌아왔다. 콩고민주공화국에서 내가
목격하고 들은 것들을 어떻게 전해야 좋을까? 어떻게 해
야 사람들이 차마 읽기 힘들어 글에서 눈을 돌리지 않고

이 글을 끝까지 읽게 할 수 있을까?

아홉 살 여자아이가 군인 패거리에게 집단 성폭행을 당하고 여자들 몸 안이 총격으로 갈기갈기 찢어지고 몸에서 대소변이 흘러나오는 일을 과연 어떻게 설명할 수 있을까?

이 여정은 내게 어떤 출발점이었다. 이 여정은 드니 무퀘게라는 어느 남자 의사와 함께 시작되었다. 이 여정은 콩고에서 일어나고 있는 일들과 부카부 판지 병원Panzi Hospital에서 자신이 하는 일을 알리기 위해 2006년 12월 뉴욕을 방문한 그와의 대화로부터 시작되었다. 내

어설픈 프랑스어와 그의 국한된 영어에서 시작되었다. 그의 슬픔은 고요했지만, 극악한 현실을 목도한 눈에서는 피가 흘러내리고 있었다.

그 대화는 내 안에서 무언가를 촉발시켰고 나는 초대에 응하지 않을 도리가 없었다. 나는 지구 반 바퀴를 돌아, 게릴라들이 여자들을 헤집어 놓는 것만큼이나 빠르게 그들을 꿰매고 있는 이 의사를 만나야 했다.

지금부터 나는 무퀘게 의사가 구한 여자들의 이야기를, 얼굴 없고 평범하고 유린당한 여자들이 의사의 도움으로 알폰시네와 나딘이라는 이름과 기억, 꿈을 가지게 된 이야기를 시작하려 한다. 이에 여러분에게 이렇게 부탁한다. 내가 먼 부카부 판지 병원에서 그랬듯 당신도 내 이야기를 끝까지 들어주기를, 마음을 열어주기를, 함께 분노하고 구역질해 주기를.

• • •

콩고에 가기 전 나는 지난 10년간 브이데이*V-Day*라는 여성(시스젠더, 트랜스젠더, 젠더에서 기인한 폭력에 취약한 유동적 정체성을 지닌 모든 이들) 폭력 근절을 위한 글로벌 운동을 해오고 있었다. 그러므로 보스니아, 아프가니스탄, 아이티 등 세계의 강간 광산, 즉 강간이 전쟁 수단으로 이용되고 있는 곳들에는 이미 가봤었다. 하지만 성고문과 여성이라는 종을 파괴하려는 시도가 콩고만큼 지독하고 끔찍하며 체계적으로 일어나는 곳은 본 적이 없다. 이 상황을 그저 페미사이드*femicide*로만 칭하고 콩고 여성들의 미래가 심각한 위험에 처해 있다고만 말하기에는 무언가가 턱없이 부족하다.

이곳의 페미사이드는 서구가 콩고에서 벌이고 있는 경제 전쟁에 커다란 역할을 하고 있다. 구리, 주석, 금, 아이폰과 컴퓨터에 들어가는 콜탄 같은 광물과 자원을 약탈하기 위해 말이다.

여자들은 유린당하고 가족과 공동체는 무너진다. 사람들은 다국적 기업의 대리인이자 광산 관리자인 민병대를 피해 달아난다. 식민주의와 자본주의, 인종차별주의가 얽혀 만든 죽음의 교차로가 이제는 여성의 몸을 관통하고 있다.

. . .

아침 6시 30분, 무퉤게 의사가 나를 데리러 온다. 화창하고 멋진 아침이다. 판지 병원이 위치한 부카부는 무척이나 비옥하다. 바나나 나무들과 그 사이를 날아다니며 신비로운 목소리를 뽑내는 형형색색의 새들이 보인다. 이곳의 키부Kivu 호수에는 사하라사막 이남 아프리카 대부분을 환히 밝힐 수 있을 만큼 충분한 메테인이 함유되어 있다. 그러나 그 강둑에 자리하고 있는 부카부에조차 아주 가끔씩 전기가 들어온다. 이것이 콩고의 문제다. 콩고는 지구상 그 어느 곳보다 천연자원이 풍부하지만 인구 80퍼센트가 하루 1달러를 채 벌지 못한다. 그 어느 곳보다 강수량이 풍부함에도 수백만 사람들이 깨끗한 물을 마시지 못한다. 땅은 너무나 풍요롭지만 거의 3분의 1에 해당하는 인구가 기아에 허덕인다.

차에 타 길을 따라가며 의사는 자신이 어렸을 때이곳이 지금과 얼마나 달랐는지 이야기한다. "1960년대에는 여기 부카부에 오만 명 정도가 살았어요. 평화로운곳이었습니다. 부자들은 호수에서 자기 소유의 모터보트를 타기도 했고요. 산에는 고릴라들도 살고 있었지요." 그러나 지금 부카부에는 콩고 난민이 최소 백만 명 이상 있다. 1996년 발발한 전쟁 이후 시골을 폐허로 만들고 있는 수많은 무장 단체를 피해 지금도 사람들이 잇따라 도시로 모여든다. 독재자 모부투 세세 세코*Mobutu Sese Seko*를 축출하기 위해 시작된 내전에 곧 주변국들의 군대가 합류하면서 사람들이 '아프리카 제1차 세계 대전*Africa's first world war*'이라고 일컫는 제1차 콩고 전쟁으로 번졌다. 각 군대는 목적도 다양한데, 대부분 희귀한 광물 자원의 지배권을 얻기 위해 참전했다. 나머지는 전쟁에서 얻을 수 있는 것이라면 무엇이든 닥치는 대로 얻기 위해 끼어들었다.

그러나 현재 콩고에서 벌어지는 일을 제대로 이해하려면 1996년 훨씬 더 이전으로 거슬러 올라가야 한다. 콩고를 '정복'한 뒤 1885년에서 1908년까지 콩고 인구 절반에 해당하는 천만 명을 학살한 벨기에 국왕 레오폴드 2세 때부터 이 나라는 120년이 넘는 긴 시간 동안 시련을 겪어왔다. 이처럼 피로 얼룩진 학살과 식민주의는 콩고 사람들에게 깊은 상흔을 남겼다. 2003년 맺어진 평화협정과 최근 선거 결과에도 불구하고 무장 단체들이 여전히 나라 동쪽 절반을 장악하고 있어 사람들은 공포에 떨고 있다. 현재까지 콩고에서 일어난 전쟁으로 사백만 명에 가까운 사람들이 사망했고(이는 제2차 세계 대전 이후 가장 큰 숫자다) 셀 수 없이 많은 성인 여성과 소녀 들이 강간 당했다.

. . .

부카부에서는 이 전쟁에서 도망쳐 나온 사람들이 새벽부터 늦은 밤까지 쉬지 않고 걷는다. 그들은 아이들을 먹일 바나나와 토마토를 찾을 때까지 혹은 그것들을 팔 수 있는 곳을 찾을 때까지 걷고 또 걷는다. 굶주리고 발이 부르트고 겁에 질린 사람들의 행렬이 끊이지 않는다. "우리도 하루에 세 끼를 먹던 때가 있었어요." 무퀘게 의사가 말한다. "지금은 한 끼만 먹어도 운이 좋은 셈이에요."

마주치는 사람들 모두 이 산부인과 의사를 안다. 그는 손을 흔들며 인사하고 멈추어 서서 이 사람의 건강 상태를 확인하고 저 사람에게 어머니 안부를 묻는다. 전쟁 발발 후 대부분의 의사와 교사, 변호사가 콩고를 떠났지만 무퀘게 의사는 이 절박한 상황에 고립된 사람들을 떠날 생각을 하지 않았다.

1996년, 그는 강간 사건이 급격히 증가하고 있다는

사실을 처음 알아차렸다. "여자들이 도저히 말로 표현하기조차 어려운 야만적 방식으로 유린당하고 있음을 알게 되었어요." 그때를 회상하며 의사가 말한다. "이런 식입니다. 첫째, 자식과 남편, 이웃이 지켜보게 하는 가운데 강간이 자행됩니다. 둘째, 많은 남자가 동시에 여자를 강간하고요. 셋째, 강간이 끝나도 여자를 내버려 두지 않고 총이나 막대기로 성기를 훼손합니다." 이는 섹스가 값싼 무기로 이용되는 현실을 적나라하게 드러낸다.

"가족 앞에서 자행되는 강간은," 그가 말을 이어간다. "모두를 파괴합니다. 아내가 성폭행당하는 모습을 지켜봐야 했던 남자를 여럿 만났어요. 그들은 정서적 안정을 되찾지 못합니다. 아이들은 그보다 훨씬 더 큰 고통에 빠지고요. 대부분 이 정도 폭력을 당한 여성들은 후에 아이들을 계속해서 돌보지 못해요. 이런 강간은 성적 욕망을 충족하기 위한 것이 아니에요. 영혼을 파괴하려는 목적이지요. 이는 가족 전체와 공동체를 무너뜨립니다."

· · ·

우리는 이내 단지 내 건물 십여 개가 모여 있는 판지 병원에 도착한다. 8년 전 무퀘게 의사는 이곳에 수술실을 겸비한 특수 산부인과 병동을 만들었다. 총 삼백삼십네 개의 병상이 있는 판지 병원에는 현재 성폭력을 당한 이백오십 명의 여성들이 머물고 있다. 병원과 주변 지역은 자연스레 강간 피해 여성들이 모여 사는 마을이 되었다. 이 땅에는 아이들이 넘쳐나고 굶주림과 궁핍이 만연하다. 매일 최소 두 명의 아이가 영양실조로 죽는다. 또한 심각한 트라우마로 인한 다른 여러 문제가 혼재해 있다. 이곳 여자들은 악몽과 불면증에 시달리고, 남편에게 버림받고, 원치 않는 강간범의 아이들을 떠맡으며 아이와 어른 모두 갈 곳이 없다.

해가 뜨고 아침이 밝아오면 병원 뜰은 임시 교회가 된다. 여자들은 자신이 가진 옷 중 가장 화려한, 아마도 하나뿐일 파뉴(몸에 둘러 드레스나 치마로 사용할 수 있는 직사각형 모양의 밝은 색 패턴 원단)를 입고 조용히 앉아 아침 기도를 드리기 위해 의사를 기다린다. 풀을 먹여 빳빳한 흰색 상의를 입은 헌신적인 여성 간호사들과 사회복지사들도 함께한다. 여자들은 성령 강림을 애타게 기다리며 일요일 아침 미사 시간에 예수님을 부르듯 스와힐리어 리듬으로 노래한다.

이 아침 의식은 용기를 얻고 연대하기 위한 일종의 모임이다. 여자들은 노래할 때면 모든 것을 잊는다. 그들에게는 태양과 하늘, 북, 그리고 서로가 있다. 여자들은 자기 몸 안에서 잠시나마 안전하고 자유롭게 숨 쉰다.

• • •

여자들이 노래하고 있을 때 무퀘게 의사가 내게 말한다. 그들 중 상당수는 이곳에 왔을 때 나체였거나 굶주린 상태였다. 참혹하고 심각한 부상을 당했었기 때문에 그는 지금 여자들이 노래를 부르고 있다는 사실이 여전히 놀랍다. 그는 여자들의 회복력이 무척이나 자랑스럽다. "저는 결코 부끄럽게 여기지 않을 거예요." 여자들이 노래한다. "신께서 제게 새로운 심장을 주시어 저를 강하게 해주셨어요."

"처음에는 이곳에 오는 환자들의 이야기를 전부 들었어요." 무퀘게 의사가 말한다. "하지만 이제 그런 일은 자제합니다." 나는 곧 그 이유를 알았다. 나는 나딘(이 글의 다른 이들처럼, 인터뷰한 것에 대한 보복이 두려운 그녀는 사진은 허락했지만 이름은 가명을 써달라고 부탁했다)

을 만나, 이후 오랫동안 나를 괴롭힐 참혹한 이야기를 듣는다.

　　이야기를 시작하는 나딘은 주위에서 혼자만 따로 분리된 것처럼 보인다. 아주 먼 곳에 있는 사람처럼. "저는 스물아홉 살이에요." 그녀가 이야기를 시작한다. "저는 닌자Nindja 라는 마을에서 왔어요. 그곳은 평소에도 치안이 불안정해요. 저희는 밤이면 자주 덤불 속에 숨어야 했지요. 그러다 군인들에게 발각되었어요. 그들은 제일 먼저 저희 마을 수장과 그의 자식들을 죽였어요. 저희 마을에는 오십 명의 여자가 있었고요. 저에게는 아이가 세 명, 오빠가 한 명 있었는데, 군인들이 오빠에게 저와 성교를 하라고 했어요. 오빠가 거부하자 그들이 그 자리에서 오빠의 목을 베 죽였어요."

　　나딘이 몸을 심하게 떤다. 그녀가 들려주는 이야기는 지금 내 눈앞에 살아 숨 쉬는 사람 입에서 나오는 말들이라고 믿기 힘들다. 그녀는 이어서 군인 한 명이 자기 대소변을 먹게 한 일, 군인들이 나딘의 친구 열 명을 죽이고 그녀의 네 살, 두 살짜리 아들들 그리고 이제 한 살이 된 딸을 죽인 일도 이야기한다. "군인들이 제 딸아이의 몸을 쓰레기처럼 땅에 내동댕이쳤어요." 나딘이 말을 이어간다. "그들이 차례로 저를 강간했고요. 제 성기와 항문이 찢겨 나갔어요."

나딘은 기억의 쓰나미에 휩쓸리지 않으려는 듯 내 손을 꼭 붙잡는다. 나딘이 누군가에게는 이 이야기를 반드시 털어놓을 필요가 있고, 내가 그녀의 이야기를 들어주어야 한다는 사실은 그녀의 깊은 좌절감만큼 분명하다. 나딘은 눈을 감고 사실이라고는 도무지 믿기 어려운 이야기를 한다. "군인 무리 중 한 명이 임신한 여자의 배를 갈랐어요. 태아는 꽤 컸는데 군인들이 아기를 죽였지요. 그리고 아기를 불에 구워 저희에게 먹으라고 했어요."

놀랍게도 그 오십 명의 여자 중 목숨을 구해 달아난 사람은 나딘이 유일했다. "군인들에게서 겨우 도망쳐 나왔는데 길에서 어떤 남자를 마주쳤어요. 그가 물었어요. 이 이상한 냄새는 뭐냐고. 제게서 나는 냄새였어요. 다친 부위에서 대소변이 흘러나오고 있었거든요. 저는 남자에게 무슨 일이 있었는지를 말했지요. 남자는 제 앞에서 눈물을 뚝뚝 흘렸어요. 그 남자와 다른 사람들이 저를 여기 판지 병원으로 데려다준 거예요."

나딘이 잠시 멈춘다. 그 누구도 숨소리조차 내지 않는다. 나딘은 내가 자신이 겪은 일을 이해했기를 간절히 바라며 나를 바라본다. 그리고 다시 입술을 뗀다. "처음 여기 왔을 때 저는 희망을 잃은 상태였지요. 그런데 이 병원이 저를 살렸어요. 그 일이 생각날 때마다 저는 정신을 잃었고 곧 미치고 말 것이라고 생각했어요. 신께 저를 죽여 달라 빌었고요. 그런데 무퀘게 선생님이 제게 말했어요. 신께서 제가 살기를 바라시는 것 같다고."

후에 나딘은 의사가 옳았다고 말한다. 학살자들에게서 도망쳐 나올 때 나딘은 땅에 쓰러진 부모님 시신 옆에 누워 있는 젖먹이를 보았다. 나딘은 그 여자 아기를 구했다. 그리고 지금, 그녀의 돌봄이 필요한 그 아기가 나딘이 사는 이유가 되었다. "마을로 돌아갈 수는 없어요. 너무 위험하니까요. 하지만 어딘가에 정착하고 나면 학교에 갈 수도 있을 거예요. 저는 자식들을 잃었지만 제게는 이제 이 아이가 있어요. 이 아이가 제 미래예요."

• • •

나는 판지 병원에서 일주일간 머무르기로 한다. 자기 이야기를 들려주려는 여자들이 길게 줄지어 선다. 인터뷰를 하러 오는 여자들은 정신이 다른 곳에 가 있는 듯 멍하고 무감각하며 죽은 사람 같다. 여자들을 만나면서 나는 그들의 가장 깊은 상처를 알았다. 바로 잊히는 것, 보이지 않는 존재가 되는 것, 그들이 겪은 고통이 아무 의미 없는 일이 되어버리는 것이었다. 누군가가 그들의 이야기에 그저 귀 기울이기만해도 그들은 큰 위안을 얻었다. 아주 작은 친절이나 손이 닿는 것만으로도 힘을 얻었다. 무퀘게 의사가 내게 알폰시네(그녀의 이름 또한 가명이다)를 꼭 만나보라고 말한다. "그녀의 이야기는 내 마음을 몹시 뒤흔들어 놓았어요. 알폰시네의 몸은, 그녀의 케이스는 내가 본 것 중 가장 나빴습니다. 그런데 이제는 그녀가 우리 모두에게 용기를 주고 있어요."

가냘픈 몸을 한 알폰시네는 침착하고 대단히 고요한 사람이다. 그녀는 숲에서 군인 한 명을 마주쳤다고 했다. "남자가 저를 따라와 강제로 눕혔어요. 저를 죽이겠다고 했지요. 저는 거세게 저항했고요. 시간이 한참 지난 뒤 남자가 소총을 가져와서 제 성기에 대고 여러 발을 쐈어요. 장전된 총알을 전부 다요. 총소리가 울렸고 피로 물든 옷이 몸에 들러붙었어요. 저는 곧 기절해 버렸고요."

무퀘게 의사가 말한다. "제 평생 그런 처참한 광경은 처음 보았어요. 알폰시네는 결장과 방광, 질, 직장이 그냥 사라진 상태였습니다. 그녀는 정신을 잃었고요. 저는 알폰시네가 살지 못할 것이라고 생각했습니다. 우선 방광을 살리는 수술을 했어요. 가끔 그럴 때가 있지요. 어디로 가는 줄도 모르면서 일단 가야 하는. 지도 같은 것은 없었어요. 여섯 번의 수술 뒤 그녀를 에티오피아로 보내 실금 문제를 도와달라고 했어요. 그리고 그들이 고쳐주었지요."

"처음 선생님을 만났을 때 저는 침대에 누워 있었어요." 알폰시네가 말한다. "선생님이 제 얼굴을 쓰다듬어 주었어요. 그 뒤로 6개월 정도 판지 병원에서 살았고요. 선생님은 제 영혼을 돌보아주셨어요. 신께서 얼마나 많은 기적을 행하시는지 선생님이 제게 보여주셨지요. 선생님은 제게 새로운 가치를 알려주셨어요."

나는 알폰시네의 작은 몸을 바라보며 낡고 하얀 옷 아래 감추어진 흉터를 머릿속으로 그려본다. 재건된 피부와 충격 뒤 그녀가 겪어야 했던 고통도 떠올려본다. 나는 겸허히 듣는다. 그녀의 목소리에는 그 어떤 비통함도 복수심도 담겨 있지 않다. 대신 그녀는 미래를 바꾸는 일에 온 관심을 쏟는다. 알폰시네는 자랑스러워하며 말한다. "간호사가 되려고 공부 중이에요. 제일 먼저 판지 병원에서 일하고 싶어요. 이곳 간호사들이 매일 저를 지켜주셨어요. 제가 삶으로 돌아올 수 있게 사랑을 주었지요."

알폰시네는 이제 판지 병원에서 일하는 것 이상을 꿈꾼다. "이 공동체 안에서는 제가 중요한 사람인 것처럼 느껴져요. 여기 사람들을 위해 제가 무언가를 할 수 있을 거예요. 이 나라는 여자들이 이끌어야 해요. 우리가 길을 알고 있으니까요."

• • •

매일 십여 명의 새로운 여자들이 병원으로 온다. 대부분 몸의 내부 조직이 찢어져 생긴 누공으로 수술받는다. 이곳에 누공이 생겨서 오는 경우는 두 가지다. 하나는 잔인한 강간을 당한 경우고 다른 하나는 출산 합병증의 결과다. 후자는 제대로 된 산부인과 의료 시설만 있다면 막을 수 있다. 이러한 산과産科 누공은 출산 과정에서 비정상적인 파열이 있을 때 생긴다. 진통 중인 여자들이 무장 단체를 피해 달아나려다 생긴다는 말이다. 출산할 시간이 주어지지 않아 태아가 뱃속에서 죽기도 한다. 판지 병원까지 오는 여자들은 운이 좋다고 말해야 할까. 그들은 나뭇가지를 지팡이 삼아 절뚝이며 걷는다. 극렬한 고통을 참으며 힘겹게 걷는다. 어떤 여자들은 60킬로미터를 걸었다. 병원에 도착하는 데 시간이 너무 오래 걸리기 때문에 여자들이 피해 발생 후 48시간 안에 복용해야 하는 항에이즈*anti-HIV* 약을 구하기도 쉽지 않다. 보건 전문가들은 향후 몇 년 안에 콩고에서 에이즈 발병률이 치솟을 것을 우려하고 있다.

한때 판지 병원에서 누공 부위를 수술할 수 있는 의사는 무퀘게 의사뿐이었다. 그러나 그가 네 명의 의사를 수련한 덕에 현재 병원은 1년에 관련 수술을 천여 건 진행하고 있다.

누공이 있는 환자들로 붐비는 판지 병원에는 소변 냄새가 사라지지 않는다. 누공은 질과 방광 사이 조직에 난 구멍이다. 강간 혹은 질 내 거친 도구의 삽입으로 인해 생긴 구멍. 그녀의 몸에 뻥 뚫린 구멍. 영혼에 새겨진 구멍. 그녀의 자부심과 자신감, 정신과 빛과 소변이 새는 구멍.

냄새는 모든 곳에 스며든다. 수백 명의 여자들이 온종일 앉아 있는 창고 같은 건물 바닥에 그들의 몸에서 흘러나온 소변이 흥건하다. 교실에서도 흘러나온 오줌이 마룻바닥에 웅덩이를 만든다. 여자들은 늘 축축하게 젖어 있다. 다리가 쓸리고 살갗이 따끔거린다. 판지에는 오줌 자국이 묻은 원피스를 입고 다니는 어린 소녀도 많다. 수줍음이 많은 아이들은 벌써 수치심을 배웠다. 그들 또한 성폭력 피해자다. 내가 방문해 있던 시기에 콩고 정부는 병원에 7만 달러(콩고 기준으로 정상이라고 볼 수 없다)라는 어마어마한 세금을 부과하고는 급수도 중단해 버렸다. 사립 병원이 서방의 돈을 받았다는 이유에서였다. 직원들은 이웃 마을에서 물을 길어 와야 했다. 여성 수백 명의 몸에서 대소변이 흘러나오게 해놓고 물을 쓸 수 없게 하다니, 이중 범죄나 다름없다.

• • •

이곳에 있는 동안 나는, 때로는 14시간의 고된 노동도 마다하지 않는 무퀘게 의사의 삶이 궁금해졌다. "저는 1955년 3월 1일 부카부에서 태어났어요." 의사가 말한다. "제가 어렸을 때 어머니가 천식을 앓으셨는데, 밤에 어머니의 증상이 심해지면 제가 간호사에게 달려가 약을 타오고는 했어요. 우리 모두 어머니가 돌아가실 거라고 생각했어요. 지금도 매년 어머니 생신이 되면 어머니가 살아 계시다는 사실에 무척 감사해요."

"아버지는 목사셨어요. 아주 점잖고 정이 많은 분이셨지요. 아픈 사람들을 돌보는 것은 아버지에게서 물려받은 거예요. 우리는 아픈 사람들의 집을 같이 방문했고 아버지는 그들을 위해 기도해 주셨어요. 제가 물었어요. '아버지, 왜 약을 주거나 치료법을 알려주지 않는 거예요?' 아버지가 이렇게 대답하셨어요. '나는 의사가 아니잖니.' 그때 기도로는 충분하지 않음을 깨달았어요. 우리가 우리 손으로 직접 무언가를 해야만 한다고요. 신은 우리에게 응답할 능력을 주시기는 했어요. 하지만 우리는 우리 손과 정신을 직접 사용해야만 해요. 이곳에서 만나는 굶주린 여자들에게 '신께서 당신을 축복하십니다' 이렇게 말할 수는 없잖아요. 진짜 먹을 것을 주어야 해요. 고통에 신음하고 있는 사람에게 가, 신에 대해 떠들 수는 없어요. 고통을 잠재워야 해요. 종교 뒤에 숨을 수 없어요. 그것은 해결책이 될 수 없어요."

처음에 무퀘게 의사는 주로 소아를 진료하는 가정의였다. 그런데 부카부 남부에 있는 레메라*Lemera*의 진료소에서 일하다 끔찍한 일을 당한 임산부들을 만났다. "하루가 멀다 하고 피 흘리는 여자들이 왔고 그들 중 상당수가 이미 심각한 감염에 걸려 있었어요. 어느 날에는 질까지 나와 죽은 태아를 일주일이나 품고 있던 산모가 오기도 했어요. 참혹했습니다. 저는 이 일에 제 삶을 바치겠다고 결심했지요."

무퀘게는 부인과婦人科 의학을 배우기 위해 프랑스 앙제로 떠났다. 학교 공부를 마친 뒤에는 다시 레메라로 돌아와 사람들에게 산부인과 의학을 가르쳤다. 그리고 부카부로 옮겨 와 판지에 특별 산과 병동을 지었다. 극악한 성폭행을 당한 여성들이 판지에 오기 시작했다. 매일매일 그 숫자가 늘어갔다.

누가 여성들을 강간했고 여전히 하고 있는가? 어쩌면, 누가 강간하지 않는가가 더 나은 질문일지도 모른다.

범인은 인터라함므웨Interahamwe 후투족Hutu 민병들, 콩고 군인들, 무장 민간단체, 유엔 평화유지군이다. 무퀘게 의사 그리고 나와 함께 시티 오브 조이the City of Joy(생존자들의 피난처이자 리더십 혁신 센터)를 설립하고 9년째 이사직을 맡고 있으며 판지 병원과 콩고 여성들의 열렬한 후

원자인 크리스틴 슐러 데쉬베*Christine Schuler Deschryver*가 말한다. "그들 모두가 여자들을 강간하고 있어요. 마치 국가 대항전처럼요. 여자들에게는 제복을 입은 사람이면 누구든 적이에요. 이것은 경제 전쟁입니다. 지도를 펼쳐놓고 보면 대량 강간이 일어나는 모든 곳에 콜탄이 묻혀 있어요. 콜탄은 컴퓨터와 플레이스테이션, 휴대전화에 들어가는 광물이에요. 세상 사람들이 휴대전화를 사용할 수 있게 하려고 여성들이 유린당하고 살해되고 있는 거예요."

남편과 가족에게 버림받을 것이 두려워 자신이 겪은 피해를 신고조차 하지 않는 여성들도 많다. 콩고에서는 강간이 불법임에도 여성이 이를 신고하여 범인이 체포되었을 때 범인은 언제든 보석으로 풀려날 수 있다. 그리고 사회에 나와 피해자를 다시 강간 혹은 살해까지 할 수도 있다.

한편 무퀘게 의사는 다른 방법으로 이루어질 치유에 관심을 쏟고 있다. 나는 병원 직원인 보난과 대화를 나눈다. "저는 원래 우간다에 있었어요. 그러다 텔레비전에 나온 무퀘게 의사를 보았어요. 그는 이곳에서 일어나는 끔찍한 일들을 설명 중이었고요. 저는 그 여자들이 제 어머니이자 누나, 동생 들이라는 것을 알았어요. 마음이 움

직여 여기 오지 않을 수가 없었어요. 그와 함께 일하고 싶
었지요."

　　무퀘게는 결혼해 다섯 자녀를 두었다. 형제인 헤
르만에 따르면 그는 피해 여성들을 돌보는 데 자기 삶을
온전히 바치느라 가족들과 함께 시간을 보내지 못한다.
그의 에너지는 결코 사그라들지 않는다. 그러나 그의 얼
굴 뒤에 감추어진 피로와 끝도 없이 이어지는 폭력 그리
고 잔학 행위를 마주하는 삶에 어쩔 수 없이 드리워지는,
그의 잠을 방해하는 절망감을 느낄 수 있다. 그는 이렇게
말한다. "여자를 강간하는 일은 피해자의 삶을 무너뜨리
고 자기 삶도 무너뜨리는 일이에요. 동물은 그런 짓을 하
지 않습니다. 비둘기들은 교미할 때 대단히 다정합니다.
인간인 남자들은 왜 그런 잔인한 짓을 하는지 도무지 이
해할 수가 없어요."

　　그러나 전쟁이 일어나기 훨씬 오래전부터 콩고 내
여성 지위는 열악했다. 여자들은 들판과 시장에서 온종
일 일했으며 실질적으로 콩고를 등에 짊어져 왔다(종종
90킬로그램에 달하는 짐을 머리 위에 얹고 가는 여자들도 있
다). 그들은 저녁을 차리고, 빨래를 하고, 집을 청소하고,
아이를 키우고, 남편과 의무적인 섹스도 해야 한다. 그들

은 힘도 권리도 없으며 존중받지 못한다. 나와 이야기를 나누는 여자들은 왜 '내 소중한 시간을 그들에게 낭비'하는지 묻는다.

나는 고릴라 보호구역에서 파수꾼으로 일하는 한 남자를 인터뷰한다. 적군인 민병대가 공원 내 보호구역을 감시하기 시작하자 그는 자기 마을 지휘관들에게 가 고릴라를 보호하기 위해 병사들을 지원해 줄 수 있는지 물었다. 그들은 의논 끝에 승낙했다. 그러나 내가 왜 여자들을 위해 같은 일을 하지 않는지 묻자 남자는 화들짝 놀랐다. 그는 아무 대답도 하지 못했다.

나는 의사에게 콩고 대통령인 조세프 카빌라*Joseph Kabila*에 대해 묻는다. 그는 2006년 11월 콩고 역사상 46년 만에 처음 민주적인 방식으로 선출된 대통령이자 '평화 공예가'가 되겠다고 스스로 약속한 인물이다. 상황이 나아졌을까?

무퀘게가 긴 한숨을 내쉰다. "카빌라, 그는 아무 일도 하지 않았어요. 이곳 동쪽의 내전은 멈춘 적이 없지요. 2004년 내내 나는 협박에 시달렸습니다. 지금 하는 일을 그만두지 않으면 살해하겠다는 전화가 쉴 새 없이 왔어요. 이제 전화는 오지 않지만 여전히 위협을 받고 있고요

(살해 시도가 한 번 있고 난 뒤에도 의사는 내내 협박을 받고 있다. 정도가 너무 심해 그는 현재 유엔군의 보호를 받으며 거주 공간이기도 한 병원 부지를 떠나지 못하고 있다)."

"세계 온갖 단체에서 이곳을 방문합니다." 그는 말을 잇는다. "그들은 샌드위치를 먹으며 눈물 흘리지만, 도와주겠다고 다시 오는 사람은 없어요. 카빌라 대통령조차 여기에 다시 오지 않았습니다. 영부인이 오기는 했어요. 그녀도 눈물은 흘렸지만 딱히 무엇을 하지는 않고요."

무퀘게는 병원을 떠난 여자들이 최소한의 보호라도 받을 수 있기를 간절히 바란다. "제가 아무리 환자들을 꿰매어 붙여 놓는다 해도 그들이 집으로 돌아가고 나서 또다시 성폭력에 노출되지 않으리라는 보장이 없어요. 실제로 이전보다 훨씬 더 심각한 상태로 다시 온 여자들도 있었고요."

• • •

부카부에서의 마지막 날, 의사가 내게 병원에 있는 여성들의 트라우마를 치유하는 시간을 가지면 어떻겠느냐고 묻는다. 나는 격납고처럼 생긴 큰 건물에서 나를 기다리고 있는, 트라우마를 지닌 이백오십 명의 아픈 여성들을 만난다. 우리는 함께 숨을 들이마신다. 들이마시고 내쉬고, 들이마시고 다시 내쉬고. 그리고 우리는 그 숨에 소리를 보탠다. 다른 소리들이 따라온다. 하나씩 차례로, 한명, 한명. 이윽고 우리는 몸짓을 보탠다. 발을 구른다. 주먹으로 친다. 사납게 팔을 휘젓는다. 여자들은 이제 두 발로 서, 저 깊은 곳 아래 있는 슬픔을, 분노를, 공포를 끌어올려 포효한다.

분위기가 한창 무르익을 때, 무쾌게 의사가 댄스 경연을 열자고 제안한다. 곧 환호성과 힘찬 기운이 그들몸에서 뿜어져 나온다. 그들 안에는 생명력이 넘쳤다. 그 어떤 남자도 그것을 망가뜨리거나 이들의 영혼을 파괴하지 못했다. 의사가 내게 가만히 속삭인다. "이 넘치는 기쁨, 이 넘치는 생명력을 보며 깨달아요. 저는 매일 이곳에 돌아올 수밖에 없다고요."

여자들의 열기가 쌓이고 쌓인다. 그들은 뜨거운 아프리카 태양 아래 춤을 춘다. 춤을 추며 길을 나선다. 그들은 이제 언덕을 오른다. 수백 명의 여자와 아이 들이 여성이라는 하나의 거대한 덩어리가 되어 환히 빛을 내

며 춤추고 있다.

유린당한, 찢어발겨진, 굶주린, 고문당한 이백오십
명의 여자들이 언덕을 오르며 춤출 수 있다면 나머지 우
리는 분명 그들을 도울 길을 찾을 수 있다. 그들의 미래를
보장할 방법을 찾을 수 있다.

# 세례

**부카부, 콩고민주공화국, 2007년**

　창밖을 보라

　죽은 자들이 사방에 있다

　당신의 편리하고 아름다운 것들, 가령 휴대전화 같은

것들을

　주검으로 여겨주기를

　너무 많은 남자들이 강제로 폭행한 여덟 살 소녀를

　내 무릎 위에 앉혀 끌어안는다

　소녀의 안에는 구멍이 하나 있다

　아이의 오줌이 자기도 모르게 나를 적셨을 때

나는 세례를 받았다

콩고는

끝나지 않았다

당신이 만지는, 하는 모든 것 안에 있다

혹은 하지 않는 것에.

# 성노예 부서

**파리, 2015년**

이 모놀로그는 11월 25일 세계 여성 폭력 추방의 날을 기념해 〈라 도메니카 디 레푸블리카La Domenica di Repubblica〉에 쓴 글이다. 이 글은 후에 〈르 몽드Le Monde〉와 〈더 네이션the Nation〉에 실렸다.

ISIS 성노예 시장에서 유출된, 소와 함께 이름이 오른 성인 여성과 여자아이의 가격 리스트를 보고 난 뒤 그 생각을 떨칠 수가 없다. 그것은 시장 침체를 우려한 ISIS가 여자들의 가격에 규제를 가하는 내용이었다.

목록에 따르면 마흔 살에서 쉰 살 사이 여성들은 40달러, 서른 살에서 마흔 살 사이는 69달러, 스무 살에서 서른 살 사이는 86달러다. 한 살에서 아홉 살까지는 172달러며 쉰이 넘는 여성은 목록에 오르지도 못했다. 시장 가치가 없다는 뜻이다. 50대 이상 여성들은 유통기한이 지난 우유처럼 냄새나는 쓰레기 더미 위에 내팽개쳐졌다. 그렇게 단순히 버려지기만 했어도 좋았으련만 그조차 되지 못했다. 아마도 그들은 고문을 겪고 강간당하고 참수되고 나서야 썩어가는 다른 시체 더미 위에 던져졌을 것이다. 나는 한 살짜리 아이의 몸과 마치 새 TV를 사 가듯 아이를 사서 포장해 집으로 데려가는 몸집이 크고 육중한, 비뚤어진 성욕을 가진, 전쟁에 미친 서른 살의 병사를 떠올려 본다. 몸집이 자기 성기 크기 정도밖에 되지 않을 아기를 강간하는 그 남자는 대체 무슨 생각으로 그런 짓을 저지를까?

나는 2015년 온라인에서 **성노예 이용 모범 사례 매뉴얼***Best Practices for Sex Slavery manual*을 읽었던 일을 떠올린다. 불량 정부가 조직한 한 부서(**성노예 부서**)에서 발간한 그 설명서에는 성노예를 어떻게 다루어야 하는지에 대한 단계별 지침뿐 아니라 여자를 강간하고 때리고 노예화하는 행위에 관한 규칙이 일말의 거리낌도 없이 쓰여 있다.

　　매뉴얼에 나온 해도 되는 일과 안 되는 일에 관한 일부 사례를 여기 옮겨 보겠다. 여성 노예 구타가 징계를 위한 목적이라면 허용되지만, 말 그대로 신체를 부러뜨리거나 단순 만족을 위해서 혹은 고문 형식으로 행하는 구타는 금지된다. 나아가 얼굴을 때리는 행위 또한 허용되지 않는다.

　　나는 ISIS 관료가 발차기와 가격, 목조르기를 보고 징계를 위한 구타인지 성적 욕구 충족을 위한 구타인지 판단하는 방법이 궁금하다. 관련 부서에서 불시에 가정집에 쳐들어가 노예를 때리는 병사의 발기 상태를 확인이라도 하겠냐는 것일까? 설령 그렇다 해도 그들이 무슨 수로 그 병사가 발기한 진짜 이유를 알 수 있지? 많은 남자가 그저 자기 권력을 행사하는 것만으로도 흥분한다. 그래, 병사가 정말 재미로 여자를 때리고 목을 조르고 발로 찼다고 치자. 그렇다면 그에 상응하는 죗값은 무엇일까? 노예 반납? 예치금 환수? 아니면 높은 벌금? 그것도 아니면 기도를 더 열심히 시키나?

그들이 하는 일은 사실 역사 속에서 결코 단 한 번도 중단된 적 없는 범죄와 무질서의 결과물이다. 그럼에도 사람들은 ISIS를 일탈 행위를 일삼는 어떤 괴물로 치부하며 자기들과 다른 존재라고 선을 긋는다. 그러나 그들의 성적 잔학 행위는 수많은 전쟁 속에서 수많은 군 지도자들이 자행한 범죄의 모양과 형식을 바꾼 것에 불과하다. 충격적이고 새로운 지점이라면 수치심을 모르는 그 뻔뻔함에 있다. 그들은 범죄 행위를 인터넷에 보란 듯 전시하고 이처럼 끔찍한 범죄를 상업 용도로 일반화하며 ISIS 앱을 이용해 성을 모병 도구로 사용한다. 그들 세력의 급격한 확산과 활동은 역사상 전례가 없다.

이러한 현상은 수 세기 동안 만연히 이어진 성범죄에 주어진 면죄부로 더욱 확대되고 정당화되어 왔다. 나는 어느새 현대 첫 번째 피해자인 '위안부' 여성들을 생각한다. 이 아시아 소녀들은 가장 아름다울 나이에 제2차 세계 대전 중인 일본 제국군들에게 유괴되었다. 그들은 위안소에 감금된 채 국가적 차원의 서비스로 일본군에 성을 제공하며 어떤 날에는 하루에 칠십 명의 남자를 상대해야 했다. 여자들이 지치거나 움직일 수 없을 지경이 되면 남자들은 밀가루 부대처럼 축 늘어진 여자들을 침대에 사슬로 묶어두고 강간했다. '위안부' 여성들은 수치심 속에 45년을 침묵했고 정의 실현을 요구하며 25년째 빗속에서도 행진과 농성을 이어가고 있다. 그리고 현재 단 몇 명의 생존자만 남은 가운데 일본 총리인 아베 신조Shinzo Abe는 지난달 또다시 직접적인 사과를 회피했다. 타성과 침묵, 무감각함이 성범죄 피해를 당한 유고슬라비아 캠프의 이슬람인과 크로아티아, 세르비아 여성들, 남부 농장의 흑인 여성들, 독일 강제 수용소의 유대인 여성들, 미국 원주민 보호구역에 있는 여성들에 대한 기소와 조사를 막고 교착 상태에 빠뜨리고 있다.

방글라데시, 스리랑카, 아이티, 과테말라, 필리핀, 수단, 체첸공화국, 나이지리아, 콜롬비아, 네팔, 끝도 없이 이어지는 목록의 장소에서 나는 심신이 찢겨나간, 영영 평안을 구하지 못하는 여성과 소녀 들의 유령이 흐느끼는 소리를 듣는다. 콩고에서 보낸 지난 8년의 시간을 떠올린다. 광물 강탈이라는 미명하에 벌어지는 약탈적 자본주의와 몇 세기 동안 이어진 식민주의, 끝나지 않는 전쟁과 폭력이 수많은 여성들에게서 장기와 위생, 가족, 미래를 약탈해 갔다. 그리고 재-강간이라는 용어는 이제 재재 재재-강간이 되어버렸다.

나는 이 같은 글을 20년째 쓰고 있다. 그동안 자료, 거리두기, 열정, 호소, 절망 등 온갖 방법을 동원해 보았다. 고통에 찬 이들의 울부짖음을 가볍게 무시해 버리는 지금, 우리에게 과연 시대에 걸맞은 언어가 있기는 한지 묻지 않을 수 없다.

가부장제에 기반한 우리 제도는 이런 현실을 바꿀 실효성 있는 개입을 하는 데 모조리 실패했다. 여성을 보호하기 위해 존재하는 유엔 같은 기구조차 평화유지군 스스로 강간범이 되어 문제를 확대시켰다.

나는 '충격과 공포*Shock and Awe*°' 작전, 그리고 그것이 불러온 강간과 참수를 생각한다. 그 의미 없고 부도덕한 이라크 전쟁에 반대하기 위해 시위에 나갔을 때 그동안 우리가 얼마나 전 세계 시민들을 무시하고 있었는지 알았다. 또, 가공할 만한 파괴력을 가진 토마호크 미사일 삼천 발이 그들의 상처와 굴욕, 어둠을 더 무시무시한 파편으로 만들어 낼 것이라는 사실 역시 이미 온몸과 마음으

○  2003년 이라크전 미·영 연합군 공습 작전명

로 깨닫고 있었다.

나는 종교적 근본주의와 성부聖父, 그의 이름 아래 대량 학살되고 살해되고 유린당한 수많은 여자를 생각한다. 나는 또 기도로서의 강간이라는 개념, 그러니까 기도로서의 강간, 기도로서의 강간…… 에 대해, **강간 신학**, 강간의 종교에 대해 생각한다. 이 집단이 세계에서 가장 큰, 매일 수백만 신도들을 양성하는 종교 집단 중 하나고 유엔에 따르면 십억 명의 여성이 평생 구타와 강간을 당하게 될 것이라는 사실도 떠올린다.

나는 새롭고 기괴하게 여성의 신체를 상품화하고 훼손하는 방식들이 그야말로 미친 속도로 증식하는 세태를 생각한다. 이 체제는 소비와 '성장'을 극대화하기 위해 가장 생명력을 띠는 존재, 즉 지구와 여성을 닥치는 대로 대상화하며 뿌리까지 박멸하고 있다.

나는 ISIS에 가담한 열다섯 살에서 스무 살 사이 서구 청소년 수천 명에 대해서도 생각한다. 그들은 무엇을 찾으려 하고 무엇으로부터 달아나려 하나? 가난? 소외? 이슬람 증오? 아니면 의미와 목적을 향한 갈구인가? 소속감을 얻기 위해?

나는 생각한다, 아니 어쩌면 나는 이제 더는 생각

할 능력이 없는지도 모르겠다. 지금 세상에서 벌어지는 혼란 속에 갇혀 버렸다. 그러나 내가 앞으로 나아가는 유일한 길은 이 이야기를 완전히 새로 쓰는 일임을 안다. 온갖 폭력의 근원적 뿌리를 경제, 심리, 인종, 가부장제 안에서 샅샅이 밝히는 심층적이고 집합적인 연구를 해야 한다. 시간이 오래 걸릴 것이다. 나는 동시에 지금 당장 삼천 명의 야지드 여성들이 발길질당하고 성폭력을 겪으며 고문당하고 있다는 사실도 알고 있다.

　　나는 세상에 있는 수천 명의 또 다른 여성들을 생각한다. 강간을 현실에 존재하는 문제로 만들어 내고 우리를 향한 이 병적 폭력 현실과 증오를 끝내기 위해 오랜 시간 자신의 마지막 세포까지 모조리 소진하는, 사력을 다해 노력하는 여자들을 생각한다. 우리가 얼마나 이성적이고 얼마나 인내하든, 얼마나 이해심을 보이고, 얼마나 많은 연구를 하고, 얼마나 큰 숫자를 보여주고, 얼마나 많은 생존자를 치료하고, 얼마나 많은 이야기를 듣고, 얼마나 많은 딸을 땅에 묻고, 얼마나 많은 암에 걸리든, 우리를 향한 전쟁은 맹위를 수그릴 줄 모른다. 하루하루 더 정교해지고 뻔뻔해지고 악랄해지고 병적으로 되어간다. 어쩌면 ISIS는 높아지고 있는 해수면처럼, 녹아내리는 빙

하처럼, 살인적인 기온처럼, 여자들에게 이제 마지막 한 판이 눈앞에 닥쳐왔음을 알리는 징후인지도 모른다. 영겁의 시간 동안 쌓인 여자들의 분노가 세상 곳곳의 여신인 칼리*Kali*, 오야*Oya*, 펠레*Pele*, 마마 와티*Mama Wati*, 헤라*Hera*, 두르가*Durga*, 이난나*Inanna*, 익스첼*Ixchel*의 노여움과 만나 화산처럼 폭발할 때가 오고 있다.

나는 야지드족 유명 가수인 자테 싱갈리*Xate Shingali*를 생각한다. 자매들의 머리가 마을 광장에 걸려 있는 것을 보고 쿠르드 자치정부에 여성도 훈련받고 무장할 수 있도록 요청한, 그래서 지금은 **태양의 소녀들***the Sun Girls*이라는 여성 민병대를 조직해 신자르*Sinjar* 산에서 ISIS와 싸우고 있는 그녀. 그리고 바로 지금 폭력 종식을 위해 수년째 싸우는 나는 AK-47 소총이 든 상자가 하늘에서 비처럼 쏟아져 내리는 꿈을 꾼다. 그 상자들은 살기 위해 군대를 조직한 가슴 달린 여성 전사들이 있는 마을과 광장과 농장과 땅에 가만히 내려앉는다.

이는 또 나를 사랑으로, 사랑에 대한 생각으로 이끈다. 금세기의 실패는 사랑의 실패다. 우리는 무엇을 하기 위해 이 땅에 왔을까? 무엇이 우리, 그러니까 이 지구상에 살아 있는 우리 한 명, 한 명을 인간으로 만들까? 어떤 사랑이, 얼마나 깊은 사랑이, 얼마나 사납고 맹렬한 사랑이 우리에게 필요할까? 순진하고 감상적이고 신자유주의적인 사랑은 아닐 것이다. 지칠 줄 모르는 이타적인 사랑, 바로 그런 사랑이 필요하다. 소수의 배를 불리기 위해 다수를 착취하는 시스템을 무너뜨리는 사랑. 여성과 인류를 향한 온갖 혐오스러운 범죄에 무감각해진 우리를 일깨워 결코 멈추지 않는 공동의 저항으로 나아가게 하는 사랑. 신비를 추앙하고 위계질서를 해체하는 사랑. 경쟁보다 연대를 더 소중히 여기는 사랑. 난민들을 향해 벽을 쌓고 최루 가스를 던지고 우리 해변에 떠다니는 그들의 시체를 치우는 대신 그들에게 두 팔을 활짝 벌리는 사랑. 너무도 강렬히 타올라 우리의 죽은 내면에까지 스미는, 우리의 담을 허물고, 우리 상상력에 불을 지피고, 그리하여 마침내 이 죽음의 이야기에서 우리를 구해내는 사랑이 필요하다.

# 재난 가부장제

**킹스턴, 뉴욕, 2021년**

이 글은 〈가디언Guardian〉 창간 200주년을 기념해 썼다.

코로나19는 내 인생에서 여성 해방을 가장 심각하게 역행시킨 사건이다. 이 시기를 통과하며 나는 가부장제가 만들어 낸 재앙을 목도하고 있다는 생각이 들었다.

일찍이 나오미 클라인Naomi Klein은 '재난 자본주의 disaster capitalism'라는 개념을 널리 알린 바 있다. 자본주의가 더 큰 이윤을 위해 재난을 빌미로 삼아 평소라면 불가능했을 조치들을 시행하는 것을 일컫는다. 재난 가부장제

*disaster patriarchy*는 이와 아주 유사하고 상호 보완적인 개념이다. 이 개념에 따르면 남자들은 위기를 이용해 통제권과 우위를 재천명하고 여성들이 힘들게 얻어낸 권리를 빠르게 삭제한다. 전 세계에서 가부장제는 바이러스 확산을 최대한 활용해 그 세력을 확대하고 있다. 그러는 한편 여성을 향한 폭력과 위협은 계속해서 기승을 부리고 남자들은 통제자이자 보호자를 자처하며 이에 개입한다(추가로 인종차별적 재난 가부장제*racialized disaster patriarch*라는 용어는 허리케인 카트리나 이후 10년간 발생한 재난을 이해하기 위해 교차 모델을 설명하며 레이철 E. 루프트*Rachel E. Luft*가 처음 사용했다).

나는 지난 몇 달간 케냐에서부터 프랑스, 인도까지 전 세계에 있는 활동가들과 풀뿌리 지도자들을 인터뷰해 재난 가부장제가 그들에게 미치는 영향과 이에 맞서 온 그들의 저항을 조사했다. 다양한 맥락 속에서 다섯 가지 핵심이 계속해서 불쑥불쑥 나타났다. 재난 가부장제 안에서 여성들은 안전과 경제력, 자율성, 교육 기회를 박탈당했으며 보호는커녕 최전방에서 희생하기를 강요받았다.

**가부장제**라는 용어를 쓸 때마다 나는 조금은 망설

인다. 어떤 이들은 이 용어를 보고 고개를 갸웃하고 또 어떤 이들은 이를 구식이라 여기기 때문이다. 나는 새롭고 현대적인 단어를 상상해 보려 애썼다. 한편, 우리가 언어에 현실의 공포를 최대한 반영하려는 시도로 인해 어떻게 언어가 변화하고 업데이트되며 현대화되는지 알았다. 이를테면, 연인 사이에 생기는 폭력에 우리가 부여하는 모든 이름을 생각해 보자. 제일 먼저 구타라는 단어가 떠오른다. 다음으로 가정 폭력, 그다음에는 친밀한 파트너 폭력intimate partner violence, 그리고 가장 최근에 나타난 친밀한 테러리즘intimate terrorism이라는 용어가 생각난다. 우리는 가부장들에게 지구를 끝장내고 있는 이 시스템에 대해 고심하기를 촉구하지 않는다. 대신 우리의 말을 정제하고 또 정제하며 이 끝나지 않을 지리멸렬한 작업만 계속하고 있다. 그러므로 나는 이 용어를 고수하기로 결심했다.

　　이 파괴적 감염병의 시간 속에서 우리는 여성을 향한 폭력이 폭발적으로 증가하는 광경을 보고 있다. 록다운lockdown 시대에 수백만 여성들은 친밀한 테러리즘으로 인해 집이 일종의 고문실이 되는 경험을 했다. 록다운이 사람들을 온라인으로 내몰면서 불법 촬영물이 급격히 확산되었다. 디지털 성폭력은 이제 가정 폭력의 새로운 중심이 되어 친밀한 파트너가 피해자 동의 없이 성적이고 노골적인 이미지를 유포하겠다고 협박할 기회를 마련했다.

감금, 경제적 불안, 질병의 공포, 알코올 남용이라는 록다운의 조건은 학대가 발생하기에 완벽했다. 2021년에 자신의 부인, 여자친구, 아이들을 통제하고 괴롭히고 때리는 일에 열성이며 그럴 권리를 가졌다고 느끼는 남자들이 이렇게 많다는 사실과 그 어떤 정부도 록다운을 계획하며 이를 염두에 두지 않았다는 사실, 이 둘 중 어느 것이 더 신경을 거스르는지 판단하기 어렵다.

• • •

페루에서는 록다운이 시행되고 나서 수백 명의 여성과 여자아이 들이 사라졌으며 죽음의 위협까지 느끼고 있다. 알자지라 *Al Jazeera* 에서 보도한 공식 숫자만으로도 2020년 3월 16일부터 6월 30일까지 육백여섯 명의 여자아이와 삼백아홉 명의 여성이 실종되었다는 사실이 밝혀졌다. 전 세계적으로 학교가 폐쇄되면서 폭력이 다양한 형태로 발생할 가능성 또한 높아졌다. 미국 비영리 조직인 강간, 학대, 친족 성폭력전국네트워크*the Rape, Abuse and Incest National Network*는 조직 설립 이래 26년간 이토록 많은 성폭력 생존자가 전화 상담 서비스를 찾은 적은 없었다며 현재 아이들이 선생님이나 친구들에게 도움을 청할 기회도 없이 가해자와 함께 감금되어 있는 실정이라고 전했다. 활동가 루이사 리치텔리*Luisa Rizzitelli*에 따르면 이탈리아에서도 국가 반폭력 상담 수신자 부담 서비스로 걸려 오는 전화가 2020년 3월 1일부터 4월 16일 사이 73퍼센트나 증가했다. 멕시코 긴급 전화 담당자들은 역사상 유례없이 많은 전화를 받고 있으며 가정 폭력 쉼터를 찾는 여성도 네 배가 되었다고 밝혔다.

정부가 지금처럼 지원이 가장 필요한 시점에 쉼터와 같이 도움이 절실한 곳들의 예산을 삭감했다는 사실은 이 같은 상황에 분노를 더한다. 이러한 현상은 유럽 전역에서 관찰된다. 영국 휴먼라이트와치*Human Rights Watch* 서비스 제공자들에 따르면 코로나19 이후 이주 여성, 흑인, 아시아 및 소수민족 여성들의 서비스 접근성이 더욱 악화되고 있다고 밝혔다. 이처럼 여러 공동체와 교류하며 일하는 단체들은 반복되는 불평등으로 인해 사회적 약자들이 교육, 의료, 재난 구호와 같은 서비스에 원격으로 접근

하는 데 더 많은 어려움을 겪고 있다고 입을 모아 말한다.

　미국에서는 팬데믹이 시작된 이후 2020년 11월까지 여성 오백만 명 이상이 직업을 잃었다. 여성들이 하는 일의 상당수는 식당, 상점, 보육, 의료 서비스 현장처럼 대중과 신체 접촉을 요하는 일이다. 따라서 그들의 일자리가 가장 먼저 사라진 것은 당연한 수순이었다. 일자리를 지킬 수 있는 여성들은 종종 최전방을 지키는, 그러므로 상당히 큰 위험에 노출될 우려가 있는 역할을 떠맡아야 했다. 병원 근로자 77퍼센트, 학교 직원 74퍼센트가 여성이다. 게다가 극도로 제한된 보육 선택권으로 여성들은 그러한 일자리조차 지킬 수 없었다. 유자녀 이성애자 아버지라면 같은 문제를 겪지 않는다. 흑인 여성과 라틴계 여성 실업률은 바이러스 확산 이전에도 높았지만 지금은 상황이 훨씬 더 심각하다.

• • •

또 다른 곳에는 더욱 나쁜 상황에 놓인 여성들도 있다. 인도 유명 사회운동가 샤브남 하시미*Shabnam Hashmi*는 2020년 4월까지 인도에서 여성 인구 39.5퍼센트나 일자리를 잃었다고 내게 말한다. "재택근무는 여성에게 아주 큰 부담으로 작용하고 있어요. 여성들의 사적 공간이 사라졌고 가사 노동의 양이 세 배나 증가했습니다." 이탈리아에서도 공중보건 비상사태로 인해 현존하는 불평등이 더욱 심각해지고 있다. 리치텔리는 여성들이 이미 더 낮은 실업률과 더 형편없는 급여, 더 불안정한 근로 조건에 직면했으며 '안전한' 기업의 일자리에 채용되는 경우가 거의 없다고 밝혔다. 여성들이 재난의 영향에 가장 먼저 타격받는다. "이전부터 존재한 경제적, 사회적, 인종적, 성적 불평등이 더욱 선명해지고 있으며 바이러스 자체보다 이것들이 남길 장기적 여파가 더욱 위험하다." 리치텔리의 말이다.

여성들이 경제적 압박에 시달리면 그들의 권리는 급속히 축소된다. 코로나19가 야기한 경제 위기로 인해 또다시 불법 성 착취와 노동 착취 문제가 수면 위로 떠오르고 있다. 집세를 내기 위해 분투하는 어린 여성들이 '성 착취 범죄' 과정에서 집주인의 '먹잇감'이 될 수도 있는 것이다.

여성들이 잠깐의 휴식이나 자기만의 시간 없이 가족들을 돌보느라 겪는 피로와 불안, 두려움은 아무리 강조해도 지나치지 않다. 그것들은 어슴푸레한 광기 같다. 여성들이 궁핍하고 아프고 죽어가는 사람들을 돌보는 동안 누가 여성을 돌볼까? 에스와티니 왕국의 사회운동가 콜라니 흘라츠와코*Colani Hlatjwako*는 이렇게 요약한다. "여성과 소녀 들에게 과도한 돌봄 노동을 지우는 사회 규범은 여성의 신체와 정신 건강을 악화시키기 쉽다." 이러한 사회 구조는 여성들에게서 교육 기회를 박탈하고 생계 수단에 영향을 주며 지원받을 기회 또한 제한한다.

유네스코는 코로나19가 잦아들더라도 학교로 돌아오지 못하는 여자아이들이 천백만 명에 이를 것으로 추정한다. 말랄라재단*Malala Fund*은 이보다 더 큰 수인 이천만 명으로 예측한다. 유엔여성기구*UN Women*의 품질레 음람보-응쿠카*Phumzile Mlambo-Ngcuka*는 1995년 베이징 유엔 여성 회의*the Beijing UN women's summit* 이후 여자아이들의 교육을 위해 힘써왔다고 밝히며 이렇게 말한다. "학교로 다시 돌아오지 못하는 학생의 대다수가 여자아이들이에요. 우리는 조금씩 나아지고 있다고 생각했어요. 완벽하지는 않지만 아이들이 학교에 좀 더 오래 머물 수 있도록 하고 있었습니다. 그런데 최근 1년 동안 너무 많은 여자아이가 학교를 그만두고 있어요. 좌절감이 밀려듭니다."

이것이 그 모든 퇴보 중 가장 심각한 사안이다. 아이들은 교육을 받고 나면 자기 권리가 무엇이고 무엇을 원하는지 깨닫는다. 직업을 갖고 가족을 부양할 수 있는 기회가 생기는 것이다. 그런데 교육 기회를 박탈당한 여자아이들은 그 즉시 가족에게 경제적 부담을 주는 존재로 전락해 이른 결혼을 강요받는 상황에 부닥친다.

이런 상황은 여성 할례에도 적잖은 영향을 초래한다. 딸이 교육을 받고 나면 생계비를 벌어올 것이라는 기대감에 딸에게 할례를 시키지 않는 아버지들도 간혹 있다. 그런데 교육 기회가 사라져 버리면 전통에 따라 지참금을 받기 위해 딸을 파는 아버지들이 늘어난다. 케냐의 여성할례반대협회 Anti-Female Genital Mutilation Board 의상 아그네스 파레이요 Agnes Pareiyo 는 내게 이렇게 말한다. "코로나19는 우리 학교를 닫게 하고 아이들을 집으로 돌려보냈어요. 그 안에서 무슨 일이 벌어지는지는 아무도 알 수 없지요. 여자아이를 교육하는 일은 할례를 막을 수 있어요. 슬프게도 현실은 그 반대로 일어나고 있습니다."

· · ·

코로나19 초기 몇 달간, 나는 미국 최대 규모이자 진보 노동조합인 전국간호사연합National Nurses United과 함께 일하며 최전방에서 일하는 그들을 관찰하고 인터뷰했다. 그들은 대부분 여성이었다. 나는 그 몇 달 동안 그들이 죽음의 산파로 살인적인 12시간 교대를 돌며 고통스러운 선택과 트라우마에 시달리는 모습을 지켜보았다. 그들은 대단히 짧은 점심시간마저도 쉬지 못하고, 개인 보호 장비가 충분히 주어지지 않아 자신들을 죽음의 위험으로 몰아넣는 열악한 현실을 규탄하기 위해 시위하러 나가야 했다. 록다운 기간 동안 학대자와 한 공간에 갇혀 있어야 한다는 사실이 여성들과 아이들에게 무엇을 뜻하는지 아무도 고려하지 않았던 것처럼, 간호사들이 전염 가능성이 극도로 높은 환경에서 적절한 보호 장비 없이 일하는 현실을 아무도 생각해 보지 않았던 것이다. 미국의 어떤 병원들에서는 간호사들이 가운 대신 쓰레기봉투를 뒤집어썼으며 일회용 마스크를 여러 번 사용했고 발열 증상이 있을 때조차 자리를 지키라고 강요받았다.

우리를 살리기 위해 자신들의 목숨을 담보로 잡

아야 하는 간호사들에 대한 처우는 충격일 정도로 폭력적이며 무례했다. 그러나 여성들이 보호되지 못하는 일터는 병원 외에도 셀 수 없이 많다. 상품을 포장하고 선적하는 창고 노동자들과 위험할 만큼 근접한 거리에서 일하는 축산 공장 여성 노동자들 또한 몸 상태와 상관없이 일을 해야만 한다. 가장 충격적인 사례 중 하나는 '팁'을 받는 레스토랑에서 일하는 노동자들이다. 그들은 시간당 2.13달러라는 22년째 변하지 않는 턱없이 낮은 임금을 받고 있다. 그런데 그나마 있던 일자리조차 감소했을 뿐 아니라 여성이 받는 팁은 더 크게 줄어들었다. 더구나 이제는 남성 고객이 팁을 줄지 말지, 얼마나 줄지를 정하겠다며 여자 종업원에게 마스크를 벗어 보라고 요구하는 '마스크 성희롱maskular harassment'이라는 신종 현상까지 나타났다.

미국 농장에서 일하는 여성 일꾼들 또한 방치되어 보호 도구조차 제대로 지급받지 못하고 있다. 전국여성농업노동자연합Alianza Nacional de Campesinas 이사인 밀리 트레비노-사우세다Mily Treviño-Sauceda는 최근 캄페시나스campesinas, 즉 농장 여성 일꾼들에게 가중되는 부담을 언급한다. "최근 들어 농약중독, 성적 학대, 열사병 스트레스 등 사건이 늘고 있지만 이를 감시하는 정부 부처나 법률 집행은 더 느슨해지고 있어요. 감염병 때문입니다."

코로나19를 계기로 여성 문제에 관한 한 우리가 모순된 두 가지 관념 속에 살고 있다는 사실을 깨달았다. 하나는 삶의 모든 측면에 있어 인간 종족의 생존을 위해 여성이 필수 불가결한 존재라는 사실이며 다른 하나는 여성은 학대받고 지워지고 희생되기 대단히 쉽다는 사실이다. 이러한 이중성으로 인해 가부장제는 스스로 무너질 수밖에 없는 위험을 안고 있음을 감염병이 훤히 드러냈다. 우리 인간이 존속하기 위해서는 이 모순을 치유해 온전하게 만들어야만 한다.

분명히 말하지만, 록다운 자체는 문제가 아니다. 진짜 문제는 록다운과 그것을 요구한 감염병이 증명한 것들이다. 코로나19는 가부장제가 아주 굳건히 살아 있고 단 한 번도 진실로 해체된 적이 없기에 위기가 오면 언제든 다시 그 힘을 발휘할 것임을 확실히 증명했다. 바이러스를 통제하지 못하는 지금처럼 때가 무르익기만 하면 언제든 앙갚음하러 올 것임을 확실히 보여주었다.

문화가 바뀌지 않고 가부장제가 완전히 해체되지 않는 한, 우리는 영원히 같은 쳇바퀴를 돌게 된다. 코로나 시대를 지나는 우리는 좀 더 용감하고 대담하고 맹렬해져야 한다. 이 지구에서 계속 살아가기 위해서는 좀 더 진보적인 방식을 상상해야만 한다. 좀 더 많은 유색인종의 시스젠더, 트랜스젠더, 논바이너리 풀뿌리 진보 지도자들이 권력을 가져야한다. 우리에게는 마셜 플랜*Marshall Plan*°에 버금가는, 아니 그보다 더 큰 전 지구적 계획이 필요하다. 가부장제를 무너뜨리고 제국주의와 인종주의와 트랜스포비아*transphobia*와 지구 파괴까지 수많은 모습으로 나타나는 억압적인 체제를 몰아내기 위해.

가장 먼저, 대중이 가부장제 본질을 이해하고 그것이 우리에게 종말을 가져오리라는 사실을 깨달아야 한다. 그리고 다양한 교육과 포럼 등을 통해 가부장제가 이렇게 여러 형태의 압제로 이어지는지도 공부해야 한다. 예술은 우리를 치유해 주고 트라우마와 슬픔, 분노, 공격성, 비애를 달래주며 온전한 우리를 되찾게 도와준다. 의도적인 집단 기억상실증에 걸린 듯 과거를 언급하지 않으려는 우리 문화가 불행과 잘못을 반복하게 할 뿐이라는 사실을 깨달아야 한다. 공동체와 종교인들이 트라우

---

° 제2차 세계 대전 후 미국이 서유럽 16개 나라에 시행한 경제 원조 계획

마로 어려움을 겪는 이들을 도울 것이다. 우리는 더 나은 경청과 공감을 위해 섬세한 기술을 연마해야 한다. 대중 포럼과 사적 장소 모두에서 배상과 사과가 이루어져야 한다. 사과하는 기술을 배우는 것은 기도하는 법을 배우는 것만큼이나 중요하다.

1986년, 페미니스트 작가 거다 러너*Gerda Lerner*는 이렇게 썼다. "역사적 구조 안에서 태동한 가부장제는 종국에 끝을 맞이할 것이다. 가부장제는 더 이상 여성과 남성의 필요를 충족시키지 못한다 가부장제가 군국주의, 인종차별주의, 계급주의와 결탁해온 이 끈질긴 관계가 지구 생명체들을 위협하고 있다."

• • •

가부장제가 강력한 것은 사실이지만, 이것 또한 하나의 이야기일 뿐이다. 포스트 코로나 시대를 맞아 이제는 다른 이야기를 상상해 보면 어떨까? 계급과 폭력, 지배, 점령, 식민주의와 무관한 이야기를 말이다. 여성을 폄하하고 해치고 억압하는 것과 지구를 황폐하게 만드는 것 사이에 연관이 보이는가? 우리가 모두 친족인 것처럼 살아가면 어떨까? 우리 모두 서로를 소중히 여기고 인류의 새로운 이야기를 써나가는 일에 서로가 꼭 필요함을 깨닫는다면?

위기가 닥쳐올 때 여성과 소녀 들을 착취하고 지배하고 학대하는 대신 그들을 중심에 두고 존중하고 가르치고 기꺼이 지원해 주고 이야기를 들어주고 보살펴주는 세상을 만든다면 과연 이 땅에는 어떤 세상이 펼쳐질까?

# 새의 노래

**2022년 2월**

*2022년 2월 나는 '여성의 몸으로 산다는 것'이라는 큰제목으로 〈가디언〉에 연재할 글을 기획했다. 이에 시스젠더, 트랜스젠더, 젠더 다이버스 gender-diverse 그룹에 각각 그들의 몸에 관해 언급되어야 하는 이야기들을 써달라고 요청했다. 이 시리즈는 여성과 젠더 다이버스를 향한 성범죄와 모든 형태의 폭력을 종식하기 위한 국제 공동 캠페인 원빌리언라이징 One Billion Rising°에 참여하는 여성들을 지원하고 그들에게 영*

○　십억 명의 저항을 뜻함

*감을 주기 위해 기획되었다. 2022년 캠페인 주제는 여성과 소녀, 지구의 몸 들을 위한 저항이다.*

아주 오랜 시간 동안 나는 몸이 없는 사람처럼 살았다. 내 몸은 처음부터 정복당한 땅, 약탈당하고 갈기갈기 찢긴 땅이었다.

13년 전 나는 내가 자궁암 3~4기라는 사실을 알았지만 너무 늦은 발견이었다. 진단받았을 때는 이미 아보카도만 한 종양이 내 자궁을 덮어버린 뒤였다. 종양은 내 결장까지 전이되어 있었다. 그러나 나는 암이 진행되는 동안에도 이를 전혀 알아차리지 못했다. 나는 내 몸 안에 살고 있지 않았으니까.

나는 답을 찾아 전 세계를 이리저리 헤매며 여자들에게 물었다. 당신은 언제 당신의 몸을 떠났나요? 누가 당신의 몸을 소유하고 있나요? 당신의 몸이 허락된 공간은 어디인가요? 정부, 직장, 대법원, 백인 우월주의, 기후 재난, 빈곤, 경찰의 폭력, 정착민 식민주의, 트랜스포비아, 제국주의, 자본주의 당신의 몸은 이들에 의해 얼마나 다치고 변했나요? 혹은 거부당했나요? 당신의 몸은 언제 쉬나요? 당신의 몸은 어떻게 저항하나요? 당신의 몸이

하고 싶은 이야기는 무엇인가요? 몸은 무엇이지요? 당신의 몸에 관해 무엇을 믿으라고 배웠나요? 지구의 몸이 내는 소리가 들리나요? 그녀가 뭐라고 하던가요?

태초부터 여성의 몸은 위협받았다. 몸은 경계했다. 고개를 숙였다. 웅크렸다. 숨었다. 몸을 작게, 더 작게 만들었다. 몸은 눈에 띄지 않거나 너무 눈에 띄었다. 멸시받을 것이었다. 원치 않는 손길에 대비했다. 움켜잡음. 주먹질. 강간. 살인.

마스크를 내던지고 자기 몸을 지키지 않겠다는 사람들을 위해 간호사들은 자기 몸을 희생해야 했다. 식당에서 일하는 여자 종업원들은 마스크를 쓰지 않는 고객들이 푼돈도 되지 않는 팁을 주겠다며 마스크를 벗고 예쁜 얼굴을 보여 달라고 하는 요구를 참고 넘겨야 했다. 그 결과 그들은 감염병과 죽음의 위협을 무릅써야 했다. 농장 여성들의 몸은 들판에서 일하는 동안 모욕을 견뎌야 했다. 사람들은 그곳을 팬티 밭*field de calzon*이라고 불렀다. 여자들이 강간을 당할 때 팬티가 찢겨져 나갔기에.

흑인 여성들의 몸은 침대에서, 차에서, 복도에서 경찰이 쏜 총에 맞았고 교통 법규를 위반한 죄로 자식 앞에서 총에 맞았으며 건강 검진을 갔다가 살해당했다. 잘못된 장소에 있는 잘못된 몸. 돌봄과 휴식이 필요한 몸들이 단지 그곳에 있다는 이유만으로 살해되었다. 이내 그들의 이야기와 이름은 흔적조차 없이 사라져 버렸다. 우리가 그녀들의 몸을 말하고 그녀들의 이름을 부르자.

굶주리는 식구들을 먹여 살리라고 부모가 늙은 남자에게 팔아버린 아프가니스탄 헤라트Herat에 사는 소녀의 몸. 소녀의 몸은 휴대전화 한 대 값에 온라인으로 팔렸다. 다른 여자아이들의 몸은 영국 사교계 거물에 의해 사디스트 남자친구에게 공급되었고 남자는 아이들을 요란하고 타락한 자기 서클로 데려갔다.

트라우마로 얼룩진 기억을 낭포로 종양으로 혹으로 덩어리로 짊어진 여자들의 몸. 그것들은 악이 흔적을 남긴 곳에서 자라난다.

언제나 봉사하고 먹이고 씻기고 안고 돌보고 다른 이들을 살찌우는, 그러나 자기 몸을 돌볼 여력은 한시도 없는 여자들의 몸.

'완전함' 또는 '불완전함' 때문에 혐오받는 여자들의 몸. 너무 말라서, 너무 뚱뚱해서, 너무 풍만해서, 너무 밋밋해서. 그 모든 것을 다 할 수 있고 당신에게 그 모든 것을 느끼게 해서 혐오받는 여자들의 몸.

기억하고 다시 붙이고 돌아오고 생전 처음 진짜 몸이 되고 온전히 휴식하는 몸. 아빠가 손가락을 거칠게 밀어 넣었던 다섯 살 아이의 몸에서 타오른 불길이 이제는 낱말과 횃불이 되고 목적과 힘을 가진 언어가 된다.

페미사이드에 저항해 거리로 쏟아져 나오는, 가슴을 드러낸 몸. 이제 곧 기름을 쏟아낼 송유관 주변을 말과 카약을 타고 배회하는 원주민 여성의 몸. 무차별적으로 폭력을 가하는 경찰 대열 앞에 주먹을 높이 쳐들고 선 몸. 저마다 다른 능력을 갖고 의회 복도를 점거한 *differently abled person*° 수백 명의 몸.

동료들이 터무니없이 죽어 나간 공장 철문을 부수며 맹렬히 분노하는 몸. 살아 있는 것이 결코 유감스럽지 않은 몸. 몸 안에 갇힌 아름다움과 새의 노래를 마음껏 분출하는 몸. 더는 속박되지도 부정되지도 않는 몸. 하나가 되는 몸. 솟구쳐 오르는 몸. 준비된 몸들이 일어날 때 함께 분연히 일어나는 몸.

---

°　다른 능력을 사용할 수 있는 사람이라는 뜻으로 장애인 *disabled person* 이 가진 다양성과 능동성을 강조한 용어지만 UN은 이 용어가 현실을 부정하고 장애를 직면하지 않는 면이 있음을 고려해 2021년 장애 포괄적 언어 가이드라인에서 해당 용어를 사용하지 않도록 권고했다

## 5

슬픔이
나를

기다리고 있다

우리가 말하기 두려워하는 이야기 중 하나는 우리 인간이 별로 만들어진 것만큼이나 슬픔으로 만들어져 있기도 하다는 사실이다. 우리 몸은 뼈보다는 강물에 가깝고 영양분과 슬픔이 뒤섞인 신성한 주머니 안에서 자라난다. 그렇다면 심장은 무엇이지? 한 세대에서 다음 세대로 전해지는 조야한 감정들의 침전물이 아니라면 과연 무엇이란 말일까?

나는 내 생의 대부분을 이 강을 따라 여행하는 데 바쳤다. 고집 센 물살에 휩쓸리고 거친 바위에 쓸려 피를 흘리며. 그 것은 일찍이 나를 찾아왔다. 내가 용감해서가 아니라 내가 피를 흘리고 있었기에. 나는 너무나 간절히 내 상처를 이해하고 싶었다. 아니, 강을 헤엄쳐 문을 통과해 저편으로 건너가고 싶었다 말해야 할까.

# 셔츠를 개며

**몬톡, 뉴욕, 1988년**

당신 물건들이 늘어서 있어. 마치 시체 자루처럼, 내장처럼. 나는 파란색과 흰색으로 된 줄무늬 면 셔츠를 개고 있어. 부드러워. 내 머릿속에는 어느새 당신이 나를 품에 안았던 일과 우리 아기가 죽었던 일이 떠올라. 그때 당신은 이 부드러운 줄무늬 셔츠를 입고 있었는데, 당신 얼굴이 얼마나 안쓰럽던지. 당신이 언젠가 해변에서 이 셔츠를 입었던 때도 생각나. 햇볕에 살갗이 다 벗겨진 몸 위에 이 셔츠를 입었지. 하얀 선크림을 문지르지도 않고 덕지덕지 바른 채로. 그때 사람들이 지나가면서 당신을 안쓰럽게 쳐다보았는데 당신이 어디가 아프거나 제정신은 아닌 것처럼 보여서야. 어느 쪽인지는 알 수 없었어. 그리고 당신이 그 흰색과 파란색 줄무늬 셔츠를 입었던 또 다른 날, 그날 스니커즈였던가, 그런 것을 신고 지금처럼 봄바람이 불던 날 함께 밖에서 아이스 카푸치노를 마셨지. 우리는 연거푸 담배를 피웠고. 무언가를 축하하던 중이었나 그랬을 거야. 당신이 내 타자기 소리를 들으려고 산다는 말을 나는 좋아했어.

셔츠를 개는데 손에서 땀이 나. 담배를 끊은 당신이 초조하게 껌을 꺼낼 때 당신 손이 그랬던 것처럼. 당신은 배가 심하게 아프고는 했어. 공항 터미널에서 배를 움켜쥐었고. 늘 그렇게 매사에 극단적인 면이 있었지.

엠, 당신의 가슴은 기념비 같았어. 홈*home plate*이었고. 우리는 오래 함께였잖아. 사고였어. 그러니까 사랑이었지. 당신은 커피를 연이어 마시고 신문을 뒤적이다 침대로 돌아왔고 우리는 꼭 껴안고는 다시 시작했어. 당신의 가슴, 제멋대로 자라던 점까지도 완벽했던 흰 머리카락, 포근한 당신의 겨드랑이. 잠시, 나는 그곳에 사는 꿈을 꾸었어.

나는 지금 흰색과 파란색의 줄무늬 셔츠를 개고

있어. 우리가 함께 탔던 배와 기차, 비행기 들이 생각나. 오토바이와 개들도. 두 마리 모두 유기견이었고 둘 다 사람들을 물었지. 그리고 우리가 구조한 사이먼Simon은 10년 뒤 시몬Simone이 되었잖아. 시몬이 지금 내게 와 셔츠에 머리를 비비고 있어.

길에서 서로를 발견할 때면 우리는 마치 처음 만난 사람들처럼 서로의 미소에 매혹되었지. 그런 기분으로 서로를 향해 다가갔어. 당신은 피클, 커다란 샌드위치, 음료수들, 초콜릿으로 만든 모든 것, 이상한 컨트리 음악, 시체처럼 누워 있기를 좋아했지. 화가 머리끝까지 났던 어느 날에는 내 가죽 부츠를 잘라버렸고 냉장고 문짝을 부수었어. 그리고 주먹으로 벽을 쳐 구멍을 내는 바람에 싸구려 야생 동물 그림으로 그곳을 가렸었잖아. 나는 당신에게 충분히 주지 못했어. 그 누구도 당신에게 충분히 주지 못했지. 사랑의 본성과 기원, 불가능할 만큼 더 많은 구멍만을 만들 뿐인 너무 커다란 구멍들.

근사한 사람, 단순한 사람. 나는 당신의 흰색과 푸른색 줄무늬 셔츠를 개고 있어. 이 냄새를 영원히 간직하고 싶어. 당신이 목을 가다듬으며 내던 소리들도 생각나. 항상 무언가가 목에 걸려 있었지.

우리, 함께 늙어갈 거라고 당신이 약속했었는데. 나를 구하러 오겠다고 당신이 말했었지. 당신은 정말 그렇게 했고 우리는 나아졌어. 나는 이제 떨지 않아. 식료품 가게에서 느닷없이 불안 발작을 겪는 일도 없어. 우리는 리비아, 그레나다, 카터, 부시, 레이건, 스리마일섬Three Mile Island°, 에이즈, 센트럴파크 핵전쟁 반대 백만 시위, 인질극, 죽어가는 애비°°, 붕괴하는 베를린 장벽, 천안문 항쟁, 만델라의 석방, 산성비를 함께 지나왔지.

셔츠를 개는데 손이 떨려. 왜냐면 나는 이제 혼자니까. 정말 혼자니까. 이것들이 다 가버리고 나면, 그러니까 이 시체 자루들이 다 옮겨지고 나면 범죄 현장처럼 말라붙은 핏자국과 희미한 윤곽들만 남겠지. 그런 것은 아니었지만. 우리 사이는 사고였어. 어쩌다 보니 아주 오래 이어져 결국 내 인생이 되어버린 대단히 중대한 사고.

바에서 당신을 만났고, 당신은 아주 멋졌고, 술도 마시지 않은 멀쩡한 상태였고, 들떠 있었고, 땀이 끈적끈적 나는 여름에 방이 하나 있는 아파트로 가 우리는 9시간이나 사랑을 나누었고, 오후를 통째로 날려버렸지. 그

---

° 1979년 3월에 발생한 미국 역사상 최악의 원전 사고
°° 1989년 사망한 애비 호프만으로 추정

런 나날들이 이어졌어. 나에게는 어른으로서의 삶을 시작한 순간이었어. 그전에는 한 번도 누군가를 깊이 만난 적이 없었거든. 누군가에게 그래, 어떻게 되나 한번 가보자, 끝까지 가보자, 이렇게 말해본 적이 없었어. 그리고 어느 순간, 우리는 같은 곳을 향해 가던 걸음을 멈추었지.

• • •

이것들이 전부 가고 나면 나는 혼자가 되겠지. 나를 안아줘. 놓지 말고, 엠. 대단한 사건이었어. 당신 말이야, 엠.

당신의 머리가 하얗게 세는 모습도, 늙어서 툴툴대고 불평을 늘어놓는 모습도 보지 못하겠지. 내가 그런 것을 원했었다니 믿기지 않아. 하지만 그때는 정말로 그랬어. 셔츠를 개는데 자꾸 눈물이 나. 목구멍이 〈오즈의 마법사〉에 나오는 성의 작은 문처럼 꼭 닫힌 것 같아. 7월이 오고 사람들이 돌아와. 해도 점점 더 길어지지. 내가온 것만큼 당신도 왔어. 어쩌면 나는 여기서 더 갈 수 없을지도 몰라. 작은 배들이 빠져나가네. 늦여름 고통스러우리만큼 깔깔거리는 아이들의 웃음소리가 울리고 있어.

# 테레지엔슈타트

**1991년**

*1991년 10월 15일, 우리는 테레지엔슈타트*Theresienstadt *50주년을 기념해 그곳에 갔다. 1941년 10월 처음 사람들이 그곳으로 실려 갔다. 나는 절친한 친구 미셸과 그의 언니 데니즈 그리고 캠프 생존자이자 미셸의 어머니인 헬렌과 함께 체코슬로바키아로 갔다.*

테레지엔슈타트로 가는 길, 나뭇잎들이 흩날렸다. 비가 툭툭 떨어지기 시작하더니 커다란 버스 유리창의 와이퍼가 빗방울을 후려친다. 그렇게 빗방울은 미처 태어나기도 전에 산산조각 난다. 미셸은 아플 정도로 이를 꽉 문다. 미셸은 버스에 올라, 사람들이 굶주리고 어머니가 모욕당했던 곳으로 간다. 헬렌은 똑같이 겁에 질린 천 명쯤 되는 사람들과 함께 소들이 타는 차에 강제로 탔다. 그때는 어둡고 역겨운 냄새가 났고 밖을 볼 수도 없었다. 미셸은 버스를 타고 자기 꿈을 지배해 온, 머릿속을 잠시도 떠난 적 없는 그 장소로 가고 있다. 그 부패한 장소는 마치 종양처럼 미셸의 뱃속에 작은 구덩이를 파고 살면서 그녀가 너무 빨리 움직이거나 너무 크게 말하거나 너무 많이 원할 때면 점점 더 큰 상처를 냈다. 이곳은 미셸의 조부모를 장티푸스와 이질과 절망에 빠뜨려 죽인 장소다. 서른아홉 살인 미셸은 따사로운 햇살이 내리쬐는 캘리포니아에 산다. 갓 태어난 아들도 있다. 그녀는 지금 버스를 타고 눈부시게 환한 초록 이파리가 무성한 곳으로 간다. 그곳의 길은 널찍하고 만화에 나오는 동물 캐릭터가 그려진 작은 우산을 파는 상점들도 있다. 마을 사람들은 한가로이 앉아 살라미를 곁들여 맥주도 마신다.

　　버스가 그곳에 가까워질수록 미셸의 이가 더욱 아프다. 그녀는 보이지 않는 바람이 채가지 못하게 이를 악문다. 미셸의 옆에는 언니인 데니즈도 있다. 데니즈는 마흔한 삶이다. 그녀는 뉴저지의 작은 동네, 소방서 바로 근처에 살며 소방차들이 내는 시끄러운 사이렌 소리에서 안도감을 얻는다. 위험이 익숙한 것이라고 생각할 수 있어 안도하고 언제든 구조받을 수 있다는 생각에 안도한다. 데니즈가 아주 어릴 때부터 나치는 그녀 꿈에 등장하는 단골이었다. 데니즈는 아이들을 위한 책에 그림을 그린다. 용, 유니콘, 날개 달린 토끼 같은 동화 속 이미지들. 도착지에 가까워지자 미셸과 데니즈의 말이 빨라진다.

미셸의 어머니 헬렌 또한 버스에 탔다. 헬렌은 예순아홉 살이다. 버스가 석탄 더미를 지난다. 헬렌의 얼굴이 차츰 굳는다. 50년이 지난 지금, 그녀는 자신의 영혼을 분자 하나까지 바꾸어놓고 영영 신을 믿을 수 없게 만든 그 장소로 돌아간다. 사람들에게 교훈을 주겠다는 명분 하에 공개적으로 사람들의 목을 매달던 곳. 길에는 매일매일 새로운 시체들이 쌓이고 죽음의 수레가 그들을 수거해 화장터로 실어 가던 곳. 3년 동안 매일 같이 친구들이 등에 총부리가 겨누어진 채 철문 달린 작은 방으로 끌려가 가스가 새어 들어오면 굳게 잠긴 문 앞에서 죽음을 맞았다. 오늘은 그 동쪽 방으로 내가 가게 될까, 불안에 떨었던 그 장소로 헬렌이 가고 있다. 나치 친위대가 먹을 비트와 양파 따위의 채소를 자기 손으로 키우던 곳을 향해 간다. 그것 때문인지는 알 수 없지만 헬렌은 살아남았다. 어머니의 병상 옆에서, 죽어가며 남편을 부르짖는 어머니에게 아버지는 이미 이질로 돌아가셨다는 소식을 힘겹게 전해야 했던 그곳으로 그녀는 가고 있다.

헬렌은 다시 한번 그곳으로 가고 있지만 이번에는 두 딸이 함께 있다. 미셸은 어머니가 애써 억누르던 과거가 허리케인처럼 어머니를 덮쳐 거친 바다로 영영 데려가 버릴까 봐 두렵다. 데니즈는 자기감정을 통제하지 못해 어머니에게 오히려 짐이 될까 봐 걱정한다. 헬렌은 섬세한 미셸이 이번 일로 좋지 않은 영향을 받을까 봐 걱정한다. 헬렌은 딸들을 보호하기 위해 무척이나 애썼다. 그녀는 딸들이 두려움 속에 살지 않기를 원했다. 그러나 헬렌과 수백만 유대인들이 겪어야 했던 홀로코스트는 개인이 숨기기에 너무나 거대했다. 데니즈와 미셸은 사려 깊고 조심스러우며 연약하고 아주 다정하다. 그들이 단 한 번도 몸으로 겪어본 적 없는 역사와 장소는 유령처럼 그들을 평생 따라다녔다. 이제 그들 세 명은 함께 버스에 올랐다. 그들은 함께 그곳으로 돌아간다. 그 장소에 서기 위해. 목격하기 위해.

처음에 헬렌은 아무것도 알아보지 못한다. 그곳에 나무가 있었는지조차 기억나지 않는다. 나무는 없었는데, 초록빛이 감도는 것이라고는 아무것도 없었는데, 그녀는 생각한다. 헬렌은 오른쪽으로 왼쪽으로 돌고 걸으며 자신이 기억하는 것을 찾아 두리번거린다. 그녀는 길을 잃는다.

수백 명의 생존자들이 이곳에 돌아왔다. 그들은 마취에서 이제 막 깨어난 표정으로 절박하게 서로를 물끄러미 바라본다. 그들은 속고 걱정하고 부서졌지만 놀랍게도 살아남은 얼굴들의 갤러리다. 비가 내린다. 헬렌이 체코 말로 낯선 이에게 말을 걸고 미셸과 데니즈는 깃발을 쳐들어 보이지 않는 군대를 해방시키듯 우산을 높이 든다. 그들은 그곳에 오랫동안 얼어붙어 있었던 것만 같다. 헬렌, 당신은 어떻게 살아남았어요?

"운이었지."

우리는 테레지엔슈타트를 한 바퀴 돈다. 황량하고 잿빛이며 기이하게 아름답다. 이 땅 모든 곳에 상실과 공포, 가까스로 구한 삶이 서려 있다. 우리는 제멋대로 자란 풀밭을 지나며 헬렌이 친위대가 먹을 채소를 가꾸었던 밭을 상상한다. 우리는 유대인들이 단지 교훈을 위한 본보기로 죽어간 곳을 천천히 걷는다. 소 수송차가 계속해서 유대인들을 싣고 오던 곳을 걷는다. 화장터와 시체를 나르던 수레들을 지나쳐 걷는다.

헬렌의 부모님은 이질과 장티푸스로 이곳에서 죽었다. 헬렌은 부모님이 가스실에 끌려가 돌아가시지 않았다는 사실에 감사하다. 두 자매는 할머니와 할아버지를 생각하며, 자기 부모님의 죽음을 목격해야만 했고 이제는 이를 설명하고 이해해 보려 애쓰는 어머니를 바라보며 슬픔이 북받친다.

우리는 유대인 수천 명이 몸을 구기고 잤던 막사를 지난다. 수많은 사람이 이 차가운 시멘트 바닥에서 이불도 없이 잠을 잤다. 우리는 헬렌이 있었다는 텅 비고 차가운, 간이침대가 백여 개 놓인, 나치처럼 비인간적인 방을 지난다. 무덤을 지나자 하얀 재가 우리 혀를 덮는다.

테레지엔슈타트를 걷는 헬렌의 걸음은 도망자의 걸음이 아니다. 그녀는 홀로코스트를 추월하듯 추월자의 걸음으로 나아간다. 한 걸음, 한 걸음 그녀는 역사의 심연을 뛰어넘는다.

테레지엔슈타트를 걷는 헬렌의 걸음은 재진입이다. 그녀 몸의 일부는 50년 전 공포와 참혹함이라는 엔진에 의해 튕겨 나가 오랜 시간 우주 공간을 배회해야 했던 비행사다. 헬렌은 이제 자기 삶의 궤도로 돌아오고 있다.

테레지엔슈타트를 걷는 헬렌의 걸음은 올림픽 선수의 걸음이다. 그녀는 걸으며 힘과 동력, 색깔을 되찾는다. 웃기도 한다. 식욕이 돌아온다. 모든 것을 말하고 이야기하고 싶다.

이번에는 헬렌에게 목격자가 있다. 헬렌의 경험을 진짜라고 확인해 주고, 고통을 함께 느껴줄 목격자가 있다. 미셸과 데니즈는 천천히 걷는다. 그들은 대단히 중요한 메시지를 받들 듯 어머니의 과거를 온몸으로 들이마신다. 잠깐씩 걸음을 멈추고 허공을 노려보기도 한다. 그들은 눈물을 흘린다. 어머니 품에 얼굴을 묻고 어머니를 꼭 껴안는다.

그들은 어머니들이 우리를 구하지 못한다는 것을 깨닫는다. 나치와 악마, 죽음으로부터는 구하지 못한다. 미셸과 데니즈는 어머니가 고통에서 풀려나는 광경을 가만히 지켜본다. 불타는 비둘기 떼가 독일 겨울 하늘 위로 비를 뚫고 날아오른다.

# 슬픔은 전부 어디에

**킹스턴, 뉴욕, 2018년**

　사람들의 슬픔은 전부 어디로 가는지

　나는 자주 궁금했다.

　공원에서 식당에서 이방인의 얼굴을 바라보며

　슬픔으로 갈라진 틈이 있는지 살펴보고는 했다.

　슬픔은 어디에나 있었지만 그것을 만질 수 있는 곳은

어디에도 없었다.

　밤이 되면, 나는 내 방에 가라앉은 슬픔을 느낄 수 있

었다.

　유령은 아니지만

짙고 무거운.

내 목을 조르는 환영을 떨치기 위해

나는 웅크린 채로 몸을 사납게 흔들며 잠을 청했다.

부모님의 칵테일파티 때면 쨍그랑하고 들려오던 얼
음 소리에서도 그것을 느꼈다.

부자들을 위해 일하는 사람들의 느릿한 걸음에서도

나는 느꼈다.

내 아름다운 어머니를 찾을 수 없을 때도 나는

느꼈다.

내 젖꼭지를 쥐던

얼간이 남자애들에게서도 느꼈다.

어디선가

슬픔이 나를 기다리고 있는 것 같아 나는 무서웠다,

슬픔이 점점 자라는 것이 무서웠다,

그러다 어느 날 돌연 나타나

우리를 전부 집어삼킬 것 같아 무서웠다.


어쩌면 그것은 이미

혹은 지금.

우리의 애도를 표하는 제복이 아니라면 군대란

무엇일까?

우리의 슬픔을 조준하는 무기가 아니라면, 우리 슬픔

과 닮은 누군가를 혹은 무언가를

조준한 무기가 아니라면 드론과 자동 소총, 폭탄이란

무엇인가?

우리의 가장 깊은 상실과 갈망을 보여주는

천박한 공연이 아니라면 포르노그래피는 무엇이란

말인가?


오늘 나는 며칠간 내린 비에

흙탕물이 되어버린 강을 마주하고 우리 집 뒷마당에

섰다.

나는 그동안 내가 보았던 모든 강들을 떠올렸다

바다와 호수들도.

내 괴로움과 상처를 낫게 해주었던 7월의 아드리

아해,

그날의 짠 바다 냄새와 청록을 떠올렸다.


첸나이의 주후 해변 _Juhu Beach_ 도 떠올렸다. 해 질 무렵 온

갖 나이대의 여자들이 반짝이는 핑크색 보라색 금색 사
리를 입고 행렬하던 모습을

느릿느릿 움직이던 소들의 모습을

(이전에는 해변에서 소를 본 적이 없었다)

늦은 9월 몬톡 끝자락에 닿은, 벌거벗은 거친 대서양
도 떠올렸다.

내 휑한 머리를 담그자

항암치료로 머리카락을 잘라낸 자리가

소금기 섞인 물에 닿아 따끔거렸고 바닷물이 내 상처
를 씻어주었다.

나는 샤름 엘 셰이크*Sharma El-Sheikh* 의 홍해를 떠올렸다.

폭탄 테러가 일어난 뒤

우리는 피난민들을 찾아 헤맸다.

내 소말리아 자매는

그때 내게 민병대가 들이닥치면 꼭 바다로 달려가라
고 당부했다.

나는 고마*Goma* 에서 부카부로 가기 위해 처음으로 키
부호수를 건너던 때도 떠올렸다

콩고의 온화하고 푸른 하늘 아래 희미한 지평선과 그
아래 마체테°를 맞고 쓰러진 수많은 시신이 몹시도 불화

했다.

내 눈물에 진흙이 뒤섞여,

뛰노는 아이들의 발길에

쓰레기와 사람 두개골이 차이는

코소보 어느 마을의 진흙탕 강물과 나를 이어주었고,


케이프타운의 모래 언덕에 사는

괴짜 펭귄들의 마을과 나를 이어주었고,

나일강 작은 배 위에서, 가만히 흔들리는 물결의 리듬에 맞추어

몸을 흔드는 벨리 댄서들과 나를 이어주었고,

필리핀 마타붕카이*Matabungkay*의 거친 썰물과 나를 이어주었다.

우리는 키 큰 갈대를 헤치며 걸었고

아침 8시라 정신이 몽롱했다.

그때 처음 지평선 위에서 길을 잃었다.

진흙이 뒤섞인 내 눈물은 나를 센강과도 이어주었다.

빛에 따라 어떤 때는 갈색빛을, 어떤 때는 초록빛을, 또


○   날이 넓은 긴 칼

어떤 때는 검은빛을 띠는 센강으로

강물은 파리를 따라 흐르듯 내 인생을 따라 흘렀다.

암을 앓고 난 뒤

센강은 내게 두 권의 책,

그리고 몸을 돌려주었다.

바로 몇 주 전엔 느닷없이 강물이 불어나

도시가 잠겼었는데,

이윽고 나는 이만오천 명의 아이들이 납에 노출되었던

미시간의 플린트강 *the Flint River* 으로 이어졌다.

누구는 옴이 올랐고 누구는 발진이 났고 누구는 더 이상 자라지 않았다.

누구는 난폭해졌다.

나이저 삼각주 *the Niger Delta* 아이들은 기름이 범벅된 물 때문에 미처 병원에 들어서기도 전에 죽어가고 있다.

기대 수명은 일흔 살에서 마흔다섯 살로 줄었다.

기름, 기름, 기름, 기름의 눈물,

BP사의 부주의가 멕시코 만에

기름을 쏟아 바다를 뒤덮어버렸다.

기름이 펠리컨과 물고기 위로 쏟아졌다.

오염은 우리에게

애도할 시간조차 주지 않았다. 순식간에 사라져버린 일자리에

사람들은 무너졌다.

여자들은 실직한 남편들에게 다시

매 맞고 모욕을 당했다.


나는 강가에 앉아 물 위로 떠다니는 납과

플루오린화나트륨, 수은, 비소, 다이옥신, 폴리염화바이페닐, 염소, 과염소산염, 그리고 기름 때문에 울었다.

나는 내가 보았던 그리고 보지 못했던 모든 대양을 위해 울었다.

나는 거대한 플라스틱 포장지에 몸이 걸린 돌고래들과 병뚜껑과 배터리를

먹이로 알고 삼킨 미드웨이 아톨*Midway Atoll*의 앨버트로스들을 위해 울었다.

나는 걱정 같은 것은 모른 채 관능적인 바다를 향해 두 팔을 벌리고 뛰어 들어간,

물을 수단이 아니라 포식자로 바라본 아이들을 위해 울었다.

나는 우리의 이기심과 어리석음 때문에 울었다.

나는 울지 않는 사람들을 위해

그리고 울 수 없는 사람들을 위해, 자기의 울음을

바다의 울음에

진흙탕 강의 슬픔에 보태기를 거부하는 사람들을 위

해 울었다.

자기 엄마보다 바다를 더 믿었던 열여섯 살짜리 소녀

를 위해

나는 울었다.

소녀는 가냘픈 몸에 실오라기 하나 걸치지 않고 누웠

을 것이다

몸의 반은 물속에 반은 바깥에,

긴 갈색 머리카락이

모래가, 부서진 조개가, 돌멩이가 되어갔을 것이다.


소녀는 이윽고 가만히, 그러나 힘껏 속삭일 테지

거의 외쳤을 것이다.

저를 조개, 산호, 물풀로 만들어 주세요.

저를 해파리로, 커다란 소라 껍데기로, 게로 만들어

주세요.

저를 푸르고 소금기를 머금은 것으로

저를 투명한 것으로

저를 야생의 것으로 만들어 주세요.

# 6

추락할 때
할 수 있는 것은

추락뿐

나의 사랑하는 친구이자 유명 액션 댄서인 엘리자베스 스트렙*Elizabeth Streb*은 말한다 "추락*Falling*? 그보다 흥미로운 것은 없다. 다른 어떤 점보다 추락에 대해 당신이 할 수 있는 것은 아무것도 없다는 점에서 그렇다. 완전히. 추락은 당신이 무언가를 해 보기도 전에 눈 깜짝할 사이 일어난다. 미래는 마침내 '지금'이 순간이 된다. 추락할 때 할 수 있는 것은 추락뿐. 계획, 아이디어, 숙련된 기술 따위는 아무 소용없다. 아무것도."

내가 추락하지 않고 있던 때가 언제였는지 기억나지 않는다. 나는 서는 법을 배우기도 전에 추락했다. 나는 이름조차 이브, 추락한 태초의 여자를 본떠 지어졌다. 그러니까 나는 추락 보균자였다.

나는 열 살 때 높은 곳에서 떨어졌다. 한때 아버지의 애정을 한 몸에 받았던 나는 말 그대로 아버지의 정원에서 쫓겨났고 품위와 가족으로부터 떨어져 나와 폭력의 세계로 추락했다.

어린 시절 내내 나는 중력을 거스르기 위해 사력을 다했다. 두려움을 없앨 수는 없었으므로 연습을 해야 했다. 추락하더라도 산산이 부서지지는 않는 연습을. 나는 아래로 떨어지면서도 공중제비를 도는 하이다이버high diver가 되어 높은 벼랑에서 뛰어내렸다. 그 추락하는 자유, 미친 생동감, 눈부시게 찬란한 위험.

어쩌면 여태껏 내가 써온 글들은 그저 추락에 대한 기록일지도 모른다. 추락하는 장소들과 사람과 벽들, 전쟁과 팬데믹의 낙진, 사랑에 빠지고 또 헤어 나오던 일, 추락하는 제국, 갈라진 틈 사이로 추락하는 노숙자와 수감자와 성범죄 피해자, 추방자들. 산산이 부서졌던 일, 광적으로 높은 내 기대에 미치지 못했던 일, 누구 하나 내 말을 들어주지 않을 것 같은 막연한 두려움.

2020년, 세계는 손길과 시간으로부터 굴러떨어졌다. 하나의 추락은 다른 추락으로 이어졌다. 교차 추락. 경찰의 총에 맞아 길 한복판에서 쓰러지는 흑인 여성과 트랜스 여성과 트랜스 남성 들, 코로나19에 추락하는 무수히 많은 몸, 활활 타오르는 하늘 아래 추락하는 수백만 마리의 새들. 목을 짓누르는 무릎, 목구멍에 쑤셔 넣어진 산소호흡기. "숨을 쉴 수가 없어요." 북극의 거대한 빙하가 무너지듯 마침내 무너져 내리는 부정否定의 벽. 모든 것이 무너져 물에 잠긴다.

# 폐허의 가장자리에서
# 당신은 어떻게 살고 있는가

**킹스턴, 뉴욕, 2020년**

위태로움만이 이제 유일한 국가인가?

추락이 이제 새로운 언어가 되었나?

당신은 그곳을 아는가?

그곳은 늘 그곳에 있었나?

그래서, 당신은 쇼핑을 하고 싶은가?

아니면 청소?

그도 아니면 시체를 세는 일은?

우리 대화 속에 미생물이라는 단어가 얼마나 자주 오르내리는지를 아는지?

이 일회성의 위계질서 속에 당신이 어디쯤에 있는지 아는지?

자리를 바꾸고 싶은가?

그런가?

원래 당신의 자리는 시스템의 억압 속에서도 변함이 없는지?

피할 곳이 없는 곳에서 당신은 어떻게 피하는가?

죽는 것은 거의 노인들뿐이기에 안심했다가 이내 당신이 노인이라는 사실을 떠올리고 얼굴을 붉힌 적이 있는지?

보균자라는 것은 무슨 뜻인가?

닿을 수 없다면 과연 당신은 무엇인가?

질병과 굶주림 중 하나를 택하는 일을 과연 선택이라 부를 수 있는가?

당신이 전에 미처 알지 못했던 자들은 누구인가?

그들이 지금 당신을 살리고 있는가?

후에도 그들을 기억할 텐가?

격리 속에서 반란은 가능한가?

# 불에 타고 난 뒤에

**킹스턴, 뉴욕, 2020년**

작은 주머니 같은 것들이

하늘에서 후두둑 떨어져요

버려진 차들 유리창 위로

거의 뼈만 남다시피 한

영원의 고속도로 뜨거운 아스팔트 길 위로

굶주림과 저체온증으로

누군가는 날아오르지 못했고

제비들

휘파람새들

영문을 모르는 그들의 슬픈 뜀박질

너무 많은 새들이 너무 멀리 잘못된 방향으로 날아올랐어요

연기를 피해 달아나려고

쌕쌕 한 번에 두 번씩

새들은 그렇게 숨을 쉰다지요

효율은 재앙을 불러왔어요.

우리는 이제 모두 무언가로부터 달아나고 있어요.

그들이 그녀를 혼수상태로 만들었어요

그러니 그녀는 두려움에 떨지는 않을 거예요,

그녀의 얼굴에 산소호흡기가 씌워졌어요.

말해보아요

말해보아요

이제 누가 우리에게 숨을 불어넣어 주나요?

# 어머니(지구)에게

**킹스턴, 뉴욕, 2019년**

*2018년 나는 《아버지의 사과 편지 The Apology》라는 책을 썼다. 나는 거의 평생 아버지가 유년 시절 내게 저지른 성적 학대와 폭행에 대해 사과하기를 기다렸다. 아버지가 죽고 31년의 세월이 지나고 나서도 나는 계속해서 기다렸다. 그리고 어느 날 결심했다. 내가 아버지에게 받아야 했던 그 사과를 직접 쓰겠다고. 그 과정은 몹시 지난하고 고통스러웠지만 동시에 궁극적 해방을 주었다. 그리고 그 글을 쓰고 나자 나 또한 누군가에게 사과해야 한다는 사실을 깨달았다.*

이 글은 새에 관한 어느 기사에서 시작되었어요. 북미에서만 29억 마리의 새들이 사라졌고 그 29억 마리의 새들이 사라지는 동안 누구도 이를 알아차리지 못했다는 기사였어요. 참새와 찌르레기와 제비들이 죽거나 태어나지 못했고, 날거나 노래하거나 자기만의 멋진 둥지를 만들지 못했고, 물기 가득한 까만 흙에 매끈한 부리를 찔러 보지 못했고, 그 위에 사뿐히 내려앉지 못했어요. 지난 6월 셀레스트와 새들이 보이지 않는다는 이야기를 했었어요. 어쩐지 으스스한 적막만이 감돌고 있었지요.

그런데 얼마 지나지 않아 그들이 돌아왔어요. 제비 떼와 커다란 까마귀 떼가 차례대로 숲으로, 강으로 내려와 앉았지요. 새들 소식을 들은 그날 오후 저는 자전거를 타다 고꾸라졌어요. 갑작스러운 재앙 앞에서 어떻게 손 써볼 사이도, 브레이크를 찾아 잡거나 피할 사이도 없이요. 저는 땅으로 굴러떨어졌어요. 그러는 동안 깨달았어요. 저는 이미 굴러떨어지고 있었다는 것을, 우리는 모두 추락하고 있었다는 것을요. 까마귀, 나무, 빙하, 어떤 예측들, 그 모든 것이 떨어지는 중이었고 저는 차라리 그렇게 계속 떨어지고만 싶었어요. 여기에 남아 모든 것이 추락하고 사라지고 빛을 잃고 불에 타고 메말라 죽고 멸종되고 질식하고 영영 꽃 피우지 못하는 광경을 지켜보는 증인이 되고 싶지 않았어요. 새나 벌, 여름밤이면 온몸에서 빛을 반짝이는 반딧불이 없이 살고 싶지 않았어요. 굶주린 배를 채우기 위해 사방을 절박하게 헤매며 발톱을 세우고 살고 싶지 않았어요. 저는 가장 깊고 어두운 구렁 속으로 떨어지고 떨어져 마침내 고요한 적막 속에 묻히고 싶었어요.

하지만 어머니, 당신에게는 다른 계획이 있었지요. 자전거는 풀밭 위로 풀썩 쓰러졌고, 쾅, 저는 그때 열 살이었어요. 길에 곤두박질쳐져 무릎이 까지고 피가 흘렀어요. 그 어린 나이에도 저는 자연이 어딘가 낯설고 잔인하다는 사실을 깨달았어요. 제가 한때 알았거나 사랑했던, 대단하고 힘세고 아름다운 모든 것은 낯설고 잔인하게 변해 결국 저를 다치게 했었거든요. 그래서 저는 자연 또한 저를 해칠 수 있으며 실제로 그렇게 할 것이라는 사실을 알았어요. 그 당시 저는 이미 추방자였고, 그것이 사실이라 해도 최소한 저는 그렇게 느꼈어요. 숲에서 완전히 내동댕이쳐졌다고 생각했어요. 저는 망가지고 오염되고 죽은 땅의 사람이었어요.

까진 무릎과 팔꿈치인지, 아니면 흙에 더러워진

새 옷인지, 그것도 아니면 가슴속에 굳은 슬픔의 찌꺼기보다는 죽음이 낫겠다고 생각한 충격인지, 주인 없이 혼자 덜컹거리며 돌아가는 자전거 바큇살인지는 모르겠지만 그것이 무엇이었든 망가져 버렸어요. 부서져 버렸어요. 저는 그것이 우는 소리를 들었어요.

어머니, 저 때문에 새가 사라지고 있어요. 제가 바로 연어가 알을 낳지 못하고 나비가 집을 찾지 못하는 이유예요. 저는 하얗게 죽어가는 산호초고 메테인으로 들끓는 바다예요. 메마른 고향을 떠나 달아나는 수백만의 사람들이 바로 저랍니다 제가 불타는 숲이고 가라앉는 섬이에요.

제 안중에 당신은 없었어요, 어머니. 당신은 제게 아무런 의미가 없는 존재였어요. 제 트라우마에서는 오만의 냄새가 풍겼고, 제 야심은 세차게 맥이 뛰는 화려한 도시로 저를 이끌었어요. 꿈과 명예, 제가 그렇게 한심하거나 멍청하거나 잘못되거나 아무것도 아니지 않음을 마침내 증명해 줄 성취들을 좇아서요. 오, 나의 어머니, 저는 어쩜 그토록 당신을 무시했던가요! 아이디어와 결과물만 중요한 이 시장에서 나를 그럴듯하게 만들어 줄 무언가를 당신에게 바랄 수는 없었어요. 당신의 나목에서 제가 무얼 바랄 수 있었을까요? 겨울철의 처절한 외로움 혹은 여름철의 눈이 시릴 만큼 빛나는 녹음, 저는 그것들을 받을 수도 견딜 수도 없었어요. 저는 당신을 그저 날씨, 불편함, 방해꾼, 값비싼 부츠를 더럽히는 눈과 염화칼슘이 뒤섞인 진창으로만 여겼어요. 당신의 초대를 거절하고 당신의 관대함을 멸시하고 당신의 사랑을 의심했지요. 우리의 방식을 깡그리 무시하고 당신을 학대했어요. 당신을 길들이고 지배해야 한다는 아버지들의 이야기를 믿는 척했어요. 당신이 우리를 삼키고 말 것이라는 이야기를요.

제 멍든 몸을 누여 당신의 배 위에, 부드러운 풀 위에 맞대요. 당신이 나를 들이쉬고 내쉬어요. 당신이 그리웠어요, 어머니. 제가 너무 오랫동안 먼 곳에 있었어요. 미안해요. 미안해요. 저는 흙, 모래, 별, 강, 살, 뼈, 나뭇잎, 수염, 발톱으로 만들어졌어요. 저는 당신의 일부예요. 더도 덜도 아닌 딱 이들의 일부예요. 저는 곰팡이, 암술, 수술이고 나뭇가지, 벌집, 나무 몸통, 돌멩이예요. 저는 여기 온 것들과 이제 다가올 것들이에요. 저는 에너지이자 먼지예요. 물결이고 경이예요. 충동이고 질서지요. 저는 향기로운 작약이자 아프리카 초원에 홀로 서 있는 파라

솔 나무예요. 라벤더, 민들레, 데이지, 달리아, 코스모스, 국화, 팬지, 금낭화, 그리고 장미고요. 저는 이름 있는 것들, 이름 없는 것들 그 모든 것이고 모여 있는 것들, 외따로 있는 것들 그 모든 것이에요. 저는 당신의 사라진 그 모든 창조물이고 태어난 적 없는 향기로운 새들이지요. 저는 딸이에요. 돌보는 사람이에요. 사나운 수호자예요. 애도하는 사람이에요. 강도예요. 아기예요. 탄원자예요. 제가 여기 있어요, 어머니. 저는 당신의 것이에요, 당신의 것. 당신의 것이에요.

# 매미

우리는 매미 같은 존재가 된 것일까?

이제 땅속에 파묻혀

새로이 추락의 언어를 배우고 있는

비옥한 땅 아주 깊은 곳에서

젖은 잎사귀와 수치심을 덮고 있는

마지막으로 흰 눈이 내릴 즈음

들썩거리는 이 씰룩임은

우리 집을, 살결을

흙을, 살결을

꿈꾸는 중일까 애도하는 중일까 기억하는 중일까?

우리는 저 아래 먼 곳에

분리된 껍질 속에서 따로 둥둥 떠 있는 것만 같다

우리가 질식할 수도 익사할 수도 있는

이 급진적인 지하 세계에서는

어둠을 읽는 법을 배워야 하기에

그것이 아니라면 우리의 갈망이 우리를

스스로 개조하게끔 이끈 것이리라.

쏘지도 물지도 못하는 매미들에게

유일한 방어책은 수백만 마리가 일제히 함께 날아오
르는 것.

## 7

나를
품어주고

감싸줄 무언가

데이비드 린치David Lynch의 영화 〈이레이저 헤드 Eraserhead〉를 본 이후로 나는 줄곧 내가 영화 속 괴생명체 같다는 생각을 떨칠 수 없었다. 침실 서랍장 위에 과도하게 노출된 채로 바들바들 떠는 반투명한 괴물 아기. 나는 내 몸을 단단하고 따뜻하게 감싸줄 부드럽고 하얀 천 혹은 자식이 사랑받으며 안전하게 자라나기를 원하는 어머니가 필요했다. 나를 품어주고 감싸줄 무언가가 말이다.

내가 열 살 때였을 것이다. 어느 날 교외에 있는 한 주차장에서 어머니와 차 안에 있었는데, 무슨 연유에서였는지 어머니는 내게 색정증에 대한 이야기를 해야 한다고 생각했던 것 같다. 어머니는 그들을 결코 만족할 줄 모르는 여자들이라고 했다. "무엇에 대한 만족이요?" 내가 물었다. 그런데 솔직히 말하면 나는 그것이 무엇인지 알고 있었다.

# 우리가 좋아하는 것들

**파리, 1994년**

거칠게 달려들지 마. 정중히 방문해 줘. 따뜻하게 안아줘. 부드러운 손가락으로 물어보는 거야. 그리고 대답을 기다리는 거지. 우리가 열리는지 보는 거야. 세상 시간이 다 여기 있는 것처럼. 우리가 어느 바닷가 낡고 하얀 벤치에 앉아 있는 것처럼. 아무것도 쫓지 않고 있는 것처럼. 당신은 조용히 앉아 있는 것을 좋아하는 거야. 냄새 맡는 것을 좋아하고. 기다림을 좋아하지. 화이트 초콜릿처럼 딸기잼처럼 무언가 부드럽고 달콤한 것을 우리에게 보여줘 봐.

거칠게 달려들지 마. 그렇게 툭툭 치지도 말고. 꼭 가져야 한다느니 그런 것들도 하지 마. 그것을 갖느라 우리를 지워버리지 마. 우리를 단지 그것으로 만들어버리지 마. 우스꽝스러워져 봐. 우리는 우스운 것들을 좋아해. 상황을 통제하려고 하지 마. 우리는 해결해야 하는 문제가 아니야. 우리는 통제받기를 원하지 않아. 당신이 무얼 하는지 모르겠어. 길을 잃어봐. 더듬거리며 가는 거야. 엉망진창을 만들자. 질문을 퍼부어.

우리를 때리지 마. 그러면 우리는 멍해지거든. 그러면 당신은 우리를 만족시킬 수 없을 테고 당신은 무능해진 기분이 들 테고 불안해질 테고 그러면 당신은 거센 발버둥과 공포에도 그것을 가지려 들 거야. 당신은 더 부수고 더 침입할 테고 그러면 우리는 더 망가져 버리겠지.

절정에 이르는 일을 걱정하지 마. 우리는 쇼핑몰이 아니야. 우리는 문이고 사연이고 수수께끼지. 계속해서 가는 거야, 우리 말대로 해 봐.

그리고 마지막 한 가지, 끝나자마자 잠들어 버리지

마. 잠시만이라도. 당신이 끝났다고 생각했을 때 우리는 많은 것을 시작하거든. 말하기나 울기도 포함해서. 그것들도 우리 몸 다른 곳에서 흘러나오는 것들이야.

우리를 꼭 안아줘. 알겠어? 끝났다고 생각할 때 꼭 안아달란 말이야.

# 턱을 딱딱대는

**몬톡, 뉴욕, 1994년**

당신이 내 엉덩이에 손을 얹은 채로 우리가 함께 잠이 들때면, 우리가 숲속에 있고 벌에 쏘인 자리에 이제 막 진흙을 발라 시원해지는 기분이 들어요. 나는 지금 다른 나라를 기대하고 있는 거예요. 당신이 나와 장난이나 하려는 것이 아니라고 믿고 싶어요. 당신의 머리카락은 양자물리예요. 난 내가 믿지 않는 것은 훌쩍 건너뛰고 말아요. 당신은 내가 좀 더 부드러워지면 좋겠다고 말했잖아요. 하지만 나는 크게 다친 적이 있고 지금은 턱을 딱딱대는 거북이란 말이에요. 당신이 내 엉덩이에 손을 얹는데 잃어버렸던 퍼즐 조각 같았어요. 나의 부끄러움을 덮어주는 동시에 그것을 떠올리게 했어요. 당신의 다정함이 나를 흐르게 만들고 카펫 위로 재빨리 기어가게 하고 달뜨게 하고 외롭게 하고 목마르게 하고 그것을 반으로, 또다시 반으로 부러뜨리고 싶게 해요. 다정함의 목을 베어버리고 싶게 말이에요. 그러면 당신이 오기 전 얼마나 끔찍했었는지 나는 영영 모를 수 있겠지요. 얼마나 힘들었는지를요.

당신이 내 엉덩이에 손을 얹으면 나는 연필 끝에 달린 지우개를 질겅질겅 씹어 내 앞줄에 있는 소년의 갈색 머리 위로 툭, 내뱉어요. 당신은 내 어깨에 머리를 기대어 자고 있고요. 나는 그런 당신을, 아니 그 누구라도 편하게 해줄 수 없겠다는 기분이 들어요. 거기서 침을 흘리고 숨을 쌕쌕 내쉬며 잠들게 해줄 수 없다고요. 나는 내 어깨의 작은 물웅덩이에 새끼 송어가 헤엄치는 모습을 떠올려요. 불현듯 송어가 뛰어올라요, 마치 입자처럼, 믿음의 행위처럼, 지금 막 태어난 무언가처럼. 질겅질겅. 당신은 내게 좀 더 부드러워지라고 말해요. 뭐, 나도 한때는 그랬던 적이 있었어요. 모두가 푸르고 내 머리카락은 막 자라기 시작하고 작은 숟가락이 내 입안으로 들어갔다 나왔다 할 때는요. 나는 당신을 핥아요. 열이 나요, 양자 열$quantum\ heat$이요. 내가 당신을 핥아요. 이것을 해내지 못하면 나는 결코 인간이 될 수 없다는 사실을 알아요. 혀를 거기 좀 더 대고 있어봐. 네 안에 있는 그를 보라고. 저것은 그의 손이야. 이것은 네······ 그가 거기를 만지고 있네. 그가 부드럽게 그곳을 만지고······ 이 묘한 손길, 주의를 기울여야 알아차릴 만큼 섬세한 그러나 분명 버터처럼 마음을 달래주는 솟구치는 감정. 그래, 이 감정이 사람들이 말하는 사랑인가 봐.

# 전쟁이 시작되었어

**뉴욕, 2003년**

우리는 모든 것을 멈추었어
까만 철문 밖에서.
당신이 내 입술에 입을 맞추었지.
안개가 피어오르고
우리는 계단을 올랐어
난 젖어 있었고.
사담 후세인이 막 밖으로 나왔어.
사방에 커다란 구멍이 나 있었어.
커다란 분화구 구멍들이.

그는 걸으며 웃었고

당신은 알 수 없었지

내 벨트를 대체 어떻게 푸는지, 그 벨트 있잖아

곰 모양이 있는.

내가 도와주었어

가운데를 베어버렸지

당신의 미끈한 입술이

내 몸에 부드럽게 퍼져.

스커드 미사일

스터드 보머 *Stud bombers*°

나는 목표물이 아니고

당신은 정확하지 않지.

우리는 풍경이야.

감정적이지.

전쟁이 시작되었어.


우리는 바그다드를 폭격해

우리는 중국 음식을 먹고.


° 미 공군들이 입던 금속 장식이 달린 재킷

몇 시간 동안이나 하늘에서
퍼부었어.
당신이 부드럽게 나를 핥고
나는 당신의 땀에 젖은 머리카락을 움켜쥐어
나는 뜨거워
미사일처럼은 아니야
불에 타오르는 기름처럼도 아니야
나는 뜨거워
싱그러운 여름 풀잎을 비추는 태양처럼
털북숭이들이 모여 있는 동굴처럼
난 뜨거워 조지 부시
그가 말을 더듬고 있잖아
말해 봐 조지
세워 봐 조지
이제 당신이 나설 차례야
당신이 시작한 일을 끝내.
당신은 날 떠나지 않아.
당신의 손은 내게 머무르지, 젖은 잎사귀 아래
반짝이는 것을 찾아
당신의 손이 나를 지그시 눌러

나는 폭발해

20메가톤급 폭탄은 아니야

무너지는 유치원 안에 있는

다섯 살짜리 아이의 머리통도 아니야

나는 폭발해

여자고

곧 잡아당겨질 줄

저항의 냄새를 풍기는 화물

당신의 자극적인 손가락 사이로

낡은 꽃무늬 이불 위로

들끓는 거리로

온갖 냄새와 이야기들을 쏟아낼

버자이나지

# 다 이렇게 될 테지

**파리, 2010년**

　나는 몸을 죽 펴고 누울 거야
　눈이 시릴 만큼 깨끗한 새하얀 시트
　손힘이 억센 여자들이
　침대보를 갈고 난 직후일 테고
　내 멍들고 뼈만 앙상한 다리를 들어,
　조심히 옮겨줄 테지
　그들이 나를 들어 올릴 때
　드러날 볼품없는
　내 모습에

아마 고개를 돌릴 거야

그들이 살짝 스치는 손가락에도

내 뼈는 얼마나 쉽게 긁히는지

내 몸은 또 스티로폼처럼 얼마나 가벼운지

대신 나는 창밖을 보고 있을 거야

정신이 딴 데 가 있는 혹은 퉁명스러운 사람처럼 보이
겠지

걱정스러운 얼굴은 아닐 거야. 걱정하고 있다기엔 난
너무 앙상하고

건너편에 너무 가까이 가 있을 테니

여자들은 내가 회상에 젖어 있거나

무언가를 바라거나 한다고 여길 수도 있겠지만

어쩌면

나 같은 것은 전혀 생각하지 않을지도 몰라

난 그들과 좀 더 가까워지고 싶다고 생각할 거야

그 여자들과 말이야

어쩌면

하지만 그런 소망조차 의심하겠지

느닷없이 감상적인 기분에 빠져

그러다 그들과 어느 정도 거리가 있음에 감사하게 될

거야, 진심으로

　지금도 이 시트가 얼마나 깨끗한지
　혼자 그런 생각에 잠길 수 있잖아
　무언가를 새로 시작하는 기분이 들어
　이윽고 감정이 북받쳐 오르고 깨달을 테지
　내 시작은 이미 다 써버렸다는 것을


　하이드파크에서 당신이 나에게 키스를 해
　당신이 입고 있던 검정 피코트가
　내 목을 간지럽혔지
　오리들도 있었고
　우리들의 입은 계속 계속 열려 있었어
　가을 초입이었고
　낙하의 입구였지
　배신의 입구였지
　그는
　다른 사람이 되었어
　추수감사절에 먹은 칠면조를
　토해냈지
　내가 만든 유일한 요리였는데

그것을 먹으며 그는 집에 온 것 같다고 했었는데 내가
하이드파크에서 키스하면서 그 집을 파괴해 버렸어
아니 내가 파괴한 것은 그였던가 그가 여전히
내 옆에서 운전을 하고 있던 때
야자나무들이 금세 툭 부러질 것처럼 허우적대고
남쪽 도로는 물에 잠겨 있을 때
그는 나를 어머니에게
어머니 얼굴 앞에
데려다주던 중이었어
플로리다가 울상을 지었지
나를 데려다 놓고 그는 기다렸어 밖에서 기다렸어
바다 옆에서
나를 잡아주려고, 여차하면 뛰어 들어오려고, 아픔을
덜어주려고
어머니의 불신과 무정함으로 지어진 아픔을 말이야
내가 어머니에게 그녀의 남편이, 내 아버지가
다섯 살이던 내 몸에 손을 댔다고 말하고 있었을 때
그는 늘 나를 기다려주었어, 날 고쳐주려고
잡아주려고, 가르쳐주려고
하지만 그는 나를 붙잡지 못했어

우리는 계속해서 다시 시작했어

진짜로 다시 시작할 수 있게 되기를 기다렸어

그는 잠깐이라도 괜찮다고 했어

딱 한 번만이라도 괜찮다고

그 순간이 그 기회가 오리라고 그는 생각했지

우리가 사랑을 나누고

마침내 길을 잃을 때 말이야

그런데 그 순간은 오지 않았어

영영 오지 않을 거야

그런 것은 이제 중요하지 않다는 사실이 놀라워

내 종잇장 같은 살을

수건으로

지금 벅벅 문지르는

손힘 센 여자들만큼이나 보잘것없게 되었어

이제는

그 약속들이 얼마나 부질없는지

창밖을 보고 있어

바람이 모든 것을 이리저리 움직이고 있네

핑크 올리앤더*pink oleander*

소나무*pine*

바람이 바람이 바람이
모든 것을 움직이고 있어.

# 어느 날에는 멈출 수가 없어

*이 글은 2011년 에리카 종Erica Jong이 기획한 앤솔로지 《슈가 인 마이 보울Sugar in My Bowl : 진짜 여자들이 쓰는 진짜 섹스에 관한 글》에 싣기 위해 썼다.*

셔츠를 벗어
벨트를 풀고
어설퍼
네가 해
아니야, 내가 할게
브라를 풀고

혹이 하나 남고

벗어버려

어느 날에는 이것이 다

살 그냥 살

그냥 다 살 때문이야

오 세상에, 어느 날에는 입만 대기도 해

이를

혀를

그거야

어느 날에는

그냥 친구 사이였던 것이

불현듯

동베를린 작은 호텔 방에서

일주일짜리 무언가로 바뀌기도 하고

어느 날에는

누구를 지켜보거나

그 반대일 때도 있고

그들 앞에서 옷을 벗고

큰 유리창 앞에 서는 거야

어느 날에는 내 몸에

손을 얹고

그들이 보는 거지

로마가 그들을 보고

보고 있어

어느 날에는

아드리아해의

유람선 위에 있던 관광객들이

소리를 지르며 손을 흔들기도 해

당신 둘이 거기서 딱 걸렸지

모래 위에서 나체로 뒹굴다가

하지만 당신들은 멈추지 않아

어느 날에는 고고한 사우스켄싱턴 아파트에서

레몬 빛이 도는 샛노란 카펫에 흠집을 내기도 해

어느 날에는 대담하게도

45층에서

그 문 앞에서

한때 있었던 어느 빌딩에서

그들은 늘 제시간에 나타나지

어느 날에는 잔뜩 흥분한 채로 운전을 하기도 하고

1600킬로미터쯤 되는 이탈리아 고속도로에서

그의 청바지에 당신 얼굴을 묻어

어느 날에는 너무 더운

여름날 정신을 잃었는데

오후였고

깨어 보니 그가 벌건 얼굴로

당신 다리 사이에 있고

어느 날에는 호리호리한 스물아홉 살짜리 남자애를

길에서 만나는 거야

곱슬곱슬한 검은 머리에

당신의 여름 별장에 오고는 하는

바닷가에 앉아

당신에게 키스를 했고 8월이었어

당신은 더 이상 쉰네 살이 아니게 되지

어느 날에는 노래고

마리화나고

초콜릿 무더기야

어느 날에는 그냥 초콜릿이고

자정의 생일 케이크고

왜냐면 당신들 중 한 명이 결혼을 했거든

어느 날에는 그가 제대로 된 악센트로 이렇게 말해

내 성기를 너한테 넣어도 될까 그리고 당신은

생각하지

그럼 되고 말고

어느 날에는 창문인데

활짝 열어 놓은 터라 몬톡은

너무 눈이 부셨고 당신이

몸에 걸친 것이라고는 선글라스뿐이야

밖을 보고 있어

박력 있는 호주 사람인 그는 당신 뒤에서 하는 중이야

소리를 지르고 땀을 흘리며

그리고 어느 날에는

포르투갈에서 방금 일어난 일인데

7년 만에 처음으로

서로를 만난 거야

그리고 이제는 두렵지 않지

어느 날에는 문득 히스테리가 찾아와

그가 당신 안에 그렇게 깊이 들어간 직후에

눈물이 터져버려

그리고 어느 날에는

서부의 야생마처럼 그들 위에 올라타거나

죽을 것처럼 그녀와 나뒹굴어

그리고 어느 날에는 뜨거운 욕조에서 당신들 셋이 함께

끝에 가서는 누구 머리인지 누구 입인지 누구 손인지 누구 가슴인지

모른 채 엉켜있게 되지

그리고 어느 날에는 당신이 옷을 차려입고

그들이 그것을 벗기는 거야

어느 날에는 딱딱하기도

부드럽기도

억세게 잡기도

거부하기도

부끄럼을 타기도 하고

어느 날에는 "당신, 아름다워"하기도

아니면

"맙소사, 엉덩이 좀 봐"

"살결은"하기도 해

그리고 어느 날에는 미칠 듯이 재밌고

우스꽝스러워

하지만 대개는 오래 걸리고

전희가 중요하고

누가 먼저 시작했는지

누가 올라탔는지

누가 더 좋았는지

누가 누구 안에 들어갔는지 모르게 되는 거지, 뭐.

# 만질 수 없다면 우리는 무엇이지?

**킹스턴, 뉴욕, 2020년**

코로나19와 록다운이 한창이던 2020년, 나는 시인 마호가니 L. 브라운*Mahogany L. Browne*과 함께 '당신을 만질 수 있다는 것*Power of Touch*'이라는 큰제목으로 〈가디언〉 연재 글을 기획했다.

만질 수 없다면 나는 과연 무엇일지. 이 생각을 하면 두려워진다. 벌써 내 가장자리 끝이 날카로워지고 있다. 내 인생 상당 부분과 많은 여성의 인생이 만짐*Touch*을 통해 비로소 드러난다. 우리는 아기들을 만지고 가슴과 배에 안아 올리고 나이 들어가는 어머니의 몸을 깨끗이 씻겨주고 딸들의 머리카락을 빗고 땋아준다. 우리는 안마하고 어루만지고 진정시키고 간지럼 태운다. 우리는 눈물과 들썩거리는 몸으로 상실과 애도를 표현하고 작고 소박한 손길로 우리의 분노를 치유한다. 우리 몸에는 미묘한 차별부터 심각한 공격까지 상처가 가득 쌓여 있다. 우리는 애도로 마음을 추스르는 법을 알고 분노가 우리 몸을 옥죈다는 사실도 안다. 그리고 우리 중 많은 이가 우리를 그토록 안정시키고 평안하게 하며 확신을 주는 특별한 포옹에 능숙하다. 포옹은 우리가 여기 존재함을 알게 하는 방식이다. 우리가 서로의 존재와 의미와 가치, 실체를 느끼는 방식이자 우리의 사랑, 공감, 염려를 전달하는 방식이다.

　　우리 여자들이 소위 '관리'라 부르는 많은 일이 외모만큼 만지는 것과도 관련 있다. 나는 단골 미용사에게 머리를 하러 가는 날을 정말이지 손꼽아 기다린다. 그 여자(니나라고 부르겠다)의 손길이 어쩌나 달콤하고 다정하고 부드러운 동시에 단호하고 확신에 차 있는지! 니나의 긴 손가락이 따뜻한 샴푸 물이 뿌려진 내 두피 위에서 왈츠를 추기 시작하면 나는 구원이 바로 이곳에 있다는 사실을 깨닫는다. 내 손톱 관리사도 마찬가지다. 그녀가 내 손을 꾹꾹 눌러 마사지 해줄 때면 우리의 살과 살이 맞닿아 어떤 에너지가 오간다. 그러면 내 몸에 쌓여 있던 긴장은 어느새 사르르 녹아 없어진다. 내게는 그런 것들이 필요하다. 우리에게는 그런 것들이 필요하다. 특히 혼자 살고 파트너나 배우자가 없는 사람들에게는 더더욱. 우리처럼 바이러스에 취약한 늙은 사람들에게는 더더욱. 우리는 서로의 손길로 지속된다.

나는 미용사와 손톱 관리사, 마사지사, 간호사, 요양보호사, 아이 돌보미, 요가 선생님, 침술사, 물리치료사들을 떠올린다. 그들은 언제, 누구를 다시 만질 수 있게 될까?

어느 밤, 나와 한집에 사는 놀라운 존재인 셀레스트가 빈둥거리다 느닷없이 내 위로 몸을 던졌다. 몸은 완벽하리 만큼 무거웠다. 그 순간 사람의 살과 근육으로 이루어진 무게를 내 몸으로 온전히 느낄 수 있다는 사실이 그토록 멋진 일임을 새삼 깨달았다. 섹스와는 아무런 상관없는 생명, 생기, 연결감 이런 느낌들이 기분 좋게 나를 뒤흔들었다. 여운이 오래도록 남았다. 그러나 바야흐로 절망의 시대다.

우리는 모두 만진다는 것의 중요성을 잘 알고 있다. 생후 6개월 내에 신체 접촉을 자주 경험한 아기는 정서적 능력이 높다. 우리 두뇌는 많이 만지면 만질수록 자란다. 반면 신체 접촉이 심각하게 결여되면 공격적인 성향이나 여러 가지 문제 행동을 보일 수 있다. 만짐은 우리가 인류 공동체 일원이 되는 방식이다.

어쨌거나 우리는 지금 팬데믹 한가운데를 관통해 지나고 있다. 자칫 방심해 내뱉은 기침이 누군가를 죽일 수도 있는 시대다. 즉, 우리 몸이 치명적인 무기가 될 수도 있는 것이다. 이 상황을 어떻게 이해해야 할까? 만짐에 대한 이 참을 수 없는 허기를 안고 어떻게 살아가야 하나?

감염병 시대의 괴로움 중 하나는 죽음에 이르러서도 서로의 몸에 가닿을 수 없는 데 있다. 우리는 모든 가능성을 차단당했다. 매일 오후 4시 무렵이면 나는 어떤 해체의 기운을 느낀다. 육체로부터 분리된 목소리와 흐릿해지고 굳은 얼굴들, 시끄러운 뉴스들이 한바탕 지나고 난 다음 날, 하루가 다르게 늘어나는 시체들이 아무도 보지 못하는 어느 창고 안과 거대한 트럭 짐칸과 냉동고에 쌓이고 난 다음 날, 끝도 없이 이어지는 무덤들과 과일

상자처럼 아무렇게나 쌓인 나무 관들을 찍은 항공 사진을 보고 난 다음 날이면 어김없이 그것을 느낄 수가 있다. 관 안에는 투명한 고통이 담겨 있으리라. 화면과 공허와 격리 속에서 누군가 사랑하는 이를 한 번만 만질 수 있다면, 단 한 번만 심장 뛰는 소리를 들을 수 있다면, 손을 잡을 수 있다면, 숨결을 느낄 수 있다면, 하고 바랐을 하루하루를 매일 보내고 나면 나는 나 또한 점점 사라지고 있음을 느낀다.

지금 이곳에 육체란 존재할 수 없으며 존재하지도 않는다. 삶 속에도, 죽음 안에도 그 어디에도 없다. 무수히 많은 이가 팡파르도 감사 인사도 가족도 예식도 없이 사라지고 있다.

나는 그 모든 몸을 제각각 하나의 개인으로, 정말로 존재했던 개인으로 호명하고 싶다. 나는 그들의 이야기와 그들이 사랑했던 사람들, 그들이 가장 자랑스러웠던 순간들, 처음으로 발견한 가장 아름다운 장소들, 평생 가장 오래 바라보았던 풍경들을 알고 싶다. 그러나 죽음은 너무나 빠르다. 당신은 병원에 간다. 당신은 사랑하는 사람들을 떠나 다시는 돌아오지 못한다. 접촉도, 완전한 이별도, 육체도 없다. 아무도 없다. 아무것도 없다. 더는 이곳에, 아무것도.

영화 〈인비저블 맨〉에는 클로드 레인스Claude Rains가 그 안에 아무것도 없다는 사실을 보여주기 위해 붕대를 푸는 장면이 나온다. 거기에는 아무것도 없다. 피부도, 얼굴도. 사람이 존재하지 않는다. 아무것도 없다. 그 당시 열 살이었던 나는 영화를 본 뒤 구토하고 어둠 속에서 벌벌 떨며 밤을 지새웠다. 그러나 나는 어둠이 아니라 육체의 해체가 두려웠다. 의미 없는 존재로의 전락, 무無로의 전락이 너무나 두려웠다.

나는 이 끔찍한 소멸에서 벗어나기 위한 방법으로 일찍이 애무와 키스, 엄청나게 많은 육체 접촉, 그러니까 사람들이 섹스라 부르는 것을 발견해냈다. 내 손과 몸, 입, 살로 나는 나의 세계를 지켰다. 젊은 여성이었던 나는 내 살을 거의 모든 곳과 모든 사람에 가져다 댔다. 물론 여성혐오자들은 나를 난잡하고 문란한 여자라고 했다. 그들은 나를 잡년이라고 불렀다. 그러나 사실 내 행동은 존재의 위기에서 나왔다. 나는 살을 맞대야 했다. 내 육체가 누군가와 연결되어 있다는 감각이 필요했다. 그 덕분에 나는 지독한 외로움에 빠져 죽지 않을 수 있었다. 연결은 내가 세상에 존재한다는 감각을 잃지 않게 해주었다.

기쁨과 소속감을 주었고 나의 실재를, 내가 여기 있다는 것을 알게 해주었다. 내 욕구를 실현시켜 주었으며 깊은 곳에 감추어진 육체의 상처를 어루만져 주었다. 그것은 나도 누군가를 믿을 수 있다고 가르쳐주었고 더없이 편안한 순간들을 가져다주었다.

최근 어느 벤처 사업가는 내 친구에게 이제 '터치리스_touchless' 미래가 올 것이라고 말했다. 나는 테크노크라트°와 AI 신봉자, 파시스트 들이 이런 미래를 꿈꾼다는 사실이 두렵다. 터치리스 미래. 우리 몸은 늘 낮고 하찮게 여겨졌다. 골치 아픈 욕망과 분노, 열정, 섹스처럼 우리의 길을 막는 무언가로 말이다. 나는 1960년대에서 왔다. 내 의식은 섹스와 마약, 로큰롤이 뒤섞인 열광의 강에서 만들어졌다. 그곳에서 나는 우리 육체가 바로 혁명과 변화의 중심이라 배웠다. 우리 몸이 마스크와 비닐장갑과 화면 속에 잡혀버린 지금, 이곳에서 우리는 혁명의 중심을 어디에 두어야 할까?

---

○　사회의 의사결정과정에서 중요한 역할을 맡는 과학 기술 분야 전문가

· · ·

나는 매일 밤 그날 세상을 떠난 사람들을 위해 초를 켠다. 그들의 얼굴을 상상해 본다. 때로는 이름을 알게 될 때도 있다. 나는 초를 쓰다듬으며 내 몸에 퍼지는 온기를 느낀다. 나는 그들이 실재했다는 사실을 기억하려 애쓴다. 나 자신에게 그들의 죽음을 애도할 기회를 준다.

나의 저항은 단순하다. 나는 바이러스에 건강한 존중과 두려움을 가질 것이다. 지금은 거리두기를 유지할 수밖에 없다. 그러나 나는 당신의 몸을 두려워하지는 않을 것이다.

당신을 만지고 싶은 갈망을 완전히 밀어두지는 않겠다. 그 열망이 나를 이끌게 두겠다. 나는 그 열망이 이끄는 미래를 상상해 본다. 나는 그에 대한 글을 쓸 것이다. 그림을 그릴 것이다. 1월이면 우리가 서로를 꼭 껴안았던 일을, 7월에는 거리로 나가 광란의 춤을 추며 함께 저항했던 일을 떠올릴 것이다. 내 손을 잡은 당신의 부드럽고 귀한 손의 감촉을 한껏 느낄 것이다. 당신이 눈물을 흘리면 안아주고 내 블라우스를 적시는 당신의 눈물을 소중히 여길 것이다. 내 뱃속에서 느껴지는 불같은 분노와 내 목을 메이게 하는 불가능한 슬픔을 진실로 느낄 것이다. 우리에게 필요한 새로운 세상을 만드는 이 여정 속에서 당신의 몸과 타오르는 살갗을 향한 이 갈망을 어떻게 번역해야 할까? 이것이 앞으로 나의 숙제가 되리라.

## 8

이제야
느닷없이 던져진

가장 중요한 질문

사유는 파시즘에 대한 해독제다.

# 그를 우리의 통합자로 세우자

**킹스턴, 뉴욕, 2016년**

이 글은 도널드 트럼프가 미합중국 대통령으로 당선되기 9개월 전 〈가디언〉에 쓴 글이다.

도널드 트럼프는 지도자도 대통령 선거 후보자도 아니다. 그는 어떤 악성 바이러스성 질병의 현현이자 산물이다. 그는 우리의 공허와 아주 오랜 시간 이 나라를 집어삼키고 있는 허무를 비추는 거울이다.

그는 양당제의 산물이며 미국 시민 대다수의 필요와 요구를 세대에 걸쳐 무시해 온 결과다.

그는 셀러브리티*celebrity* 문화, 즉 모든 것을 소유한 자들이 숭배받는 세태를 보여주는 명백한 증거다. 이 세계에서는 그 눈부시게 화려한 부富가 원칙, 본질, 도덕적 가치까지도 대신한다.

그는 정책이 아니라 인기가, 실체가 아니라 이미지가, 통찰력이 아닌 무지가 더 우선시된다는 증거다.

그는 거대 부호들이 무엇이든 살 수 있게 된 우리 시대의 산물이다. 그것이 민주주의라 해도 말이다.

그는 수백 년간 아주 깊은 곳에 묻혀 논의되지 못한 채 대대적으로 부정되고 사방으로 전이된 인종차별주의의 결과다.

그는 가난한 사람과 약자, 이민자 들을 향한 혐오며 미국이 일으킨 전쟁과 제국주의가 만든 폐허를 피해 겨우 도망쳐 온 피난민들에 대한 명예 훼손이다.

그는 우리에게 은밀히 스며든 미국 예외주의의 결과다. 우리가 낙인찍고 폭탄을 터뜨리고 고문하고 살해하고 통제하고 침략하고 경제를 망가뜨리고 자원 그리고 미래까지 약탈한 국가들의 국민들보다 미국인들의 생명이 더 소중하고 가치 있다는 굳건한 신념의 결과.

그는 괴롭힘으로 가장한 두려움의 산물이다.

그는 가부장제의 현현이며 오로지 아버지만이 우리를 구할 수 있다고 끊임없이 주입된 신념이다. 이 나라와 지구에 대한 결정권을 쥔 남자들이 우리 모두를 거의 끝장내고 있음에도.

그는 기술 만능주의에 대한 환상, 단절된 가상현실, 리얼리티 TV쇼의 산물이다. 그는 기업의 후원을 받는 대중 매체의 이중성을 드러내는 증거다. 그들은 '중립'을 표방하는 척하며 인종차별주의자, 독재자, 파시스트, 혐오꾼 등 이 나라를 파괴하려는 자들을 지원해 재산을 불린다.

그는 미쳐 날뛴다고밖에 할 수 없는 폭력 문화와 나날이 심각해지는 불친절, 잔인함에 무뎌지게하는 괴롭힘, 산업화되는 징벌, 자국민을 향해 선포하는 끝없는 전쟁 따위를 내버려 둔 결과다.

그는 자국민을 먹이고 교육하기보다 제국주의 군대를 건설하는 데 막대한 예산을 쏟아붓는 정부, 기후 변화를 해결하기보다 지구를 파괴하는 정부, 사람들을 향한 폭력을 종식시키기보다는 그 땅을 약탈하는 데 혈안이 된 정부, 경찰들이 의미 있는 임무가 아닌 국민과 맞서 싸우게 하는 정부, 이 모두를 합한 정부다.

그는, 세계에서 가장 많은 국민이 무기를 소지하고 평균 백 명당 여든아홉 개의 총기를 소지한 나라답게 테러리스트에 의한 사망보다 이웃의 총기에 의해 더 많은 사망자가 발생하는 나라의 산물이다.

그는 경찰이 지속적으로 흑인을 살해해도 별다른 문제가 없는 나라, 수백만 흑인이 무기한으로 수감되는 나라의 산물이다.

그는 헌법을 무시하고 의미 있는 법안의 제정을 막기 위해서라면 무슨 짓이든 벌이는 부패하고 파렴치한 극단주의 정치인들을 내버려 둔 결과다.

그는 우리를 서서히 침투해 오는 이기적인 도덕성에 굴복한 결과다. 원하는 것을 손에 넣고 돈을 벌 수만 있다면 무엇을 해도 괜찮다는 신조를 만연하게 한 결과다. 우리가 어떻게 행동하고 남에게 해를 끼치거나 무엇을 파괴하든, 지구가 얼마나 망가지든 하찮은 문제로 여겨지게 내버려 둔 결과다.

그는 국가가 실패했다는 명백한 증표다. 우리가 서로를 위해 행동하기를 거부하고 미국 정부와 기업, 군대가 세계를 상대로 저지른 행위에 대한 책임을 부인한 결과다.

그는 이 병적인 신자유주의 사회에서 집합의식<sub>collec-</sub>
*tive consciousness*이 쪼개지고 또 쪼개질 때 일어나는 증상이다.
우리는 상황이 나빠져도 더는 연대하는 법과 연합체를
만드는 법, 서로를 지켜주고 남을 위해 싸우는 법을 알지
못하게 되었다.

그는 부정否定이 만연한 나라의 산물이다. 우리의
부정은 기억상실증만큼이나 지독하다. 우리는 무수히 많
은 생명을 앗아간 전범자와 인종차별주의자, 성차별주
의자, 기업 들에 환호하고 그들을 숭배하는 지경에 이르
렀다.

그는 우리가 자식들에게 자신을 스스로 지켜야 하
고 내 몫을 빼앗기지 않기 위해 싸워야 하며 느리고 약한
사람들은 밟고 나아가라고 오랫 동안 가르친 결과다. 느
리고 약한 이들이 더 깊고 더 도덕적이며 더 깊이 생각하
는 사람들일 수 있음에도.

그는 사람들을 승자와 패자로만 구분하는 세상의
산물이자 피로와 특권, 환멸, 절망, 배제의 산물이다.

그는 기업중심적이고 신자유주의적이며 제국주의
적, 인종차별주의적, 성차별주의적, 동성애혐오적, 지구
혐오적, 트랜스혐오적 시스템을 넘어서기 위해 우리가 할

수 있는 일은 없다는 냉소주의와 날조된 믿음의 결과다.

이제, 미국은 대단히 중요한 순간을 앞두고 있다. 이것은 우리의 심판이어야 한다. 우리의 업보를 치러야 할 때가 왔다. 이는 다가오는 선거에서 누구에게 표를 줄 것이냐를 넘어서는 문제다.

이것은 우리가 과연 누구인가에 관한 문제다. 미국은 어떤 국가일까? 우리는 미국이 어떤 국가가 되기를 바라며 어떤 가치와 원칙을 지키고 가꾸어 나가야 할까?

우리는 무엇을 하고 얼마만큼 멀리 갈 수 있을까, 어떤 집단적 상상을 발휘해야 할까, 이 폭력과 증오, 어머니 지구의 파괴, 기이할 만큼 뒤틀린 부의 불평등, 멸망에 이르기 전까지 결코 멈추지 않을 이 맹렬하고 성난 질주를 끝내려면 어떤 강력한 사랑을 소환해야 할까?

여기에 트럼프가 아닌 것들이 있다. 트럼프는 우리가 아니다. 그는 우리 전부를 대표하지 않는다. 그는 우리의 최상이 아니며 피할 수 없는 무엇이 아니다.

트럼프, 그의 말을 믿어보자. 그를 우리의 통합자°로 세우자.

---

° 트럼프가 선거 유세 당시 자신이 미국의 '위대한 통합자*great unifier*'가 될 것이라 말한 것을 받아침

# 희생양

**파리, 1995년**

어쩌면 그녀는 사실 전혀 놀라지 않았을 것이다. 그래, 조금 놀라기는 했겠지. "성폭행, 성폭행이라니. 가당치 않아." 그녀가 처음 내뱉은 말이었다. 마치 누가 배를 힘껏 가격하기라도 한 것처럼. "아버지가 네게 폭력을 쓴 것은 알아, 이브. 그래, 대단히 폭력적이었지. 그래도 그런 짓을 할 사람은 아니야." 그 순간 내 안에서 무언가가, 어떤 목소리가, 분노가 불쑥 치밀었다. 내가 말했다. "어머니, 제가 이 말을 다 끝내고 이곳에 온 애초의 목적대로 제 이야기를 어머니께 다 들려드린 뒤에도 어머니가 제 말을 믿지 않기로 한다면, 그래요, 그것은 어머니 선택이에요. 제가 할 수 있는 일은 없어요. 하지만 그 점은 중요하지 않아요. 제가 여기에 온 이유는 그것이 아니에요. 제게 그 일이 실제로 일어나 제 인생을 망가뜨린 이후 저는 거의 40년째 그 일에서 빠져나오려 애쓰고 있기 때문에 여기 온 거예요. 무슨 일이 있었는지 어머니도 알아야 해요. 왜냐면 우리 사이에 끼어든 그 거짓 때문에 우리가 서로 사랑하지 못하고 있으니까요."

• • •

어머니는 입을 다물었다. 그녀의 눈이 점점 커졌다. 해변의 태양빛에 탄 어머니의 피부는 갈색이었다. 아마도 어머니는 내 어린 시절 모습을 떠올리고 있었으리라. 다섯 살 이후 내내 나를 따라다닌 만성 신장염, 날마다 이어지던 병적인 악몽, 밤에 대한 공포, 히스테리성 발작, 나중에 나타난 알코올중독, 불안 발작, 문란한 성생활, 더러운 머리카락.

내 머리카락은 늘 더럽고 눌려 있었다. 그것은 간밤에 그가 내 방에 침입해, 나를 물건 삼아 만족했다는 흔적이자 내가 두려움에 아무 말도 하지 못했음을 알리는 흔적이었다. 나는 아버지를 사랑했고 그가 나쁘다는 것을 알고 있었고 내가 그토록 특별하다는 사실에 얼마간은 흥분했다. 어머니를 배신했으니 어머니가 나를 싫어할 것이 뻔했으며 아버지는 어머니를 사랑했고 나를 버렸기에 그의 범죄를 알리지 못했다. 아침이면 영영 더럽혀져 버린 내 몸과 내 작은 음부에 대한 공포심과 혐오감, 증오심이 찾아와 나는 제대로 일어날 수도 없었다.

수년간 어머니를 방문하지 않던 나는 어쩌면 그래서 그제야 플로리다를 찾은 것이리라. 길이 잠길 정도로 거센 폭풍이 불어오는 날이었다. 우리는 어머니 집 거실 소파에 앉아 오리엔탈 쿠션을 낀 채 파도가 사납게 다가오는 풍경을 보고 있었다. "그가 너한테…… 너한테 삽입을 했니?" 이제야 느닷없이 던져진 가장 중요한 질문. 어쩌면 어머니는 그가 나를 난폭하게 때렸던 사람이었고 그러므로 나를 침범할 수도 있었다는 것과 결국에는 그 모든 일이 권력과 통제에 관한 문제였다는 것을 다 알고 있었을지도 모른다. 철저히 세워둔 계획에도 불구하고 파편 같은 눈물이 뺨을 타고 흘러내렸다. 내 이야기는 이미 나를 타락시키고 무너뜨렸다. 자그마치 39년 동안 나는 이 이야기를 되풀이했고 살아남았으며 그 안에서 나를 찾았다. 그리고 이제는 어머니에게 내 이야기를 들려주고 있었다. 어쩌면 나는 늘 두 개의 세계로 분리되어 있었는지도 모른다. 밤의 아이와 낮의 아이, 비밀과 태양, 어머니와 아버지. 그 두 세계는 어머니의 거실에서 처음으로 이제 막 하나가 되었다. 비로소 뼈가 맞추어졌다. 거대한 치유였다. 내게 생전 처음으로 어머니가 생겼다. 나를 위해 울어주는, 나를 믿어주는.

•  •  •

어머니가 자기 부정을 떨쳐버리기까지 오랜 시간이 걸렸다. 마침내 그 일을 인정할 수 있게 되자 어머니는 완전히 무너졌다. 그녀는 하나씩 하나씩 차례대로 시작했다. 자기가 결단코 내 어머니인 적이 없었고 학대를 승인하고 지켜보고 동참하기도 해왔다는 사실을 인정했다. 어머니는 강간이 있었음은 알지 못했지만 모든 흔적이 거기 있었다는 것 또한 시인했다. 어머니는 죄책감에 울었다. 딸과 자신의 아픔 때문에 울었다. 자기를 공포에 떨게 하고 통제했으며 자식들이 당하는 학대에 등 돌리도록 만든 남자와 평생을 살았다는 사실에 고통스러워했다. 어머니는 내게 성폭력에 관해 상세히 질문했다. 그리고 내 회복을 돕고 진짜 어머니가 되어주기 위해, 그때와는 다른 방식으로 나를 사랑하기 위해 자신이 무엇을 하면 좋을지 물었다.

그것이 시작이었다. 어머니는 심리 치료를 받기 시작했고 나를 찾아왔다. 어머니는 자신을 향한 분노를 포함해 무엇이든 털어놓고 알려달라고 부탁했다. 어머니는 근친상간에 관한 책들을 읽었다. 친구들과 자기 형제, 나의 형제자매들에게도 아버지가 내게 한 짓을 말했다. 아무도 놀라지 않았다. 어머니는 내게 전화해 여러 기억과 증거 들을 이야기해 주었다. 그녀는 더 깊고 어두운 죄책감들도 털어놓았다.

이틀 전, 어머니는 내게 전화를 걸어 내 아버지가 나를 그런 식으로 학대하는 동안 자기가 어떻게 그 일을 내버려 둘 수 있었는지 모르겠다고, 그 상황을 이해해 보려는 중이라고 말했다. 그러다 그녀는 자신이 경제적으로 안정된 생활을 잃을지도 모른다는 공포에 질려 있었다는 사실을 깨달았다. 그녀는 쓸모 있는 기술 하나 가지지 못한, 아이가 셋 딸린 어머니였다. 다시 가난해진다는 상상만으로도 두려웠다. 그것도 세 아이들과 함께.

그렇게 어머니는 나를 희생했다. 이것은 어머니가 한 말이다. 네가 내 희생양이었어.

• • •

중앙에 커다란 사각 콘크리트가 놓여 있다. 칠흑같은 물이 그 주변을 둘러싸고 있다. 콘크리트 가운데 벌거벗은 어린 소녀가 누여 있다. 피가 조금 묻은 채, 조금 멍이 든 채, 온기라고는 전혀 없이. 저희를 지켜주옵소서. 오, 신이시여. 저희를 먹여 살리소서. 저희를 편안케 하소서. 여기 당신께 아이의 몸을 바치옵니다.

# 사과의 연금술

**2021년**

이 글은 재클린 루이스*Jacqueline Lewis* 목사의 초청으로 뉴욕 미들 교회*Middle Church*에서의 설교를 위해 쓴 글이다.


제게는 여러 가지 모습이 있으며 저는 오늘 이 자리에 그 모든 모습을 가지고 섰습니다. 때로는 길을 잃고 불안에 떨며 좌절하는 한 여자인 동시에 마음 깊은 곳에 더없는 행복과 충족감, 사랑이 충만한 여자로 이곳에 섰습니다. 이 세상 모든 젠더를 향해 저 자신을 활짝 연 여성이자 한편으로는 친밀감을 두려워하는 여성으로 이곳에 섰습

니다. 창작 행위를 통해 구원받은 예술가이자 제게 가장
필요했던 것들을 사람들에게 주고자 하는 활동가로 이곳
에 왔습니다. 친구이자 어머니, 자매이자 딸, 반란군으로
저는 이곳에 왔습니다. 저는 한때 이곳에 살았던 원주민
들을 학살하고 약탈하고 빼앗고 강간하고 없앤 뒤, 400년
동안 존속한 노예제도를 통해 흑인들에게 린치를 가하고
그들을 살해하고 강간했던 선대의 유산을 물려받은 백인
으로 이 자리에 왔습니다. 저는 학살에 희생된 유대인 조
상들에게서 왔습니다. 폭압의 희생자와 가해자 들에게서
왔습니다. 살인자이자 피살자 들에게서 왔어요. 이 이야
기들은 매일 저를 수치스럽게 하고 들끓게 합니다. 저는
절박한 심정으로 희망을 찾는 동시에 분노합니다. 저는
슬픔을 품고 이 자리에 섰습니다. 마법을 믿으며 이 자리
에 섰습니다. 애도하는 마음으로 이 자리에 섰습니다. 제
슬픔은 너무나 커 눈물로 바다를 이룰 수도 있을 정도입
니다. 저는 당신들 한 명 한 명이 모두 신성하다는 사실을
잘 알고 있습니다. 당신들이 대단히 불완전하다는 사실
도 잘 알고 있고요. 저는 끊임없이 탐구하는 인간이자 모
든 것에 통달한 사람으로 이 자리에 섰습니다. 저는 경제
적, 인종적 특권을 모두 가진 백인 중산층의 한 사람인 동

시에 제게 그 모든 특권을 준 아버지에게 다섯 살에 성폭력을 당하고 열여덟 살이 되어 집을 떠나기 전까지 무자비한 학대를 당했던 소녀로 이 자리에 왔습니다. 저는 세상에 존재하는 혐오와 폭력 때문에 절망하기도 해요. 그러나 친절과 관용을 베푸는 사람들을 만날 때면 어김없이 사랑을 믿어요. 이 땅에서 우리 인간들에게 과연 미래가 있을까 의문을 품기도 하지만 동시에 이 땅의 미래를 위해 마지막까지 싸울 준비도 되어 있습니다. 저는 현실주의자이자 기적을 믿는 사람입니다. 저는 나무와 **어머니**를 섬기며 숲속에 사는 여성이자 집으로 돌아가는 길을 찾아 헤매는 도시 거주자기도 합니다. 저는 오늘 사과의 연금술을 말하기 위해 여러분들 앞에 섰습니다.

우선, 오늘 제가 하는 이야기는 일종의 제안이라는 점을 유념해 주세요. 처방이나 유일한 방책, 필수 행동 수칙이 아니라 하나의 제안임을요. 모든 생존자와 모든 사람은 자기만의 여정, 자기만의 과정, 자기만의 때가 있습니다. 어떤 이에게는 잘 맞는 것이 다른 누군가에게는 잘 맞지 않을 수 있고 어떤 때는 잘 작동했던 것이 다른 때에는 잘 작동하지 않을 수도 있습니다. 저는 다만 저의 경험, 제가 진실로 아는 유일한 경험을 여러분과 공유하려는 것임을 명심해 주세요. 그중에는 차마 듣기 어렵거나 힘든 내용이 있을 수도 있습니다.

· · ·

이미 말씀드렸듯 저의 어린 시절은 폭력으로 얼룩지고 공포와 고통으로 가득 차 있었습니다. 제 아버지는 제가 다섯 살 때부터 열 살이 될 때까지 저를 성적으로 학대했습니다. 그 이후에는 자신이 한 짓을 없던 일로 만들기 위해 제게 신체적, 정서적으로 주먹을 휘둘렀고 그 폭력은 제가 열여덟 살이 되어 집을 떠나기 전까지 멈추지 않았습니다.

폭력은 제 존재의 구성 성분 자체를 완전히 바꾸어 놓았습니다. 제 모든 세포와 피, 몸 전체를 공포와 격정, 죄책감, 두려움으로 채워놓았어요. 10대 때 생겨난 그 감정들은 60대인 지금까지도 자기혐오와 불안감을 수반한 여러 가지 문제들로 발전했고요. 제 몸이 병들게 했고 면역 체계를 완전히 뒤흔들었습니다. 실제로 50대에 저는 자궁암 3~4기 진단을 받았어요(기적처럼 지금은 13년째 대단히 좋은 건강 상태를 유지하고 있습니다). 학대는 제 몸을 얼어붙게 했고 저는 집중하거나 생각할 수 없었습니다. 공부를 하거나 학업을 이어가는 데 심각한 영향을 주었고요. 이는 저를 멍청한 아이라고 단정한 아버지에게 확신을 주었지요. 학대는 친밀한 관계를 두렵게, 사랑을 낯설게, 안정이라는 개념은 허상으로 만들었습니다. 급기야 저는 제 과거와 두려움을 이용하는 위험한 사람과 상황들로 스스로를 내몰았습니다. 학대는 저를 알코올중독, 마약중독, 섹스중독으로 내몰았어요.

여러분을 슬프게 하거나 동정심을 얻고자 이 모든 이야기를 들려드리는 것이 아닙니다. 제가 여러분에게 이러한 이야기를 하는 이유는 우리가 여성 폭력을 논의할 때 지나치게 추상적이고 넓은 개념으로 말하기 때문입니다. 그래서 우리는 폭력이 실제 인생에 어떤 방식으로 얼마나 오랫동안 영향을 미치는지 또 그 잿더미에서 일어나기 위해 얼마나 오랜 시간이 걸리는지 모르고 있어요. 어린 시절 제가 웨이트리스로 일해 돈을 벌 수 있었던 것은 행운이었습니다. 그 이후 글을 써서 돈을 벌고 여러 도움과 테라피를 받을 수 있는 경제적 여건을 마련한 점도 행운이었고요. 저는 인생의 가장 어두운 시기를 천천히 들여다볼 수 있었습니다. 저만큼 운이 좋지 못했던 사람들이 있다는 사실을 잘 압니다. 만약 제가 꿈꾸는 세상이라면 폭탄과 미사일, 수류탄, 총, 전쟁, 살인에 쓰는 국가 예산의 70퍼센트만이라도 트라우마를 위한 기금 조성에 사용할 수 있었을 것입니다. 신체적 학대와 성적 학대를 받는 사람들과 윗세대가 저지른 폭력으로 고통받는 사람들과 장애, 인종, 젠더를 이유로 학대받는 사람들 등 트라우마를 겪는 사람들이 정당한 도움과 지원, 사랑, 관심을 받았을 것입니다. 가난에 허덕이고 상처받고 정신질환을 앓고 집을 잃고 파산하고 박탈당하고 분노하고 폭력적으로 변하게 된 사람들을 벌주는 대신 그런 국민들의 트라우마를 치료해 주는 국가와 그런 국가가 만드는 세상을 한 번 상상해 보세요.

• • •

이미 말씀드렸듯 저는 이 배신과 공포의 구렁텅이에서 빠져나와 제 몸으로 돌아가는 길을 찾을 때까지 인생 전체에 해당하는 시간을 써야 했습니다. 아버지는 31년 전에 돌아가셨지만 그가 죽기 전과 죽은 후로도 저는 그가 잘못을 깨닫고 제게 사과하며 책임지는 모습을 보여주기를 기다렸어요.

결국 저는 제가 직접 그의 목소리와 언어로 사과 편지를 쓰자고 결심했습니다. 제가 그에게서 들어야 했고 그가 제게 해야만 했던 모든 말을 담은 편지를요.

사과에는 시간이 걸립니다. 사과는 그냥 저절로 이루어지지 않아요. 제 아버지, 그러니까 제 마음속에 있는 제가 상상한 아버지는 자신의 죄를 기억 속에서 끄집어내 그때 상황을 다시 머릿속으로 재현하고 자기 딸을 성적으로 학대한다는 것이 정확히 어떤 일인지 깨닫기까지 며칠이 걸렸습니다. 딸에게 공감하지 못하게 한 딱딱한 갑옷을 벗어던져야 했어요. 책임지기를 거부하고 사과하기조차 거부한 그 무정한 갑옷을 말입니다.

저는 아버지에게 나의 울음과 간청을 기억해내기를, 그가 저를 모욕하고 제 품위를 짓밟고 움켜쥐고 때리고 강간할 때 제 얼굴이 어땠는지 떠올리고 똑바로 마주하기를 요구했습니다. 제가 그때 느낀 두려움과 분노, 끝없는 절망감, 슬픔, 배신감을 아버지도 들여다보고 느끼고 경험하기를요. 이 작업은 정교해야 합니다. 가해자와 피해자 모두의 해방이 아주 작은 것들에 달렸어요.

저는 성적으로 학대받고 매 맞으며 친족에 강간

303

당하고 괴롭힘당한 여자들에게 그들이 원하는 정의에 대해 물었습니다. 어떤 여자들은 가해자들이 법적 처벌을 받아 감옥에 수감되고 대중에게 신상이 공개되고 일자리와 경력을 잃기를 바랐습니다. 어떤 여자들은 가해자가 세상에서 영원히 사라져버리기를 원했고요. 하지만 제가 이야기를 나누었던 많은 여자는 그 무엇보다, 자기가 저지른 범죄가 어떤 의미인지 가해자가 정확히 깨닫기를 바랐습니다. 여자들은 진정한 치유가 일어나 미래를 꿈꿀 수 있기 위해서 그 일이 가장 필요하다고 대답했습니다. 여자들은 자신들이 온전한 인간이자 실재하는 인간임을 가해자가 깨닫기를 바랐습니다. 자신이 가한 폭력으로 인해 무슨 일이 벌어졌는지 깨닫고 진심으로 후회하고 마음 아파하기를요. 그들은 가해자가 자기 행동에 책임을 지고 자기가 저지른 폭력의 뿌리를 이해하기 위해 노력하는 모습을 보고 싶어 했습니다. 그들은 가해자가 깊은 반성의 시간을 거쳐 다시는 같은 범죄를 저지르지 않으리라는 것을 확인하고 싶어 했습니다.

　　　　　　　　· · ·

사과란 대체 무엇일까요? 사과는 자신을 낮추고 자신이
우위에 있다는 오만을 버리는 일입니다. 죄를 시인하는
일입니다. 항복입니다. 평형추입니다. 진심에서 우러난
교감입니다.

　　사과는 망각에 대한 해독제입니다. 망각은 편리하
고 바로 그 점 때문에 분노를 삽니다. 이 망각이 국가와
우리의 가족을 지배하고 있습니다. 사과는 폭력의 서사
를 존속시키는 거짓, 부정, 근거 없는 믿음, 망상을 걷어
치웁니다. 사과는 기억하는 일이며 어떤 사건이 실제로
일어났음을 공적으로 인정하는 일입니다.

　　힘 있는 자들은 사과하지 않는 법을 익힙니다. 그
들은 스스로를 피해자로 만들어요. 제 아버지도 정확히
그랬습니다. 아버지는 저를 때리고 벽에 던지고 나서도
스스로 피해자가 되어 자기가 얼마나 마음 아픈지 말하
고는 했습니다. 제가 그를 그렇게 만들었다고요. 제가 바
로 아버지가 그렇게 행동할 수밖에 없었던 이유라고요.
자신에게는 선택권이 없었다고 말했습니다.

　　어떤 피의자들은 직장이나 일자리, 명예를 잃고

어떤 사람들은 감옥에 갑니다. 하지만 그들조차 자신의 죄를 서술할 때면 그것을 입 밖으로 말하지 않고 자기가 저지른 범죄의 특수성을 인정하지 않습니다. 어쩌다 그런 잔혹한 범죄를 저지르게 되었고 어디서부터 잘못되었는지 이해해 보려 한다거나, 자기 인생을 되돌아 보거나 반성하려는 시도조차 하지 않습니다. 폭력을 조장하고 승인하고 보호해 주기까지 하는 가부장제와 특권도 알려고 하지 않아요. 자기 안에 있는 괴물과 싸우고 자신의 나약함을 인정하는 대신 기회만 되면 자신의 고통과 억울함, 불행을 늘어놓으며 자기 연민에 빠져버립니다.

저는 자기 죄를 진실로 대면하는 성범죄 가해자의 이야기를 들어본 적이 없습니다. 죄를 인정하고 자신을 들여다보고 자기 범죄의 뿌리와 근원으로 거슬러 올라가는 고난의 작업을 한다는 이야기는 들어본 적이 없어요. 진짜로 사과하는 사람의 이야기를요. 단순히 무지 때문인지 능력 부족이나 수치심 때문인지 혹은 남자라는 지위 때문인지 알 수 없어요. 거부인지 뻔뻔함인지 아니면 그저 남자들은 고통을 마주할 수 없는지. 그도 아니면 마지막 순간까지 자존심과 권력을 지켜야 한다고 교육받기 때문인지 저는 알 수 없습니다. 제 아버지는 어느 책에서 잘못을 시인하는 남자는 남자들의 적이라고 배웠습니다. 한 명이 자기 잘못을 인정해 버리고 나면 모든 서사가 무너지기 시작할 것이라고요.

• • •

우리는 계속해서 기다려 왔습니다. 저는 용감한 어니타 힐*Anita Hill*과 크리스틴 블래시 포드를 생각합니다. 제2차 세계 대전 당시 일본군에게 끌려가 유린당했고 30년이 지난 현재까지도 제대로 된 사과를 받지 못해 매주 수요일이면 집회를 하는 한국 '위안부' 여성들을 생각합니다. 이제 그들 대부분은 세상을 떠났고 남은 이들 또한 병들어 쇠약해지고 있습니다. 사과받지 못한 그들이 어떻게 평안히 잠들 수 있을까요?

우리는 평생 진실이 밝혀지기만을 기다려 왔습니다. 나와 상관있든 아니든 진실이 모든 것의 중심에 있기 때문입니다. 진실은 우리 신경 체계 안에 있는 정지 신호와 같아서 이것 없이 우리는 살 수 없습니다. 거짓은 차마 부정할 수 없이, 지워지지 않는 얼룩처럼 끈덕지게 남아 모든 것을 통제하고 정의합니다. 거짓은 암세포처럼 시스템 전체로 퍼져 나갑니다.

우리가 몸을 움직이고 직장에 가고 아이들을 먹이고 일상을 유지하는 것처럼 보일 때도 우리는 온전하지 않습니다. 정의가 실현되지 않는 한 자유란 존재하지 않으며 진실 또한 마찬가지입니다. 정의 없이 충만한 삶은 불가능해요.

시스템이 바뀌어야 합니다. 사회를 이루는 근본 신념, 가치, 중심이 되는 개념이 바뀌어야 해요. 우리는 이 모든 폭력의 패러다임인 가부장제를 어떻게 다룰지 질문해야 합니다. 가부장제를 뿌리 뽑기 위해 정면으로 들이받기보다 이야기 안으로 들어가야 합니다. 감옥이 아니라 출입구를 마련해야 합니다. 우리는 수치심에서 벗어나 폭로해야 하고 행동에 제약을 두기보다 변화해야 하며 가해자들을 억압하기보다 그들이 반성하기를 촉구해야 합니다.

가부장제는 약자뿐 아니라 승자에게도 해롭습니다. 진짜 자신과 부드러운 본성을 드러낼 수 없는 남자들은 그 단절로 인해, 끔찍한 폭력에 시달리는 여자들만큼이나 깊이 좌절합니다. 여자들은 성폭력에서 회복하는 일에, 남자들은 자신을 감추는 일에 평생을 바치는 셈인데 둘 다 허무한 시간 낭비예요. 평생토록 같은 이야기에 갇혀 있던 피해자와 가해자 모두 해방되기 위해서는 진정한 치유가 필요합니다. 처벌만으로는 이러한 치유를 제공하지 못해요.

많은 남자가 두려워하고 혼란스러워합니다. 그들은 어떻게 해야 할지 갈피를 잡지 못하고 있어요. 물론 상황을 새로이 인지한다는 것은 좋은 일입니다. 하지만 경계한다고 해서 그 사람이 반드시 문제를 깨닫는다거나 무언가를 배웠다거나 책임을 진다는 의미는 아닙니다. 자신이 성차별주의자인지, 혹시 비난받을 만한 일을 했는지, 과거에 누군가에게 해를 끼쳤는지, 자기가 고쳐야 할 부분이 있는지 등을 돌아보기 위해 자기 내면을 들여다본다는 의미도 아닙니다. 그보다는 망하지 않고 실수를 들키지 않기 위해 더욱더 애쓸 것이라는 의미에 가깝습니다. 그것은 처벌의 효과입니다. 두렵기 때문에 유예하고 보류하는 거예요. 마음을 열어 기꺼이 나약함을 드러내고 배우고 변화하려는 마음가짐이 아닙니다.

저는 이 심오한 과정이 사과 속에 뿌리내릴 수 있다고 믿습니다. 사과란 발굴 작업과 같습니다. 사과는 가해자가 표면 아래로 들어가 진실과 책임으로 이루어진 겹겹의 층을 파헤치고 새로운 사실들을 마주하게 합니다. 사과는 방법인 동시에 실천입니다. 진정한 사과는 그 행위만으로도 변화와 해방의 가능성을 가져옵니다. 진정한 사과를 행하고 수용할 때 모든 공격과 원한, 증오, 악의, 고통이 용해되어 우리 신체와 정신과 심리 전체에 연금술적 반응이 일어납니다. 그것이 진실한 용서일 테지요. 엠마 골드만*Emma Goldman*이 말했듯 "누군가를 용서하기 위해서는 그를 먼저 이해해야 합니다"

그러므로 우리 사회는 기도하는 법을 가르치듯 사과하는 법을 가르쳐야 합니다. 사과에는 실행이 따라야 하며 실행에는 방법이 중요하니까요. 사과에는 기도만큼이나 헌신과 집중이 필요합니다. 기꺼이 간청하고 겸허해져야 합니다. 우리 개인은 흠 많고 불완전하지만 바라건대 우리 영혼을 고양하고 인류가 더 나아지도록 애쓰고 있습니다. 저는 사과가 우리를 깨끗이 씻어주고 새살을 돋게 하며 계속해서 나가게 하는 연고이자 약이라 믿습니다. 하지만 진정한 사과는 배워야 알 수 있습니다. 반드시 실천이 뒤따라야 합니다.

사과에는 중요한 네 가지 단계가 있습니다.

첫째, 자신의 역사를 조사하고 자기 행동의 근원이 무엇인지 들여다봐야 합니다. 무엇이 당신을 지금의 모습으로, 남자로, 백인으로, 비장애인으로, 정복자로, 타인에게 해를 가한 사람으로 만들었는지 깊이 살펴보아야 합니다. 기원을 찾고 우리 행동의 역사를 거슬러 올라가는 것. 바로 이것이 같은 일을 되풀이하지 않는 해법입니다.

둘째, 자신의 잘못을 구체적으로 서술하고 인정해야 합니다. 다치게 해서 미안해, 기분을 상하게 해서 미안해, 이런 식으로 얼버무리는 사과는 효과가 없습니다. 사과받는 사람과 사과하는 사람 모두 진정으로 해방되기 위해서는 아주 작아 보이는 것들을 이야기해야 합니다. 너를 계단 아래로 집어던져서 미안해. 네 옷을 찢어서 미안해. 네가 그만하라고 소리 질렀는데도 무시해서 미안해. 이렇게 사과해야 합니다. 사과 내용이 자세할수록 더욱 큰 해방을 맞을 수 있습니다.

셋째, 자신이 한 행동 때문에 피해자가 어떤 해를

입었는지 느끼고 이해해 보려 노력해야 합니다. 이는 공감이 필요한 일이에요. 자기가 잔인하고 악하게 굴었던 사람의 마음 안으로 들어가야 합니다.

넷째, 자기가 저지른 일을 책임지고 진정으로 사과해야 합니다. 이 모든 과정을 통해 두 번 다시 같은 잘못을 저지르지 않겠다는 확신을 주어야 합니다.

· · ·

생존자들은 종종 '이제 그만 가해자를 용서하고 남은 삶을 살라'는 이야기를 듣고는 합니다. 저는 우리가 용서를 사용하는 방법이, 진정한 용서가 있기도 전에 어떻게 해서든 반성이나 이해처럼 꼭 필요한 과정을 건너뛰는 세태가 무척 우려됩니다. 많은 종교에 있는 고해라는 의식은 잘못을 고백하고 용서받는 일을 말해요. 여기에서 용서는 피해자의 것이 아닙니다. 이런 용서는 일면 명령처럼 느껴지며 충분한 소통과 사과의 행위 없이 피해자의 고통과 가해자의 죄책감, 그 무엇 하나 제대로 해방시키지 못하는 의미 없고 텅 빈 형식일 뿐입니다.

《아버지의 사과 편지》를 쓴 일은 제 평생 가장 고

통스럽고 힘든 일인 동시에 제게 가장 큰 해방감을 주는 작업이기도 했습니다. 저는 상처 안으로 들어가야 했어요. 코넬 웨스트Cornel West 박사가 멋지게 표현했듯 저는 "용기 있고 창의적이며 결코 위축되지 않는 눈으로 재앙을 바라보아야" 했습니다. 저에 대한 제 생각과 자신을 재창조하고 스스로를 아버지의 피해자로 정체화했던 그 사악한 관념을 깨부수어야 했어요. 저는 아버지를 좀 더 다양하고 복잡한 색으로 칠해야 했습니다. 그의 고통과 인생 안으로 들어가 그를 위해 애도해야 했어요. 저는 제 아버지이자 가해자가 저의 일부며 어떤 면에서는 제가 스스로를 아는 것보다 아버지를 더 잘 알고 있다는 사실을, 평생토록 제 안에 있는 아버지와 의식적으로 그리고 무의식적으로 끊임없이 대화해 왔다는 사실을 깨달았습니다. 그 순간 저는 마음속에 있는 아버지의 모습과 그가 했던 행동들을 제가 바꿀 수도 있다는 놀라운 사실을 알게 되었어요. 그리하여 아버지는 자신의 끔찍한 악행을 인정했고 저의 고통에 공감했으며 자기 잘못을 깨닫고 그 일을 후회했습니다. 그는 자기 행동에 책임지며 제게 사과했습니다. 학대자이자 괴물이었던 아버지가 나약하고 비참한 한 인간이 된 것입니다. 제 평생 처음 저는 진실로 해방된 기분을 느꼈습니다.

그러나 현실에서는 사과를 요구하는 것조차 대단히 어렵습니다. 사과는 아무리 약한 정도라도 인식을 재구성해야 하는 일이니까요. 나약해지고 길을 잃고 정체성과 지위에 급격한 변화를 가져올 수도 있음을 뜻하니까요. 하지만 사과는 우리에게서 본성과 친절함, 인간성을 빼앗는 여성혐오 횡포의 시대를 우리 모두가 평등하고 평온하며 사랑으로 연결되는 시대로 변화시킬 수도 있습니다.

상상력은 우리가 지닌 가장 큰 무기입니다. 우리는 죽은 자들에게 마법을 걸 수 있어요. 우리가 그들의 이야기를 다시 쓰는 겁니다. 우리는 한 번도 보지 못한 우리의 모습을 그들이 보게 만들 수도 있습니다. 그들이 스스로를 드러내고 자신과 대면하게 할 수도 있고요. 우리는 사회에 깊숙이 뿌리내려 우리를 폭력의 순환 고리에 가두고 처벌하고 더 큰 폭력을 낳는 서사를 바꿀 수도 있습니다.

저는 종종 스스로에게 묻습니다. 이 땅에서 무얼 하고 있는지를요. 대답은 간결합니다. 저는 자유로워지기 위해 이 땅에 왔습니다. 나의 증오심과 고통, 인종차별, 장애인 차별, 트랜스포비아, 호모포비아, 편견, 불친절함, 자기혐오, 포악함에서 자유로워지고 백인으로 내가 지닌 유산을 전복하기 위해서 입니다. 내 몸 안에 살고 시기하지 않으며 자만하지 않고 부족하다는 괴로움과 더 가져야 한다는 조바심과, 비교하는 마음 없이 진정한 내 자신으로 살기 위해. 진실로 신성한 것을 위해 살아갈 수 있도록 그래야 사랑이라는 저와 우리의 진짜 이상을 드러낼 수 있기 때문입니다. 여기서 말하는 사랑은 감상적이고 감동을 자아내는 종류의 사랑이 아닙니다. 제가 말하는 사랑은 맹렬한 사랑, 상처의 연금술에서 태어난 사랑, 어둠 속에서 태어난 사랑, 사과와 진실이 빚어낸 환히 빛나는 사랑입니다.

# 나의 장소를 찾아서

**2016년**

보스니아 내전이 한창이던 때, 파키스탄의 라왈핀디*Rawal-pindi*에서 내가 장소와 완전히 단절되어 있다고 처음으로 알아차렸다. 나는 파키스탄 정부가 같은 종교를 가진 이슬람교인들에게 피난처로 제공한 난민 캠프에서 보스니아 난민들을 인터뷰하던 중이었다. 그들은 세르비아 군이 포위한 보스니아의 어느 작은 마을에서 탈출한 사람들이었다. 그들 중 일부는 가족을 잃었고 일부는 강간당했다. 또 다른 일부는 크게 다친 뒤 회복 중이었다. 혼란 속에서 모두가 트라우마로 넋을 놓고 있었다. 캠프는 아주 기본적인 시설만 갖춘 열악한 곳이었다. 깨끗한 물은 없었으며 찌는 듯 덥고 질병이 나돌았다. 영어를 할 줄 아는 사람은 거의 없었다. 내전이 일어나기 직전까지 종교에 대해 깊이 생각해 본 적도 없고 스스로를 이슬람교인으로 생각해 본 적도 없는 이 유럽 이슬람교인들에게 파키스탄의 종교 관습과 행동 방식은 몹시 생경했다.

고립된 보스니아 사람들은 아프고 절망에 빠져 있었지만 그들을 가장 괴롭힌 것은 바이러스처럼 퍼진 향수병이었다.

그곳에는 오백여 명이 있었는데 대다수가 도니 바쿠프Donji Vakuf라는 보스니아 중부 지역에서 왔다. 마을 연장자 중 한 명이 고향을 향한 사람들의 절절한 그리움을 달래고자 무언가를 해야겠다고 결심했다. 이윽고 그는 도니 바쿠프에 있는 길과 사원, 교회, 카페, 시청, 동사무소 그리고 네 면에 모두 시계가 달려 동서남북 사방에서 시간을 확인할 수 있는 시계탑까지, 마을과 꼭 닮은 모형들을 만들기 시작했다. 돌 마루 위에서 탄생한 놀라운 복제품이었다. 사람들은 모형 주변에 모여 진한 보스니아식 커피를 끓이고 담배를 피우며 예전처럼 잡담하고 불평하고 수다를 떨기 시작했다. 그들은 삶으로 돌아온 듯

했다. 아침에 일어나면 모형 근처에 앉아 건물들을 가리키며 기억을 떠올리고 이야기를 나누었다.

나는 사람들이 장소에 품는 애착이 얼마나 깊은지, 복제품이라 할지라도 그곳 가까이에서 그들의 선한 본성과 기운이 얼마나 회복될 수 있는지를 목격하며 몹시 놀랐다.

그러던 어느 날 복제 시계탑이 사라졌다. 캠프에는 간질을 심하게 앓는 젊은 여자가 있었는데 그 무렵 파키스탄은 더위가 무척 심해 여자는 햇볕을 쬐러 나올 때마다 발작을 겪었다. 사정이 그러하다 보니 가리개를 친 침대에 갇혀 있을 수밖에 없던 여자가 심각한 우울증을 앓다 시계탑을 가져간 것이었다. 여자는 강아지를 품에 안듯 시계탑을 꼭 끌어안고 자고 있었다. 그렇게 하는 것만으로도 여자는 위안을 얻고 안정을 되찾았다. 마을 사람들은 자기들보다 그녀에게 시계탑이 더 필요하다는 사실에 동의했다.

나는 경외감을 느끼는 동시에 솔직히 말하자면 당황스러웠다. 그 이전에는 어떤 장소에 그토록 강한 사랑과 애착을 갖는 일에 대해 생각해 본 적이 없었다. 나는 살면서 단 한 번도 어떤 장소를 그리워하지 않았다.

이때까지 내게 장소란 도망쳐 나온 곳이자 또다시 도망쳐 나갈 곳이었다. 장소란 나쁜 일들이 생기는 곳이었다. 나를 영원히 가두어 놓을지 모르는 미치광이의 성, 결코 유예되지 않는 그의 잔인함과 변덕을 매일 견뎌야 하는 곳이었다. 장소란 불안과 공포였다. 그곳은 악몽과 피의 냄새로 가득했다. 한곳에 머무른다는 것은 그가 나를 찾을 수 있게 하는 일이었다. 나는 발각되고 싶지 않았다.

한곳에 오래 머물고 싶지 않았던 나는 늘 어디론가 떠났다. 죽음의 냄새를 풍기는 교외를 가능한 한 멀리 떠나고 싶었다. 정상성과 가족, 집을 영원히 떠나고 싶었다. 나는 심리적으로도 육체적으로도 정서적으로도 정착하거나 머무르지 않았다. 곁을 내주지 않아 연인과 파트너를 실망시켰다. 그들은 나와 함께 있을 때조차 내가 정말 자기 곁에 있는지 의심했다. 그들의 의심은 합당했다. 나는 나의 망명을 낭만화했다. 망명을 결정한 것은 바로 나 자신이며 그 결정이 독립적이고 자유롭다고 믿었다. 어느 정도는 사실이었다. 그러나 그것은 장소에 대한 공포이자 정착과 소유됨에 대한 두려움이었다. 그러니까 사실은 진짜 선택이 아니었다. 맞서 싸우거나 도망가거나.

이런 상황에서 나는 늘 도망가는 쪽을 택했다.

뉴욕에서 처음 아파트를 얻었을 때 나는 침대를 거실로 옮겼다. 나는 침실을 끔찍하게 싫어했다. 방이 어둠에 잠기는 것을 참을 수 없었다. 어린 시절 겪은 폭력은 어둠 속에서 일어났다. 나는 매 맞고 욕설을 들었던 다이닝 룸도 참지 못했다. 내 집은 내가 머무는 장소가 아니었다. 나는 집을 기차역처럼 스쳐 지나가는 곳 혹은 달아났다가 돌아왔을 때 내 물건들이 보관되어 있는 곳 정도로만 여겼다. 도시가 그토록 매력적인 이유였다. 도시 또한 장소였지만 내게는 임시 장소였으니까.

무엇이 장소를 정의하는가? 아마도 공동체, 자연, 소속감, 함께 사는 사람들에 대한 헌신, 나를 보살펴 주는 지구에게 좋은 관리인이 되겠다는 약속 같은 것들이리라. 나는 데이비드 화이트David Whyte의 놀라운 시를 떠올린다. 내 부엌 한쪽 벽에도 이 구절을 페인트로 써놓았다.

이곳은 내 환한 집,

내가 사는 곳,

이곳으로

나는 기꺼이

나의 친구들을

초대하지,

이곳에서 나는 세상에 있는

모든 것을 사랑하게 되었지

그 사랑을 배우기까지

너무 오래 걸렸네


이곳은 내 은둔의

사원

그 은둔 속에서 나는

아늑하네

내 삶 안에서 아늑하듯.


사람들은 민족주의를 장소에 대한 애정으로 착각한다. 그러나 민족주의는 한 국가가 다른 국가들보다 더 우월함을 선언하는 이데올로기이자 정의正義, 애국심이다. 장소를 사랑하는 일은 위계나 경쟁과 아무런 관계가 없다. 나의 장소를 깊이 사랑하는 사람은 자연히 모든 장소를 사랑하게 된다. 당신의 장소는 당신의 길과 당신의 동네와 숲, 생명의 거미줄 안과 커다란 유기체 안에 그것의 일부로 존재한다. 이 유기체에는 국경도 경계도 없다. 한 장소에 단단히 뿌리내릴수록 당신은 모든 장소와 더 강하게 연결된다. 당신의 이웃 나무들을 깊이 사랑할수록 결국 모든 나무를 사랑하게 된다.

존 버거_John Berger_는 말했다.

이 모든 부와 엄청난 커뮤니케이션 기술 발전을
이룩하고도 금세기는 추방의 시대가 되었다.
위대한 예언자 마르크스의 선언이 이행되는
것이다. 집이라는 안식처 대신 들어서는 것은
당신 개인의 이름이 아니라 역사 속 우리
집단의식이라는 존재일 것이며 우리는 다시 현실
한가운데에서
살게 될 것이다. 내가 상상할 수 있는
그 모든 것에도 불구하고.

도시는 추방자들로 흘러넘친다. 집안의 문젯거리나 말썽꾼, 자국에서 추방된 사람들과 혐오, 처벌, 박해, 전쟁, 빈곤, 증오에서 달아난 사람들, 제 땅을 잃은 사람들, 일자리와 안전을 찾아 나선 사람들.

글로벌 자본주의 시스템 안에서 장소는 모조리 갈아엎고 정복하기 위한 땅이며 잠재적 개발 및 성장의 기회가 있음을 의미한다. 장소는 거래되고 획득할 수 있는 상품이자 기업과 부자들의 이익을 극대화하기 위해 존재하는 재화다. 제국주의 전쟁으로 땅이 황폐해지고 무분별한 착취와 물, 대지, 공기의 심각한 오염으로 기후 위기가 닥쳐오고 세계화로 인해 대량 실업이 발생하면서 더 많은 사람이 안전한 땅과 일자리를 찾기 위해 자기가 살던 땅을 떠나야 한다.

글로벌 자본주의는 장소로부터의 집단 탈출을 가속할 뿐 아니라 이것에 의존한다. 사람들은 자신이 살던 집, 고향, 가족, 근거지, 문화, 농장, 강, 전통, 마을, 일상과 분리되면 심신이 불안정해지며 착취와 억압, 죽음, 폭력 등에 취약해진다. 우리는 땅에서 힘을 얻는다. 우리는 공동체를 통해 만들어지고 유지되며 인정받고 인식되고 보호받는다.

오늘 내가 이 글을 쓰는 동안 트럼프 정부는 이라크, 시리아, 이란, 리비아, 소말리아, 수단, 예멘, 이슬람 7개국에 미국 입국을 금지하는 행정명령을 내렸다. 미국을 가장 미국답게 만드는 것 중 하나는 국적을 막론하고 사람들에게 새로운 시작을 가능하게 하는 땅과 안전한 피난처를 기꺼이 제공하는, 이민자들로 이루어진 나라다운 정신이다. 그러나 지금 미국을 지배하는 기업과 인종 차별주의자, 부자 들이 이를 산산조각 내고 있다. 미국이 입국을 막은 대부분의 국가는 우리가 제국주의적 간섭을 통해 이미 쑥대밭으로 만들어 놓은 곳이다. 이를 생각하면 상처 위에 모욕까지 더하는 형국이다. 우리는 오히려 우리가 책임져야 하는 나라에서 오는 사람들을 추방하고 있다. 이중 추방, 반이상적 추방이다. 추방에 추방을 더하는 격이다.

• • •

나는 도시를 떠나 숲으로 왔다. 이는 대단히 운이 좋은 경우다. 오늘 아침 밖으로 나가 숲을 걸었다. 연못 위 희부연 안개가 서서히 흩어지고 하늘에는 달이 높이 떠 있다. 해는 제 길을 가는 중이다. 어제 종일 내린 비 때문이었을까. 혹은 1월에 갑작스럽게 찾아온 따스함 때문일까. 곤히 잠을 자고 있는 황금빛 밀밭 때문일까, 아니면 녹아버린 눈과 불현듯 근심을 털어낸 연둣빛 잎사귀? 그것도 아니면 까맣게 젖어 반짝이는 돌길 때문일까. 그것이 무엇이었든 그 순간 마치 땅이 겨울의 베일을 살짝 들어 아래에 숨겨진 세상을 잠시 보여준 것만 같았다. 모든 것이 선명하고 정교하며 질서정연했다. 내 귓가에 어떤 목소리가 아주 또렷하게 들려왔다. "그래, 이곳이란다. 네가 여기 왔구나. 마침내 너의 장소를 찾았구나. 그래, 바로 여기가 너의 장소란다."

나는 이 장소에 충실해지고 싶었다. 이 장소를 위한 제단을 마련하고 싶었다. 이 장소와 결혼하고 싶었다 (나는 결혼이라는 제도에 끌린 적이 없다). 내 팔에 타투를 새겨 넣고 싶었다. 나를 이 장소에 온전히 바치고 싶었다. 그래서 이곳을 잠시도 떠나지 않았다. 나는 단 하나도 놓치고 싶지 않았다. 안개가 자욱한 아침, 새벽 4시까지 음산한 하늘, 그러다 벼랑 끝에서 돌연 자취를 감추는 어둠까지. 이 장소는 이제 내가 돌아오는 곳, 아주 작은 것까지 깊이 이해하기 시작한 곳이었다.

장소와 결혼하겠다는 결심은 다른 곳을 찾아 떠돌아다니지 않겠다는 것이다. 진실로 정착하겠다는 뜻이며 한계를 받아들이고 겸허한 마음으로 살겠다는 뜻이다. 이제 한곳에 내려앉겠다는 결심이다.

글로벌 자본주의는 땅을 부동산으로 만들어버렸다. 자본주의의 탐욕은 원주민들을 독립된 땅에서 내쫓았고 그들의 물과 공기는 황폐해졌다. 이주민들이 가족을 떠나 국경을 건너 노예와 다름없는 임금을 받으며 일하도록 만들었다. 그것은 전쟁을 일으켜 사람들이 군에 가담하고 길을 잃고 다치고 혼란스럽게 했다. 개인이 제트기도 소유할 수 있을 만큼 부유한 신흥 계층을 탄생시켰고 땅을 물리적 장소가 아닌 부와 지위를 증명하는 수단으로 만들어버렸다.

그러나 장소는 실제로 존재한다. 장소를 소유한다는 것은 자기 몫의 땅을 갖는다는 것, 그 이상을 의미하지 않는다. 그것은 이제 충분하다는 의미다. 이제 당신 자신을 만날 수 있으며 정처 없이 배회하느라 싸울 수 없었던 악마들과 대면할 차례라는 의미다. 그것은 당신이 서 있는 그 자리를 잘 지키겠다는 의미다.

이처럼 권위주의와 혐오의 파도가 미국과 세계를 휩쓸고, 노골적이며 약탈적인 사고방식이 우리 삶의 모든 양상에서 기승을 부릴 때 우리가 취할 수 있는 가장 훌륭한 방어는 진짜 소중한 것들을 지키고 보호하는 것이다. 우리의 땅, 난민들, 이민자들, 소외된 공동체들, 원칙, 가치, 우정, 유대와 같은 것들. 이는 우리가 간절히 원하고 서로를 이해하기 위해 끊임없이 노력할 때에야 비로소 가능하다. 우리가 진짜인 것에, 작은 것에 뿌리내리고 그 누구도 전쟁과 탐욕과 기후 재난으로 자신의 장소에서 쫓겨나는 일이 없도록 하겠다고 다짐할 때 우리는 우리 자신이 일회성으로 사용되고 폐기되는 일을 막을 수 있다.

이 집, 이 땅은 내 걱정 혹은 염려보다 크다. 나는 작고 내 집 안에 있으며 그 크기는 딱 알맞다. 나는 커다란 아카시아, 내가 자주 기대어 쉬는 나무의 일부다. 비 온 뒤면 물이 콸콸 흐르는 미끈미끈한 바위의 일부다. 눈이 올 때면 우리 집에 걸어놓은 먹이통으로 놀러 오는 새빨간 홍관조와 늦은 오후 마당에 놀러 와 돌담 위에 게으르게 누워 있는 까만 뱀의 일부다.

나는 반짝이는 얼음 조각, 돌길 위에 떨어져 수천 개의 다이아몬드처럼 빛나는 얼음의 일부다. 나는 소나무와 참나무, 버드나무의 일부다. 나는 황량한 겨울의 일부다. 나는 수많은 별, 붉은 달에 물든 실안개, 그 사이로 얼핏얼핏 비추는 앙상한 나뭇가지의 일부다. 나는 시끄러운 휘파람 소리를 내며 수백 마리가 무리 지어 날아와 뽕나무 가지 위에 앉는, 그래서 멀리서 보면 나무를 마치 마녀의 성처럼 보이게 하는 큰꼬리검은찌르레기*great-tailed grackles*의 일부다. 나는 내 눈을 피해 우리 집 양초들을 갉아 먹고 밤늦게까지 처마 위를 달리는 쥐들의 일부다. 5월이면 턱을 딱딱대며 언덕을 오르고 이내 지친 몸을 미끄러뜨려 연못 속으로 풍덩 빠지는 늙은 악어거북의 일부다. 나는 이 모두에 속해 있으며 이 소속감은 아주 아늑하다.

# 찻잔만큼이나 커다란 장미들

**시티 오브 조이, 부카부, 콩고민주공화국, 2018년 9월**

*마마 C를 위하여*

시티 오브 조이를 마지막으로 방문한 뒤 2년 만이다. 치안은 불안정했고 비자 문제도 얽혀 있었다. 전쟁은 유령처럼 조용히 맹위를 떨쳤지만 콩고의 다른 많은 단체처럼 시티 오브 조이도 단념하지 않았다. 세상의 조소에도 아랑곳하지 않았다. 그들은 왕성하고 생명력 넘치고 강렬하고 끈질기게 꽃을 피워냈다. 이제 마침내 나도 이곳에 돌아왔다. 그동안 많은 것이 바뀌었다.

어린나무에 지나지 않던 나무들이 커졌다.

작은 오렌지 덤불은 이제 주렁주렁 달린 오렌지들로 가지가 무겁다.

정원은 작은 숲이 되었다.

서툴렀던 직원들이 능란해졌고 고도로 훈련된 전문가가 되었다.

한때 뼈만 남아 굶주리고 트라우마에 시달렸던 여자들은 살이 오르고 강해졌다.

자기방어는커녕 남자들에게 짐승 취급을 받던 여자들이 수업을 받아 이제는 다른 여자들을 지키는 경호

원이 되었다.

소녀들은 심장과 과거 속에 품고 있던 돌들을 꽃으로 바꾸었다.

칙칙했던 사무실 책상이 알록달록한 회오리바람 무늬 파뉴로 멋지게 장식되어 있다.

명상을 위한 작은 오두막이 생겼다. 산들바람이 그곳에 걸린 겹겹의 아름다운 태피스트리를 가만히 흔든다.

잠깐씩 멈추어 생각하고 그곳에 깃든 평화를 충만히 느낄 수 있는 조용한 공간들이 생겼다.

피해자들은 생존자로 거듭났고, 그들 중에서는 지도자도 나타났다.

정부에 의해 '용도 폐기'된 뒤 후미진 교외에 살고 있던 군인 신부들이 시티 오브 조이의 적극적인 구성원이 되었다. 두 명은 시티 오브 조이의 직원으로 고용되기도 했다.

천백십칠 명의 여자들이 시티 오브 조이를 졸업했다.

그들은 계속해서 나아간다.

공동체를 이끌고

농장 조합을 운영하고

학교에 가고

단체에서 일할 다른 여성들을 채용하고

브이월드 농장*V-World Farm*에 살며 일하고

자신의 권리를 추구하고

간호사, 선생님, 약초 재배자, 사회운동가,

치료사, 조직자가 되고

자신을 동등하게 보지 않는 남자들을 거부한다.

브이월드 농장에서는

이백 명의 농부와 직원 들이 일하고 있다. 삼백여 명의 가족들이 농장에서 나오는 것으로 생계를 꾸린다. 농장 주변 마을 또한 이 프로젝트의 일부다.

여자 아흔 명이 살 수 있는 집이 지어졌고 집들은 무척 아름답다.

최신식 영화관이 있다.

돼지, 양, 염소, 토끼 들이 계속해서 늘고 있다.

틸라피아°가 아주 많이 산다. 농장에서 나는 음식들로 시티 오브 조이의 여성들을 먹인다.

○   아프리카 동남부의 농어목 민물고기

모링가, 아보카도, 파파야, 파인애플이 자란다.

고구마가 나고 쌀과 회향도 넘친다.

그리고 야생에서 자라는 붉은 꽃도.

이 농장은 새로운 패러다임이다. 이곳 직원들은 기쁨에 차오르면 일을 하다 멈추고 신발을 벗고 춤춘다. 눈물이 마르지 않지만 아이디어도 샘솟는다. 사랑은 가장 중요한 단어다. 시티 오브 조이는 다이아몬드 원석과 같다. 전쟁과 그 잔해 한가운데에서 태어난 요새다. 자기가 겪은 시련을 힘으로 바꾸어낸 이들에게서 뿜어져 나오는 빛이 온 사방을 환히 밝히는 곳이다. 기적이 마법을 부려 슬픔을 기쁨으로 바꾸는 곳이다. 여기 그 사례가 있다.

치쿠루Cikuru와 치토Cito 라는 쌍둥이가 있다. 치쿠루가 첫째, 치토는 둘째다. 그들이 세 살일 때 마을에 민병대가 들이닥쳐 사람들이 뿔뿔이 흩어졌다. 아버지는 살해되었고 어머니와도 헤어졌으며 자매 또한 떨어지게 되었다. 그들은 각자 자기를 데려간 가족들에게 노예 취급을 받으며 살았다. 둘은 각각의 가족들에게 몇 번이나 성폭행을 당했고 버려지고 다시 버려졌다. 15년 동안이나 서로를 만나지 못했으며 한 명은 자기에게 자매가 있다는 사실조차 잊었다. 한 명은 희미한 기억만 가지고 있었다. 둘은 따로따로 시티 오브 조이에 대한 소문을 들었다. 그곳으로 가는 작은 배에서 그 배 안에 놀라울 정도로 비슷하게 생긴 소녀 두 명이 있다는 사실을 알아차린 다른 소녀들이 알려준 덕분에 자매들은 서로를 찾았다. 자기들이 쌍둥이라는 사실도 알게 되었다. 사라진 자신의 일부를 찾은 것이다. 그들은 그렇게 가족을 되찾았다. 둘은 반년간 함께 시티 오브 조이에 머무르며 고통을 달랬고 마음의 돌덩이를 조금씩 내려놓았다. 그리고 브이월드 농장으로 갔다. 지금은 그곳에서 일하며 학교에도 간다. 둘은 어머니 이야기를 할 때면 여전히 눈물을 흘린다. 자매는 남은 생 동안에는 결코 서로를 떠나지 않겠다고 약속했다. 집과 밭을 사기 위해 저축도 하고 있다. 그들은 자매다. 저항하는 자매다.

# 여기는 우리의 세상이에요

**2022년 5월 6일**

당신들에게 물을게요. 우리 몸의 어떤 점이 당신들을 그토록 두렵고 불안하고 잔인하고 난폭하게 만드나요?

우리의 독특한 자율성 때문인가요? 아니면 그냥 우리가 존재하는 것만으로도 거슬리나요?

무한하고 엄청난 기쁨을 누릴 줄 아는 우리의 능력 때문인가요? 오르가슴 뒤에 또다시 오르가슴을 계속해서 느낄 수 있는 그런 능력이요. 아니면 우리의 살 때문인가요? 아니면 우리의 욕망?

우리의 열린 마음이 당신들을 당황스럽게 하나요?

그 마음이 당신의 닫힌 마음을 상기시키고요?

우리 몸이 가진 힘이 두려운가요? 당신들이 그렇게 우리를 깎아내리고 대상화하고 모욕하고 존중하지 않고 그저 아이 낳는 기계로 취급해도 우리는 피를 흘리고 생명을 낳고 구부리고 짊어지며 계속해서 나아가니까요?

우리의 힘은 타고난 것이고 그 힘을 증명하거나 과시하기 위해 혹은 통제하고 겁주기 위해 무기와 폭력에 의존할 필요도 없으니까요? 법안을 폐지할 필요도, 대법관이나 대통령이 되기 위해 거짓말을 할 필요도 그곳에 도달했을 때 거짓을 꾸밀 필요도 없으니까요?

당신들은 이런 힘을 아나요? 상상이 되나요? 생명을 존중하고 자신보다 남을 더 돌보고 공동체를 결속시키는 데서 나오는 힘을 말이에요.

당신들이 생명을 존중하는 마음으로 이러는 것이라는 말을 믿을 만큼 우리가 순진해 보이나요? 당신들이 생명과 우리를 무시하는데도요. 당신들이 그토록 보호해야 한다고 주장한 양육자와 어머니를 위한 법안들을 당신들은 내치거나 무자비하게 수정했지요. 무상 기본 의료 서비스free universal health care와 유급 육아 휴직, 아동 수당 등에 모조리 반대했고요. 선진국 중 미국이 가장 높은 산모

사망률을 기록하고 있다는 사실에 분노하기는 했나요?

　우리 여성의 몸에 대해 가장 중요한 결정을 내리는 사람들 중 몇몇(캐버노와 토마스)과 현재 이 법안을 결정하는 대법관들 중 세 명을 뽑은 또 다른 한 명(트럼프)이 여자들을 성폭행하고 희롱하고 성기를 움켜잡은 일을 자랑해 모욕한 혐의로 기소된 남자들이라는 사실을 우리가 잊었다고 생각하나요? 그들의 재판 결과에 대해서는 차치하고라도 우리가 무엇하러 그들을 믿겠어요?

　우리 몸의 어떤 점 때문에 당신이 우리 몸을 침범하고 결정하고 통제하고 입법하고 폭력을 저지르고 우리 의지에 반하는 일을 무엇이든 할 수 있다고 생각하나요?

　아마도 당신들은 우리의 관대함을 나약함으로, 우리의 인내심을 수동성으로, 우리의 예민함을 여림으로 착각하고 있는 듯해요.

　그래서 당신들이 깨닫지 못하고 있는 것 같군요. 우리가 과거로 돌아갈 일은 결단코 없으리라는 사실을요. 우리는 이 법을 받아들일 생각이 없어요.

　당신들은 앙심을 품은 익명의 주州에 몸을 통제당하고 열두 살에 강간당해 임신한 아이를 낳아야 하며 절박한 마음으로 스스로 자궁에 옷걸이를 쑤셔 넣고 어두운 복도에서 피 흘리며 죽어가는 것이 어떤 일인지 알지 못해서 이러는지도 모르겠어요. 자유와 선택할 권리가 주는 달콤함을 한 번이라도 맛보았다면, 내 몸을 진정 소유해 보았다면, 진실로 해방되어 내 몸의 무한한 가능성을 알았다면, 내 몸의 주체가 되어 내 모든 구멍에서 솟구치는 그 생명력을 느껴보았다면, 그것을 포기할 수는 없지요. 그 무엇이 가로막는다 해도요.

당신들은 이런 것을 알지 못하니 우리가 얼마나 위험하고 얼마나 조직적일 수 있는지, 우리가 자유를 지키기 위해 어디까지 갈 수 있는지 상상조차 하지 못하는 거예요.

50년이 흘렀어요. 우리가 가져야 마땅한 것들을 누리고 산 세월이요. 우리는 이제 은행 계좌와 신용카드가 있고 집을 살 수 있어요. 배심원도 맡고요. 사무실을 얻고 변호사도 되었어요. 기사를 쓰고 송출해요. 우리는 TV쇼를 진행하고 영화도 만들어요. 병원과 대학, 비영리단체를 운영하고 성기에 대한 연극을 만들고 파시스트와 파시즘에 관한 책을 썼어요. 이제 우리를 제쳐놓을 수는 없어요.

여기는 우리 세상이에요. 그리고 이 몸은 우리 몸

이고요. 우리는 당신들이 무엇을 하려는지 아주 잘 알고 있습니다. 우리에게서 피임과 평등한 결혼과 시민권, 투표권, 그 밖의 무수한 것을 빼앗으려는 사악한 계획의 시작일 뿐이겠지요. 이제 막 태동하기 시작한 미래를 막기 위한 당신들의 필사적인 노력이요. 과거를 올바르게 알고 반성하는 미래, 비판적 인종 이론과 백인 우월주의, 성차별주의, 트랜스포비아에 관해 진실을 가르치는 미래와 지구를 염려하고 공기, 물, 숲, 동물, 모든 생명체를 지키는 데 삶을 헌신하는 미래와 사람들이 주체적으로 자기 몸과 자궁, 젠더를 결정하는 미래, 원하면 결혼하고 원하지 않으면 결혼하지 않으며, 아이를 원하면 아이를 갖고 원하지 않으면 갖지 않는 미래, 이 모든 미래를 막기 위해. 당신의 그 모든 거짓과 술수, 기만적인 책략에도 당신들은 우리를 멈추지 못해요. 그냥 사실이 그래요. 당신들이 우리의 분노와 연대와 단합을 불러일으켰어요.

우리는 우리의 미래와 기나긴 세월 동안 싸워온 모든 것이 위태로운 때를 맞았다는 사실을 알고 있어요. 나는 내 몸의 자유를 위해서라면, 이 모든 자유를 위해서라면 기꺼이 내 몸을 바칠 거예요. 그리고 나는 알고 있어요. 나와 같은 사람들이 아주, 아주 많다는 것을요.

# 이브의 혁명

**2018년**

모니크*Monique*를 위하여

*2014년 바이오니어Bioneer° 서밋 콘퍼런스에서 '도약하는 운동Growing the Movement'을 주제로 했던 연설이다.*

최초의 여성 이브, 아담, 뱀, 열매, 정원, 신의 서사에서 시작해 보겠습니다. 왜냐면 이 이야기는 거기서 시작했기 때

---

○    환경 및 사회문화 문제에 창의적 솔루션을 제시하는 개척자

문입니다.

저는 평생을 이브라는 존재에 사로잡혀 보냈습니다. 처음에는 물론 제 이름 때문이었요. 여섯 살짜리에게 이브라는 이름은 너무나 거창했습니다. 이브는 낙원에서의 추방, 축출, 죄와 수치의 대명사일 뿐 아니라 죽음 그 자체였으니까요. 수많은 신화에서 그랬듯 이름은 아주 많은 것을 결정합니다.

저는 깊은 의식 아래에서부터 아담과 이브 이야기에 지배되었습니다. 그 이야기는 제 의식 기저에 있는 지각판 같았습니다. 제가 자신을 바라보는 방식 외에도 세상에서 제가 행동하는 방식에 영향을 미쳤고요. 저는 이야기가 의식적으로든 무의식적으로든 인류의 많은 부분을 만들었다고 생각합니다.

우리 중 많은 이가 스스로를 문 밖으로 추방당한 여자/인간인 것처럼 느낍니다. 우리는 태어나는 순간부터 고유한 신뢰와 가치를 박탈당합니다. 우리 중 얼마나 많은 이가 어떤 형태로든 복종하지 않거나 독립적으로 행동하면 사회에서 추방되고 지옥에 갈 것이라는 공포에 지배되어 살고 있나요? 우리 중 얼마나 많은 이가 호기심 때문에 저주받았다고 느끼고 우리가 아는 것을 알지 말

아야 한다는 기분에 휩싸이나요? 얼마나 많은 이가 우리
의 본능에 병적인 혐오와 멸시를 끊임없이 드러내며 우
리의 직관을 믿지 않는 문화, 조금이라도 심오하고 구체
적인 지성으로 이끄는 것 모두 하찮게 여기는 문화 안에
서 살고 있나요? 이브의 신화는 영원한 경고였어요. 우리
정신을 가두는 전기 울타리로서 우리가 조금이라도 들고

일어나거나 질문하려는 낌새를 보일라치면 재빠르게 제압하는 역할을 해왔어요.

여러분들에게도 그랬는지는 모르겠지만 제 인생에서 뱀은 늘 중요한 요소였습니다. 그것은 연인, 섹스, 마약과 로큰롤의 모습으로 제게 왔어요. 우리는 열매로 상징되는 무언가를 끊임없이 삼켜왔습니다. 하지만 그것이 나쁜 일이라는 감각도 늘 뒤따라 왔어요. 우리 세포에 각인된 수치와 불신으로 인해 우리의 생명력 혹은 갈망, 에로틱한 충동은 팔다리가 비틀렸습니다.

이 이야기는 우리의 의식적 삶을 강력하게 지배해왔습니다. 그러나 잠시 멈추어 귀를 기울이면 우리의 집단적 잠재의식collective subconscious을 가만히 건드리는 또 다른 이야기가 있음을 알 수 있습니다. 신화 속 원형적 이브에 관한 또 다른 이야기 말입니다.

• • •

저는 이브에 관한 온갖 전기와 페미니스트들의 재해석을 닥치는 대로 찾아 읽었습니다. 당연하게도 제 생각과 관점이 이미 책 속에 다 있었고 저는 그들로부터 자세한 정보와 함께 힘도 얻었습니다. 어떤 사람들은 이브를 경험에 따라 세상을 창조한 시초로 보았어요. 어떤 사람들은 그녀를 대단히 성적인 존재로 규정했으며 또 어떤 사람들은 이브를 좀 더 지적이고 강하고 자신감 넘치며 지혜를 갈구하는 존재로 보았습니다.

우리가 이브를 어떻게 보느냐는 대단히 중요한 문제입니다. 이론적으로 이브는 태초의 여성이자 생명의 어머니입니다. 그녀는 성서 속 존재지만 신화는 우리의 실재를 지배합니다. 우리는 그 이야기를 기반으로 우리가 살아가는 세상과 만들고자 하는 세상의 경계를 쌓아 올립니다. 이야기는 우리 행위와 삶의 건축가입니다. 그러므로 저는 오늘 이 자리에서 여러분들에게 이브에 관한 다른 이야기를 들려드리고 그녀를 종교적 인물이 아니라 원형적 인물로 소개하려고 합니다. 우리 삶에 깊은 영향을 준 많은 원형적 여성 중 하나로 이야기하고자 합니다.

이브는 우리와 마찬가지로 또 다른 이야기를 기억하기 위해 열매를 먹었습니다. 세뇌와 대학살의 트라우마가 우리 몸에 각인되기 이전의 이야기와 그들이 우리의 신성한 구멍에 물건을 쑤셔 넣고 우리의 고결한 클리

토리스를 잘라내기 이전의 이야기, 우리의 털 덮인 따뜻한 둥지를 밀어내고 목을 졸라 우리의 노래를 입막음하기 전의 이야기를요. 그들이 우리가 예민하고 극단적이며 감정적이라 말하기 전, 드레스를 입고 싶어 하거나 눈물 흘리는 소년들을 발길질하기 전의 이야기. 어머니의 언어로 말하는 우리에게 돌팔매질하기 전의 이야기, 가장 촉촉하고 생명력 넘치는 비밀을 앗아가기 위해 우리를 세뇌시키기 전의 이야기를 말이에요. 이브가 갈비뼈로 만들어졌다고 세뇌당하고, 이브가 순종을 강요당하기 전의 이야기, 달과 별들의 물결 속에서 춤추던 그녀가 춤을 멈추기 전의 이야기, 손길로 치유하고 미래를 보고 대지와 한 몸이 되기 위한 그녀의 힘을 땅속에 묻기 전의 이야기를요. 그녀가 기쁨을 끝없이 느끼는 법을 알기 전, 그래서 남자들이 세상과 자기들을 위해 여자들을 이용하는 법을 알기 전의 이야기. 그녀가 기분 좋은 감정을 부끄러워하기 전의 이야기. 그녀가 자신의 감정에 죄책감을 느끼고 자신의 두뇌 크기를 부끄러워하기 전의 이야기, 자기 의견을 숨기고 도무지 채워지지 않는 호기심을 사과하기 전의 이야기. 출산이 벌이 되고, 남자에 대한 사랑과 봉사가 의무가 되기 전의 이야기. 그녀가 분노를 삼키고 목 안에서 치밀어 오르는 말들을 억누르기 전의 이야기. 사람들이 성부 하느님을 가장 높은 곳에 세우기 전의 이야기. 가장 높은 곳이 생기기 전의 이야기. 땅이 거칠고 천하게 여겨지기 전의 이야기. 생명이 또 다른 생명을 낳기 전의 이야기. 이 모든 이야기를 기억하기 위해 이브는 열매를 먹었습니다. 그녀의 갈망이 지나온 궤도가 우리가 되돌아갈 길이었기에, 그 열매가 바로 기억을 담은 회상의 묘약, 최초의 결합을 위한 최음제였기에 이브는 열매를 먹은 것입니다. 이브는 힘을 되찾고 그녀가 잘못된 정원에 떨어져 인질로 잡히기 전에 알고 있던 것들을 되찾기 위해 열매를 먹었습니다.

성서에서 신은 아담과 이브에게 이렇게 말합니다. "너는 동산에 있는 모든 나무에서 열매를 따 먹어도 된다. 그러나 선과 악을 알게 하는 나무에서는 따 먹으면 안 된다. 그 열매를 따 먹는 날, 너는 반드시 죽을 것이다."°

고든 와슨Gordon Wasson이나 칼 루크Carl Ruck, 클라크 하인리히Clark Heinrich 같은 학자들은 신화 속 열매가 *아마니타 무스카리아Amanita muscaria*라는 환각 버섯을 상징한다고 밝힌

---

° 가톨릭 성경 창세기 제2장 16~17절 참조

바 있습니다. 붉은색 바탕에 물방울무늬의 흰 점들이 찍힌 버섯을 아시지요? 13세기에 그려진 아담과 이브의 어느 그림에도 놀랄 만한 사실이 하나 있어요. 뱀이 감싼 지식의 나무에 의심할 여지가 없는 버섯이 그려져 있습니다. 이브의 깊은 내면이기도 한 뱀이 말합니다. 빨간 열매를 먹어도 너희는 죽지 않는다고. 참, 그런데요, 신이 거짓말을 했어요, 거짓말을 한 것은 이브와 아담이 아니었습니다. 뱀은 열매를 먹으면 그들의 눈이 열릴 것이라고 말했습니다. 저는 그래서 그들이 정말로 눈을 뜨게 되었다고 믿습니다. 열매 혹은 버섯이 중재자이신 하느님 아버지 없이 그들을 단번에 신성神聖과 연결해 주었다고요.

그리하여 이브는 열매를 따 먹었습니다. 완전하고 독립적이며 에로틱한 자신에 더 가까워지기 위해서요. 관대하게 아담에게도 이를 권했고요. 그러나 곧장 징벌과 수치심, 죄책감, 억압이 그들 머리 위로 떨어졌어요. 그곳에서 쫓겨난 후로 그들은 내내 안과 밖을 정처 없이 헤매며 기억을 떠올려 보려고 애썼습니다. 이브는 더 깊은 앎으로 가는 문을 연 죄로 내쳐진 거예요. 우리는 아버지의 정원, 아버지의 집, 실체 없는 지성의 세계 바깥에 있어도 괜찮습니다. 우리는 모두 혜안을 가진 유목민이

에요. 위계질서로 이루어진 사회에서 추방되었지만 우리
는 서로를 찾아내 새로운 세계를 창조할 준비가 되어 있
어요. 그것은 정말, 그냥 태초에 있었던 우리의 세상을 기
억해 내기만 하면 되는 일입니다.

　　이브는 우리의 영혼이 종교에 의해 무장하고 속박
되기 전을 기억하기 위해 열매를 먹었습니다. 그것들은
우리에게 죄책감과 죄의식, 패배감을 심어 넣었어요. 우
리는 아버지 신, 소비의 신이 우리를 구하고 구원하고 보
호해 주기를 기다렸습니다. 사실 우리 이름을 내걸고 우
리를 보호한다는 명목하에 전쟁과 폭력을 일삼는 자들로
부터의 구원이 아니라면 필요하지도 않았는데 말이에요.
우리의 낙원에 신화적이며 기업 친화적인 아버지와 군대
는 필요하지 않음을 이브는 알았습니다. 그들은 신의 이
름으로 우리의 상상력과 일상을 지배한 뒤 재물을 약탈
해 부를 쌓았고 우리에게는 얌전히 기다리라고, 기다리
고 또 기다리라고 했습니다. 백마 탄 왕자가 우리에게 낙
원을 가져다주기를, 눈부시게 빛나는 구름 속에서 낙원
이 내려오기를 기다릴 필요가 없다는 것을 이브는 알고
있었어요. 왜냐면 낙원은 줄곧 여기에 있었으니까요. 누
군가가 낙원을 가져다줄 필요가 없었던 것입니다. 이브

는 이미 존재하는 낙원을 발견하고 소중히 여길 줄 아는 눈과 능력과 열망이 필요함을 알았던 거예요. 낙원은 계층이나 경쟁, 지배, 탐욕에 기반하지 않습니다. 연대와 공조에 뿌리를 두고 있어요. 낙원은 이 땅에 태초부터 있었으며 인간에게 필요한 모든 것과 인간이 꿈꾸는 것 그 이상을 줄 수 있습니다.

한편 신은 아담과 이브에게 땅을 일구어야 한다고 말했습니다. 땅을 일구고 번식하라. 이브는 몸에 새겨진 기억을 통해 이것이 커다란 오해이자 위반임을 알았습니다. 이 이야기가 세상을 정확히 세상이 흘러온 방향으로 끌고 갈 것임을, 우리를 먹이며 **우리 자신**이기도 한 어머니인 땅을 지배하고 착취하고 진압할 것임을 알았습니다. 흉포하고 권력에 굶주린 이 개념적 마체테는 우리를 그녀와 단절시켜 뱀을 악마로, 이브를 원죄의 잉태자로, 땅을 길들이고 통제해야 하는 미치광이 악마로 보게 했습니다. 생명을 주시는 어머니 자연의 배꼽으로부터 우리를 추방한 이 단절은 우리를 늘 허기지게 했으며 그녀의 몸과 우리의 몸을 찾아 헤매게 했습니다. 그리고 그 굶주림은 우리를 억압에 취약하게 만들어 인간과 땅에 벌어지는 잔혹한 일들과 폭력에 저항하는 대신 허용하고 승인하게 만들었어요. 그 굶주림은 끝내 자신에게 가닿지 못하는 절망감을 보상하기 위해 단박에 극적인 효과를 가져다주는 현대의 중독물들, 마약, 음식, 쇼핑, 섹스 등으로 우리를 이끌었고요.

이 단절은 우리 몸에 폭력을 가함으로써 일어났고 강요되었습니다. 이브가 알고 있었듯 기억은 바로 우리 몸 안에 살아 있었으니까요. 기억을 잊게 하는 유일한 방법은 우리를 몸에서 내쫓는 것이었습니다. 우리 몸을 유린하고 구타하고 고문하고 조롱하고 위협하고 우리 어머니 지구에 자행한 악랄한 짓을 똑같이 하는 것이었어요. 그러는 동안 우리는 힘없이 신성이 파괴되는 모습을 지켜볼 수밖에 없었습니다. 두려움에 우리 몸에서 달아났으며 무너지고 낙인찍힌 어머니의 몸에서도 달아났습니다. 그리고 그녀의 땅 위에서 우리의 좌절과 공포는 바로 가해자들을 유지하고 지키는 힘이 되었어요.

• • •

이브는 아담에게도 신에게도 허락을 구하지 않았습니다. 그녀는 자신이 해야 할 일이 무엇인지 잘 알고 있었으며 그 일을 행하고 나면 뒤따를 일들도 본능적으로 알고 있었을 것입니다. 그들의 화를 사, 자신이 물려받은 모든 유산과 정당성, 이름이 송두리째 흔들리고 가부장제라는 안락한 신기루에서 영원히 추방될 것임을 분명 알고 있었을 것입니다. 그러나 여러분에게 제가 이렇게 상기합니다. 그들은 이브를 막지 못했습니다. 그녀는 우리 최초의 내부 고발자가 되었어요. 자신이 잘못된 정원에 떨어져 있다는 사실을 깨달은 거예요. 그래서 그녀는 열매를 베어 물고 씹고 목구멍 안으로 삼켜 자기 혈관으로 받아들였습니다. 그 새빨갛고 달콤한 열매는 기억을 불러오는 묘약이었지요. 그녀 안에 정의와 환희, 기쁨, 평등, 사랑, 연대를 향한 갈망이 폭포처럼 넘쳐흘렀기에 이브는 열매를 베어 물었습니다. 관능을 향한 갈망이 넘쳐흘렀기에. 오드리 로드_Audre Lorde_는 《에로틱의 용도_The Uses of the Erotic_》에서 이렇게 썼습니다.

> 여성으로서 우리는 우리의 가장 깊숙한 곳에서,
> 비합리적 지식에서 솟아오르는 그 힘을 줄곧
> 신뢰하지 못했다. 남성들의 세상을 살아가는 우리는
> 어쩐지 그것에 반감을 갖도록 평생 경고받아 왔다.

그들의 세상은 여성이 남성을 위해 봉사할 수 있을
정도까지만 느끼는 것을 인정하나, 그 정도 깊이의
감정도 너무 두려운 나머지 자기들 안에서는 그
가능성을 검토하지도 못하고 있다. 물론, 권한을
지닌 여성들은 위험하다.

이브는 우리 안에 살아 있습니다. 그녀는 기억을 소환하기를 간구합니다. 그녀는 우리 어머니의 몸 안에 있으며 우리는 그 기억을 소환하기 바로 직전에 있지요.

　　기억을 어떻게 소환할 수 있을까요? 무엇이 우리 회상과 이미지, 감각을 방해할까요? 우선, 우리는 당당하고 거리낌 없이 열매를 베어 물어야 합니다. 열매는 우리에게 비전과 상상을 불러일으킬 거예요. 열매를 먹는 일은 현존하는 권력이 설계해 영속시키는 이야기와 신화들을 들여다보고 우리 스스로 다시 배우는 일입니다. 의례와 시, 시간, 교류, 식물 의학을 다시 가져오고, 상자를 열어 그 안에 든 것을 배우고, 신비를 쓰다듬고, 춤을 추고, 성교하고, 우리의 지식을 신뢰하고, 허락을 구하지 않고 권위에 도전하는 것을 뜻합니다. 우리가 기억하는 것들을 믿는다는 뜻입니다.

잠시 춤과 원빌리언라이징을 이야기해 보겠습니다. 많이들 알고 있듯 지구상에 있는 여자 셋 중 한 명은 평생 한 번의 성폭행이나 구타를 경험합니다. 십억 명의 여자들이요. 10년 전, 우리는 여성을 향한 폭력을 종식하기 위해 함께 저항하고 춤추자고 전 세계 여자들과 그들을 사랑하는 남자들을 초대했어요. 그러자 놀라운 일이 일어났습니다. 생존자와 활동가 들이 즉각 반응해 거의 이백 개 국가에서 수백만의 사람이 일어나 춤을 추었지요. 하지만 늘 그렇듯 회의적인 반응들도 있었어요. 특히 언론과 기업들이 그랬습니다. 그들은 우리를 깔보며 비꼬듯 물었어요. 웬 춤이냐고, 춤이 무엇을 할 수 있냐고. 마치 그들이 말하는 그 실증 중심의 제국은 낙원을 만들기나 한 것처럼 말이에요. 그들이 만든 장황하기만 한 세상에서 지금 인류는 멸종하기 직전인데도요.

저는 춤이 가진 힘, 국가와 가정 폭력 트라우마에 시달리는 몸들이 집단으로 방출하고 확장하고 참여하고 저항하는 힘을 말하고 싶습니다. 춤은 모든 젠더의 사람들을 초대해 공공장소를 되찾게 했습니다. 그곳에 활력을 불어넣고 서로를 이해하게 해주었으며 창의적이고 열정적이며 단호한 에너지를 사방으로 뿜어냈습니다. 춤은 여성 폭력 문제를 신문 1면에 등장하게 해 주체성과 지역 연합, 글로벌 연대를 이끌어냈지요. 여성 폭력이 경제, 환경, 인종, 젠더 등 다른 폭력과 분리될 수 없다는 점을 상기시켜 교차적 문제를 향해 정의를 부르짖는 목소리도 높아졌고요. 춤은 우리의 저항에 재미와 섹슈얼리티를 더해주었고 무어라 딱히 말할 수 없는 신비스러운, 기적이라고밖에 할 수 없는 일들도 생겨나게 했습니다. 페루 어느 건설 노동자들은 성희롱 없는 현장을 만들었습니다. 인도에서는 인력거꾼 십만 명에게 성폭력 교육을 실시해 그들의 인력거에 '제 종교는 여성을 존중합니다'라는 표지가 걸렸어요.

춤은 필리핀 정부가 쓰레기를 뒤지기 위해 몸을 팔아야 했던 파야타스Payatas의 소녀들을 보호하도록 강제했어요. 짐바브웨에서는 치정 관련 범죄로 수감된 수백 명의 여자 죄수를 해방시켰고요. 또, 춤은 콩고 남자들의 마음을 움직여 여성 폭력 종식을 위한 연대를 선언하게 했고 이는 전국 남성 모임으로까지 확대되었어요. 열악한 급여 문제로 투쟁하던 식당 종업원들도 합류했습니다. 최저 급여가 있는 곳에는 늘 성범죄 문제가 뒤따랐으니까요. 감옥에 있는 여자와 남자 들이 강간 문화를 끝내고 여성을 존중하자는 노래를 썼고요. 아이티 배우들은 의회에서 크리올어°로 〈버자이너 모놀로그〉를 공연했지요. 춤은 성폭력을 멈추는 법안을 시행하라는 목소리가 터져 나오게 했어요. 호주 바이런 베이에서는 금기를 깨뜨린 여자들이 나체로 시위에 나서 바다에 뛰어들며 춤을 추었습니다. 공장 노동자들은 기업 앞에 서서 춤을 추었고 여자들은 교회와 국제형사재판소International Criminal Court 앞에서 춤을 추었습니다. 춤은 법을 바꾸고 시행을 촉구하기도 했지만 시스젠더, 트랜스젠더, 논바이너리, 그리고 남자 들이 모두 자기 몸으로 돌아와 공공장소를 되찾게 해주었습니다. 그리고 이브가 그랬듯 우리가 아는 세상을 차츰차츰 기억해내게 해주었습니다. 우리 밖으로 꺼내야만 하는, 우리 안에 있는 그 세상을요. 춤은 황홀한 반란을 일으켰습니다.

저는 최근 몇 년 동안 존 밀턴John Milton의 《실낙원》 마지막에 나오는 어떤 장면에 사로잡혀 있었습니다. 에덴동산 끝자락에 선 천사장 미카엘이 낙원에서 추방당

---

° 다른 언어를 사용하는 집단들이 교류하여 형성된 언어인 피진어*pidgin*가 체계를 갖추고 일정 언어 공동체에 속한 이들의 모국어가 되었을 때, 그 언어를 크리올어라고 함

하는 아담과 이브에게 이렇게 말합니다. "악에서 나온 선은 전보다 더 높은 선이 되리라." 오랫동안 저는 이 구절을 이브가 호기심과 불복종의 죄를 저지를 필요가 있었다는 맥락으로 이해했습니다. 악을 알지 못하는 선은 악을 극복한 선보다 덜 선하기에 낙원을 끝장낼 이브가 필요하다고요. 그런데 밀턴이 잘못 알았다는 생각이 들더군요. 제 생각에 이브는 더 높은 선이 무엇인지 이미 알고 있었습니다. 그녀도 우리처럼 자기 몸에 이미 앎을 지니고 있었어요. 이브는 그저 그들의 세상에서 나오기만 하면 되었던 거예요. 두려움과 트라우마, 겁주는 아버지, 국가, 기업의 눈을 피하기 위해 이브는 그 억압적이고 징벌적인 정원을 살금살금 기어다녀야만 했지요. 하지만 그럴 필요 없이 같은 생각을 하는 사람들과 어울리고 자신감을 되찾고 최초의 이야기를 기억하면 되었습니다. 비슷한 맥락에서, 체제전복적인 공공장소를 되찾는 일과 이를 위해 함께 기억하고 재설계하는 일은 **월가 점령 운동**Occupy Wall Street의 가장 핵심적이고 놀라운 의식 중 하나이기도 합니다. 우리에게는 이런 운동들이 훨씬 더 많이 필요해요. 모든 곳에 이런 것들이 퍼져나가야 합니다. 정원을 재창조하기 위해서요.

우리는 지금 가부장제로 오염된 자본주의자들의 황폐한 정원에 갇혀 기업이라는 아버지 신에 순종하며 살고 있습니다. 마치 그들이 우리를 진짜 염려하기라도 한다는 듯이요. 성찰도 깨달음도 없이 나른한, 자기들끼리 낙원이라 부르는 이곳이 마치 진짜이기라도 한 것처럼요. 유혹적인 소비지상주의와 전체주의적 감시, 기업이 소유한 미디어, 공허하기만 한 셀러브리티 문화, 인터넷 관음증과 괴롭힘으로 뒤범벅된 이곳이 우리를 지켜준다고 착각한 채로 말이에요. 이브는 이것들이 신기루임을 알았습니다. 그녀는 진짜 정원, 태초의 정원을 갈구했어요. 그러니까 하느님 아버지가 정원을 유지하기 위해 이 땅에 자기 질서와 폭력, 징벌을 심기 이전의 정원을 원한 거예요.

저는 얼마 전 비비언 고닉Vivian Gornick이 쓴 엠마 골드만 전기를 읽었습니다. 골드만이 미국에서 가장 위험한 여성으로 이름을 떨치던 때가 있었지요. 우리 모두가 동경하는 그 타이틀이요. 무정부주의자이자 혁명가. 그녀는 "춤출 수 없다면 그것은 나의 혁명이 아니다If I can't dance, I am not coming to your revolution"라는 구절로 잘 알려져 있습니다. 고닉은 전기에서 이렇게 말합니다.

느낌이라는 단어는 몹시 중요하다. 골드만은
늘 아나키즘을 추론적 지성으로만 이해하면
부차적 용도에 그치고 만다고 주장했다. 그녀는
마치 불길처럼 온 마음을 다한 강렬한 열정으로
아나키즘을 한 올 한 올 느껴야 한다고 말했다.
골드만의 급진주의는 신경계 안에 살아 숨 쉬는
열렬한 신념이다. 그 감정이 모든 곳에 배어 있다.
골드만은 만약 혁명가들이 혁명을 이루기 위해
섹스와 예술을 포기해야 한다면 그들은 기쁨을
잃고 말 것이라고 했다. 기쁨을 잃은 인간은
인간이기를 멈춘 것과 같다.

그렇다면 우리는 어떻게 해야 사랑이 깃든 삶에서 피어
나는 운동을 만들어 갈 수 있을까요? 어떻게 해야 생명과
사랑과 즐거움과 기쁨을 위해 싸울 수 있을까요?

어떻게 해야 우리의 생각과 열정이 담긴 급진적이
고 시대를 앞서는 예술과 음악을 대중에게 전파할 수 있
을까요? 어떻게 해야 계속해서 진화하고 놀라며 핵심에
가까이, 더 가까이 다가갈 수 있을까요? 어떻게 해야 이
제 말을 멈추고 행동에 나설 수 있을까요? 자, 겉모습만

그럴싸하게 만드는 일은 멈추고 이제 진짜 일을 하세요. 자원에 접근하기 어려운 사람들을 위해 자원을 찾아주고 그들이 그것을 어떻게 쓰든 통제하지 마세요. 돈을 무기로 사용하지 마세요. 부를 나누어줄 여유가 있다면 당신이 특별해서가 아니라 그저 운이 좋다고 생각하는 거예요. 당신은 돈이 있고 고생하지 않는 운을 누렸으니 다른 사람들도 굳이 고생할 필요가 없도록 하는 것이지요.

이브는 급진적인 사람이에요. 저는 급진적*radical*이라는 단어가 좋아요. 왜냐면 그것은 뿌리를 찾아간다°는 뜻이니까요. 여러분, 지금이 바로 급진적인 변화를 꾀할 때입니다. 우리 몸을 되찾고 춤추고 북을 울리며 일어날 때입니다.

우리가 믿는 세상 때문에 사과하는 일은 이제 멈추어야 합니다. 우리는 모두가 굶주리지 않고 보살핌받는 세상을 원해요. 기름은 이제 땅에 묻어두는 세상을요. 가장 열심히 일하는 사람들이 존중받고 그에 걸맞은 급여를 받는 세상을, 가장 소외되고 눈에 띄지 않는 이들에게 영감받아 그들을 위한 정책을 세우는 세상을 원해요.

°  radical은 뿌리를 뜻하는 라틴어 radicális에서 기원함

생명을 중시하는 우리 상상력이 기발하고 신속한 해결책들을 내놓을 수 있다고 믿는 세상을요. 우리의 아픔을 가두고 감시하고 처벌하고 비하하지 않고 근원적 이유를 밝히고 치유하는 세상을 말이에요. 돈과 명예를 가진 일부 상류층에 환호하는 일을 멈추고 별다른 자원 없이도 묵묵히 공동체를 바꾸어나가는 사람들에게 존경심과 관심을 갖는 세상을요. 지적이고 정치적인 것에 가지는 신념만큼이나 신비롭고 감정적이고 관능적인 것들을 신뢰하고, 이 모든 것의 통합이야말로 혁명의 촉매제이자 그 자체로 혁명이라는 사실을 깨닫는 세상을 원합니다. 겸허한 마음이 혁명으로 가는 길이자 유일한 노래를 부르는 길임을 깨닫는 세상을 원합니다.

이제 우리만의 탑과 운동 게토에서 나와야 할 때입니다. 우리 각각의 분투가 더 큰 정의를 위한 싸움이라는 사실을 이해해 더는 한정된 자원과 관심을 두고 싸우고 갈라지는 일이 없어야 합니다. 대신 우리는 우위를 제쳐두고 이 모든 것의 연결됨을 기쁘고 열렬하게 껴안아야 합니다. 고통에 서열 따위는 존재하지 않습니다. 분노, 연민, 저항이 한데 뒤섞인 강으로 흐를 뿐이에요. 체제를 다시 세우고 태초의 정원을 되찾을 때가 왔습니다.

생명 나무를 기억하세요. 열매/버섯은 아버지의 정원 안에 있었습니다. 그것은 언제나 우리 안에 있었어요.

결국 이것은 사람에 관한 이야기입니다. 사랑을 존중하고 생명과 사람, 우리들의 어머니를 아끼고 존경하고 소중히 여기고자 하는 이야기 말입니다. 우리는 이브의 후손들이에요. 아프리카 흑인 어머니의 딸 이브. 혁명가 이브. 이브는 열매를 먹어 통제되고 만들어진 정원 아래 감추어진 태초의 정원을 찾아냈습니다. 진실을 향한 갈망으로 열매를 베어 문 이브가 우리가 가야 할 진짜 길이었습니다. 이제, 우리가 그녀의 유산을 이어가야 합니다.

이브, 자유의 어머니이신 그녀는 우리를 이 세상으로, 우리의 세상으로 해방하기 위해 열매를 따 먹었습니다. 이제 우리 차례입니다. 그 망할 열매를 베어 먹읍시다.

# "고통으로 가득 찬 춤추는 나라의 사람이 되어"

**2017년**

킴벌리 윌리엄스 크렌쇼*Kimberlé Williams Crenshaw*의 초청으로 아프리카계 미국인 정책 포럼 '그녀의 이름을 말하라: 교차성 운동 20주년' 축하 행사에서 버지니아 더르 연대상*Virginia Durr Solidarity Award*을 수여 할 당시 했던 연설이다.

우리 백인은 인종차별주의 세상에 태어납니다. 이는 당신을 해체하고 해방해 이 작업에 당신의 삶을 온전히 바쳐야 함을 의미해요. 그러고 나면 의식이 서서히 한 꺼풀씩 깨어날 것입니다. 이것은 심오하고 고된 작업이며 당신의 세포 하나하나를 요구하는 헌신이 필요한 일입니다. 제가 동맹을 믿지 않는 이유기도 해요. 동맹이란 내가 당신의 문제를 도와주겠다는 뜻입니다. 인종차별주의를 끝내기 위한 싸움은 사실 백인들의 문제입니다. 여성 폭력 종식이 남자들의 문제인 것처럼요. 우리가 우리를 강간하지는 않으니까요. 이미 충분히 많은 불평등 문제 위에 더해진 인종차별주의는 흑인들을 좌절시키고 과소평가하고 무너뜨립니다. 게다가 그들이 차별 문제를 직접 해결하도록 책임까지 떠넘깁니다.

반면 연대란 그것이 모두의 문제임을 의미합니다. 우리는 이 안에서 모두 평등하다고요. 동맹은 서로 간의 거리를 보장해주기에 안락합니다. 연대는 위험을 더 무릅쓰고 더 직접적이며 더 급진적이고 더 강렬하고 더 헌신합니다. 기꺼이 선을 넘어 우리 모두를 위해 투쟁하는 일이에요. 우리 DNA에 깊이 새겨진 역사를 파헤치는 고되고 고통스러운 작업에 기꺼이 몸을 던지는 일입니다.

동맹은 어딘가 쉬운 관계입니다. 상황이 나쁘면 언제든 한 발짝 뒤로 물러설 수 있으니까요. 그리고 편리하게 훈수를 둘 수도 있고요. 그것은 제게 톨레랑스*tolerance*°를 생각나게 합니다. 저는 **톨레랑스**라는 말을 무척 싫어합니다. 그 말은 이런 뜻이에요. 나는 당신에게 아량을 베풀고 당신을 참아주고 있다, 자신을 단박에 권력을 쥔 자리로 올려주는 말이에요. 참아주는 사람으로요.

톨레랑스에는 안과 밖이 존재합니다. 연대란 '공동의 목표 혹은 공동의 적(인종차별주의)을 위해 단합한 개별적 존재들의 유대'를 뜻하고요. 이제 우리 백인들이 흑인들의 자유를 위해 싸워야 할 때입니다. 특권과 지위를 내려놓고 인종차별적 사상과 체제가 우리 사회를 얼마나 황폐하게 만들었는지 똑바로 인식해야 합니다. 살인, 멸시, 공포, 분리, 배제, 차마 입에 담을 수도 없는 잔혹 행위에 대항해 싸우는 운동이라면 영웅 심리든 용기든 전략과 방법 때문에 서로를 감정 혹은 관점 문제로 탓하는 일도 멈추어야 합니다. 우리가 이제 입을 다물고 경청하고 그들을 위해 봉사하지 않는 한 그 어떤 것도 바뀌지 않아요. 우리의 감정과 슬픔, 죄책감을 들먹이며 모든 것을 우리 문제로 만들어버리는 일을 그만두지 않는 한 말입니다.

이기심과 두려움, 안주하고 싶은 마음, 권력을 향

○   자기와 다른 입장을 용인함

한 갈구를 인정하면 어떨까요? 아무것도 지시하지 않고 결정하지 않고 보조만 하는 것은요? 흑인들의 뒤 혹은 옆에서 걸으면 어떨까요? 우리가 학대하고 노예로 만들고 강간하고 가두고 총을 쏘고 린치를 가하고 무시하고 폄하하고 멸시한 자들의 타오르는 상처에 가까이, 정말 가까이 다가가는 거예요. 제임스 볼드윈*James Baldwin*은 이렇게 멋진 글을 남겼어요.

> 그가 니그로의 지배적인 힘에서 풀려날 유일한
> 방법은 합의, 바로 흑인이 되는 것이다.
> 지금처럼 자기만의 고독한 권력의 정점에서
> 자아를 지키기 위한 장벽을 쌓고 애석한 눈으로
> 그들을 지켜보다가 어두운 밤이 되면 남몰래
> 찾아오는 것으로는 안 된다. 그 고통으로 가득 찬,
> 춤추는 나라의 일부가 되어야 한다.

우리도 그 고통으로 가득 찬 춤추는 나라의 사람이 되어 흑인들에게 우리의 죄책감과 태만을 떠넘기는 일을 멈추면 어떨까요?

우리가 해를 가하고는, 그 사실을 상기시켰다는

이유로 그들을 벌주지 않는 것은요? 우리가 정직하고 관대하고 친절하고 겸손한 사람이 되어보는 것은 어떨까요? 그래서 발 벗고 나서서 도와주고 연대하는 것은요?

우리가 숭배받기를 기대하지 않고 도울 수 있을까요? 지시 대신 우리 몸을 움직여 돕는 것은요? 이 끔찍하고 잘못된 인종차별주의 문제를 우리 사고와 도덕의 중심에 둘 수 있나요?

우리 백인은 상징적 존재인 만큼 실체적 존재입니다. 우리의 하얀 피부색은 그저 색깔이기도 하지만 시신을 덮는 너덜거리는 시트기도 해요. 결코 포기하지 않는 특권의 깃발이자 권력자들이 장벽을 치고 모여 사는 마을이기도 합니다. 우리의 순백색은 수치를 상징합니다.

그러니 아주 잠시만이라도 조용히 앉아, 우리 위로 떠밀려 내려오는 이 거북한 진실과 슬픔과 역사를 가만히 두는 것은 어떨까요? 격변의 침묵 속에 그렇게 잠시 앉아 우리의 책임이라는 거대한 해일을 마주하게 되면, 그제야 비로소 우리가 얼마나 먼 길을 가야 하고 이 광란의 증오를 종식하기 위해 어떤 위험을 무릅써야 하는지, 그리하여 이 잘못을 바로잡기 위해 우리가 얼마나 열렬히 사랑해야 하는지 알 수 있겠지요.

# 혼란

**킹스턴, 뉴욕, 2016년**

생태 철학자이자 작가인 데릭 젠슨 Derrick Jensen 과 1년에 걸쳐 나눈 대담 중 일부를 발췌했다.

최근 친구들과 대화할 때면 거의 항상 누군가 지금 세상에 닥친 파괴적 재앙들을 언급하고, 그러면 꼭 한 명이 이렇게 말해요. "우리는 망했어." 그리고 이내 어딘가 초조하고 어색한 웃음이 뒤따라요. 그리고 침묵. 아무도 입 밖으로 말하지는 않지만 속으로 질문하는 거예요. 사실일까? 정말 우리는 망했나? 끝났을까? 주사위는 이미 던져

졌나? 하지만 그것은 조금 이상한 질문이에요. 흡사 생존을 위해 하는 포스트모던 정신 훈련 같기도 하고요. 세상의 종말을 확신함으로써 우리의 과거와 현재 행동들에 대한 공포를 직면하지 않아도 된다는 점에서요. 무수한 고통과 광기를 해결하지 않아도 된다는 안도감이자 해방감이에요. 이러한 형식의 심리적 자해는 위안을 주는 동시에 해로워요. 심리적 자해는 대개 감당하기 어려운 세상에 대한 방어로 시작되어 거리두기와 통제의 역할을해요. 질문하는 개인이나 그룹이 실제로 우리가 망했다고 믿는지는 알 수 없어요. 그렇지만 그러한 질문을 하는 것만으로도 변화를 위해 싸우려는 사람들의 의지를 꺾기 쉬워요. 또, 일이 일어나기도 전에 받아들임으로써 그런 질문을 던진 이는 마치 끔찍한 일을 견뎌냈다는 마조히즘적 쾌감까지 느끼게 됩니다.

저는 살면서 너무 이상적이라는 '비난'을 얼마나 자주 받았는지 모르겠어요. 헤아릴 수가 없어요. 희망 혹은 열정을 품는 일이 마치 생각이 짧은 일인 것처럼, 이미 모든 것을 다 알고 미래로 가는 비밀 열쇠를 손에 쥐었다는 종말론자들에게 제가 무슨 모욕이라도 준 것처럼 순진하다고 비난받아 왔습니다. 그러나 저는 이상주의자가 아니며 순진하지도 않아요. 오히려 열정 넘치는 부조리주의자*absurdist*에 가까워요. 저 또한 세상을 바꾸겠다고 투쟁하는 일이 터무니없음을 알고 있습니다. 하지만 저는 이 일에 저를 온전히 바치고 있어요. 저항하고 글을 쓰고 반란을 일으키고 행진할 때 저는 제가 하는 일에 자주 회의를 품습니다. 제가 하는 운동이나 다른 이들에게 함께하자고 촉구하는 일이 마치 큰불이 난 숲에 작은 물 한 동이를 끼얹는 일처럼 느껴지거든요.

비무장한 흑인들에게 총을 쏜 경찰들을 향해 뉴욕 거리를 행진하고 유전 지대인 바켄*Bakken*에서 채굴을 반대하고 그곳의 남성 캠프에서 일어난 성폭력에 저항할 때, 미국의 제국주의 전쟁에 반대하며 저항하고 춤출 때 이러한 행동들이 권력을 손에 쥔 자들에 의해 얼마나 손쉽게 무시되고 삭제되는지 아주 잘 알고 있습니다. 하지만 저는 투쟁하지 않는 제가 어떻게 변할지 두려워요. 저는 베케트*Beckett*를 떠올려요. 이해 불가한 것들만 가득한 세상에서 깊은 절망을 안고 살아가는 그의 극 속 인물들을요. 그는 언제나 투쟁에 관한 이야기를 썼지만 감상주의자도 허무주의자도 아니었어요.

다시, 결코 이해할 수 없는 광기의 낭떠러지에서

현재를 살아가야 하며 포기와 거짓된 삶을 거부한 우리들을 생각해요. 절멸의 벼랑 끝에서 새로운 것을 열렬히 환대하고 북돋고 춤추는 우리들을요. 미국처럼 생각하기를 거부하고 이를 철저히 세뇌시키는 나라에서, 어리석고 환원주의적이며 소모적이기만 한 브랜드 문구같이 인상적인 문장 하나로 소통하고자 하는 나라에서 그것은 너무나 어려워요. 열정적인 부조리주의자가 되기 위해서는 불안과 불확실성을 기꺼이 껴안고 우리가 마주한 곤경을 직시해야 해요. 그것은 추락할 것을 알면서도 뛰어내리는 일이며 불가능의 혼돈 속에서도 가능하다는 열정으로 춤추는 일이에요.

이를 위해서는 다음 두 가지가 전제되어야 합니다. 첫째, 인류가 지구와 동맹을 맺고 존속하기 위해서는 우리가 공동체의 진보적 상상과 헌신을 바탕으로 변화해야 해요. 둘째, 우리가 사는 동안 빌려 쓰는 이 지구라는 행성을 아끼고 지키는 것이 우리의 임무임을 잊지 말아야겠지요.

첫 번째에 관해서 우리는 무엇도 확신할 수 없어요. 우리에게 정보를 주는 예측치들이 있지만 무수한 변수도 있으니까요. 하지만 지구가 우리 자식이고 회복 가능성이 5퍼센트밖에 되지 않는 불치병에 걸렸다고 가정해 봐요. 그렇다면 그냥 다 포기하고 병원에서 아이를 데리고 나와 아이가 죽을 때까지 가만히 기다릴 텐가요? 아니면 5퍼센트라는 일말의 가능성을 위해 온갖 방법을 동원하고 사랑과 상상력과 헌신을 다해 기적이 일어나기를 바랄 건가요? 자, 우리의 길은 무엇인가요?

아랫글은 탐사보도 전문 '인터셉트'Intercept 사이트에 최근 게재된 루이지애나주 모스빌Mossville에 대한 기사예요. 모스빌은 공장들이 쏟아낸 오염으로 심각한 문제를 안고 있어요.

미국에 산재한 만성 질병에 관한 이야기가 오로지 개인의 고난으로만 국한되어 있다는 사실은 놀랍지 않다. 미국 사회는 반론의 여지가 없는 극심한 사건을 제외하고는 독소 물질이 질병을 일으킨다는 사실을 좀처럼 인정하지 않는다. 이를 인정한다는 것은 의도적으로 유예하고 있던 불신을 끝내는 일이자 의식하든 의식하지 않든 병을 앓게 되더라도 감내하겠다고 말하는 셈이기 때문이다. 모스빌에서처럼 어떤 사람들은 저항하지만 대부분의 미국인은 웨스트레이크Westlake의 경우처럼 받아들이고 만다.


사람들은 두려움처럼 실체가 불분명한 것에 굴복해요. 질병 자체가 아니라 혼란에 굴복하는 거예요. 모스빌 사람들 대다수는 독성 물질이 공장 주변을 오염시키고 있다는 사실을 몇 년 동안이나 부인했어요. 그렇게 생각하는 편이 생계나 일상을 뒤흔드는 것보다는 나으니까요. 자신들이 서서히 살해되고 있다는 진실을 받아들이는 대신 당장의 안락을 택한 것이지요.

이 이야기가 현재 인류가 마주한 현실과 별반 다르지 않다는 생각을 해요. 우리는 일상의 안녕과 습관에 혼란을 가져올 바에야 죽는 것이 낫겠다고 선택했어요. 불안정한 생활을 견딜 바에야 중독되고 파멸하겠다는.

그러니 우리는 혼란을 헤쳐나가는 기술과 방법을 배워야 해요. 지금 안전하다는 거짓된 믿음을 떨치고 세상을 뒤흔들어야 합니다. 우리가 사는 이곳과 우리가 하는 일들이 언제든 변하거나 무너질 수 있음을 깨달아야 해요. 변화를 당장 실행에 옮겨야 합니다. 우리가 만들고자 하는 미래 외에는 다른 어떤 미래도 없다는 듯 행동해야 하고요. 새로운 인식과 방법을 모색하고자 하는 우리의 개척 정신 외에는 아무것도 보장되지 않았어요. 우리는 방해꾼이 되어야 합니다. 늘 그래왔듯 기업을 방해하고 사회적 명성과 경제적 안정을 잃을지도 모르는 위험을 무릅쓰며 비난과 논란을 감수하고 기정사실화된 자멸의 고삐를 늦추고 폭군을 무너뜨리는 행동에 동참해야합니다.

# "지금이 바로 그 순간인가요?"

**2022년 7월 2일**

이 글은 우리 여자들의 몸에 대한 권리를 박탈한 대법원 돕스*Dobbs* 판결 이후 〈가디언〉에 쓴 글이다.

그 일이 마침내 일어났을 때 당신은 어떤 기분이 들었나요? 그들이 우리 몸에 대한 권리를 박탈하러 왔을 때 입니다. 그들이 열두 살짜리 여자아이들에게 열 달의 임신 기간을 채운 뒤 어린 나이에 특히 가혹할 산고를 치르고 강간범과 닮은 아이를 낳으라고 말했을 때요. 그들이 우리를 처벌하기 위해 현상금 사냥을 합법화했을 때 말이에요. 우리 죄라고는 그저 여자로 존재한 것밖에 없는데요. 자유로운 삶을 살고 우리만의 길을 걷고 가장 대담한 꿈을 꾸는 우리가 순순히 그들의 일그러진 새장 안으로 들어갈 것이라고 믿었을 때. 그 새장이 또 다른 새장으로 계속해서 이어진다라는 사실을 우리가 알아차리지 못할 것이고, 그 새장들이 우리의 빛과 숨을 하나씩 차례로 앗아갈 것이라는 사실도 모른다고 그들이 믿었을 때 말이에요. 내 고대古代의 입에서는 거품 섞인 비명이 새어 나왔고 내 하얀 머리카락은 분노로 타올랐어요. 나는 목 놓아 울고 싶었습니다. 실제로 그랬어요. 나를 그리고 여자들을 향한 그들의 증오심, 흑인 여자와 황인 여자, 원주민 여자, 아시아 여자, 어린 친족 성폭력 피해자, 가난한 여자, 트랜스 남자, 논바이너리로 태어나는 출생아 들 그리고 그저 자유롭고 싶은 우리 모두를 향한 그토록 깊은 증오심에 나는 목 놓아 울었습니다.

그리하여 나는 썼습니다. 쓰고 또 썼습니다. 쉬지 않고 쓰며 영리한 말을 찾으려 애썼습니다. 아무도 하지 않은 말, 모든 것을 환히 밝히는 말, 세상이 깜짝 놀랄 말, 그래서 진실을 드러내고 문제를 해결하고 문을 여는 그런 말, 이 악몽을 되돌릴 주술 같은 말을 찾기 위해서 말이에요. 출산을 피하기 위해 죽음을 감수해야 하는 사람들과 특히 젊은 여자들을 구할 수 있는 말, 원치 않는 아이를 낳아 꿈과 인생을 빼앗긴 채 정서적으로도 경제적으로도 심리적으로도 영원히 고통받고 망가질지 모르는 사람들을 구할 말을요.

아름다운 낱말과 리듬, 진실, 역사적 사실, 은유들을 가지고 수백 년 묵은 가부장제의 저주를 풀어낼 말과 시를 짓고 싶었습니다. 말은 감히 그런 일을 할 수 있으니까요. 아주 단순한 말조차도요. 싫어 싫어 싫어 싫어 싫어 이 빌어먹을 간단한 말조차도요. 우리는 절대 돌아가지 않습니다. 이 법 하나에 동의하고 나면 어떤 문이 열리는지, 종국에 그들이 모든 것을 빼앗고 우리 모두를 잡으러 온다는 것을 알기 때문이에요.

• • •

어느 글에 저는 거부 선언을 했습니다. 나는 거부한다, 라고 썼어요. 제 양심은 대법원에 있는 소수의 결정권자들(그중 몇몇은 성범죄로 기소되었고 이들을 지명한 대통령 또한 가해자임을 인정한 적이 있습니다)이 내린 이 모욕적인 판결에 차마 동의할 수가 없습니다. 판사로 가장한 그자들이 내가 내 몸에 무엇을 하면 되고 무엇을 하면 안 되는지 결정하게 두지는 않을 것입니다. 그리고 내가 몸과 마음을 다해 사랑하는, 소중하고 아름답고 친절하고 생명력 넘치고 다정한 자매들에게도요.

그러다 저는 이를 거부하기 위해 우리가 정확히 무엇을 해야 하며 총기 사억 개가 사방에 깔린 나라에서 우리의 저항이 어떤 모습이어야 하는지 도무지 모르겠다는 사실을 깨달았습니다.

그러나 여기 제가 아는 것들이 있습니다. 저는 저와 제 몸과 우리가 지금 이 순간에도 누리고 있는 자유를 쟁취하기 위해 피 흘려 싸워온 수백 년의 세월에 반하는 이 결정을 절대로 수용하지 않을 것입니다. 저와 같은 뜻을 가진 사람들이 무수히 많다는 사실도 알고 있습니다. 제게 해답은 없지만 질문들이 있습니다. 저는 질문이 지닌 힘을 믿어요.

우리가 이 부당한 법을 수동적이고 순종적으로 그저 따라야 하나요? 정의가 아닌 형식을 좇고, 양심과 사람에 기반하지 않으며 부패하고 정당하지 않은 기관을 방관할 텐가요?

우리의 연대와 기세와 상상력을 한데 모아 하나의 커다란 비전과, 판결을 뒤엎는 기적을 만들어 보는 것은 어떨까요?

임신 중지권을 위한 투쟁이 백인 우월주의와 젠더 억압, 가부장제에 저항하는 투쟁과 다르지 않다는 사실을 우리가 마침내 이해할 수 있을까요? 그리하여 그들이 우리들의 집에 들이닥칠 때 우리가 서로의 문 앞에 함께 설 수 있을까요?

유구한 인종차별의 역사와 태생부터 가부장적인 관행들로 점철된 대법원에 대한 망상에서 이제 그만 빠져나오는 것은요? 대중과 소수자와 억압받는 이 들을 무시하는 소수의 백인 남성들로 구성된 기관에 우리 삶과 의지를 넘기지 않을 수 있을까요?

우리는 우리의 몸을 신뢰하고 교회와 국가로부터 우리 몸의 권리를 지켜낼 수 있을까요?

지금이 바로 그 순간인가요? 우리 중 그 누구도 정답을 가졌거나 위대한 작품을 내놓지 못했어도 각자의 고유성을 간직하고 서로의 곁에 서서 같은 방향을 바라보며 대열을 만들기로 결심한 때, 비로소 우리가 가야 할 길을 찾게 된 때 말이에요.

지금이 바로 우리가 기다려 온 그 순간인가요?

이것을 혁명이라 부를 수 있을까요?

사랑으로 혁명을 일으킬 수 있을까요?

여기, 당신께 제 손을 건넵니다.

# 그때 우리는 뛰어오르고 있었어요

**스폰가노**Spongano**, 이탈리아, 2013년**

꿈에 그가 와요

그리고 내 앞에 놓인 테이블처럼 생긴 것

건너편에 앉아요

그런데 그 위에는 별자리를 이루는

별들이 그려져 있고요

그는 낡고 노란 스웨터를 입고 있어요

집에서는 늘 그것만 입지요

불안한 얼굴이에요

내 기억보다 더 늙었고요

그리고 슬퍼 보여요

이 슬픔을 기억해요

이 슬픔 속에 살던 때가 있었어요

안개 같던,

바이러스 같던

나는 그에게 내 몸을 주었어요

이 슬픔을 사라지게 하려고요

그런데 그것이 잘 안되자

그는 나를 자기처럼 슬프게 만들기로 결심했어요

하지만 지금 이곳에는 테이블 위에 별이 가득하고

우리 사이를 가로지르는 은하수는

진짜 은하수처럼 반짝거리고 있어요

이 슬픔은 그의 것임을 이제 나는 분명 알고 있지요

그리고 처음으로

나는 움직이지 않아요

달아나지도 가까이 가지도 않아요

나는 아무것도 하지 않아요

이상할 정도로 두렵지 않아요

나는 고개를 들고 깨달아요

사람들이 우리를 둘러싸고

커다란 원을 만들어 둘러앉아 있는 거예요

콜로세움

같은 곳에 우리가 있어요

사람들은 조용하고 침착하게 기다려요

어떤 여자들은 냄비 집게 헝겊을 뜨개질하고

어떤 사람들은 가만히 빨간 깃발을 흔드네요

어떤 남자들은 고개를 빼고 우리를 봐요

담배를 물고서요

어떤 사람들은 이상하고 엉뚱한 모양의 모자를 쓰고

있고요

그들은 내 아버지가 말을 거는

부류의 사람들이 아니에요

그들도 이를 알고 있고요

하지만 그들은 매정한 사람들이 아니에요

내 아버지가 불현듯 짜증을 내요

늘 그랬듯

참을성을 잃은 화난 얼굴로 말해요

"무얼 보고 있는 거냐, 에비 *Evie* °!"


° 이브의 애칭


383

그는 불안해 보여요

하지만 나는 이제 내가 그를 구하지 않아도 된다는 것
을 알고 있어요

그리고 이 침묵

액체가 든 병 하나가

내려와요

빛이

우리를 둘러싸고

우리를 감싸고, 우리를 담아요

그리고 난데없이

날카로운 소음들과 잔인함의 부스러기들로 채워진

이 방울이, 피처럼 붉고 투명하고 더러운 방울이

내 몸 밖으로 흘러나오기 시작해요

내 몸 모든 곳에서요

내 몸 밖으로 쏟아져 나와요

이제 하나의 커다란 방울로

뭉쳐지고 있어요

그리고는 피가 막 쏟아져 내릴 듯한 구름처럼 둥둥

아버지 머리 위를 맴돌아요

무언가를 기다리고 있다는 듯

아버지가 하던 일을 멈추어요

고개를 들더니

그냥 입을 벌려요

너무나 자연스럽게 너무나 쉽게

입을 아주 크게

이윽고 그는 내 고통을 받아 마셔요

그것을 삼키고 나자

사람들이 환호해요

나는 내 아버지를 봐요

터질 듯

붉은 뺨이 불거져 있고

거의 터지기 직전이라

더 받아 마실 수도 없어요

그러자 빨간 눈물이

아버지의 뺨 위로 쏟아져 내려요

나는 약간 겁이 나요

왜냐면 그의 눈에서 피가 흐르고 있는 것 같거든요

하지만 사람들은 여전히 환호하고 있어요

그들이 응원하고 있어요

한동안 끝나지 않아요

아버지는 피눈물을 흘리고요

그리고 나는 다시 봐요

아버지가 갑자기 젊어졌어요

계속해서 어려지고 있어요 이제

소년이 되었어요

그는 더는

슬프지 않아요

눈부시게 아름답고 총명하고

장난기 많은 아이예요

그가 내 손을 잡고

콜로세움의

한가운데로 걸어 들어가요

이제 이곳은 야생풀이 높게 자라 몸을 간지럽히는 들
판이 되었어요

히스테리 같은 바람이 불어와요

그리고 우리는 제자리에서 높이 높이 뛰기 시작해요

아주 높이 뛰어올라요

우리가 얼마나 높이 뛰는지 믿을 수 없을 지경이에요

땅이 마치 거대한 트램펄린 같아요

나는 이제 높이, 더 높이 뛰는 것이 두렵지 않아요

잠에서 깨자 나는 생각했어요
오, 이것이 바로 정의구나.

에필로그

# V

## : 나의 새로운 이름에 품는 이상

*나는 V라는 이름을 내 이름으로 택했다. 본래 내게 주어진*
*이름이 나를 망치고 존재를 지우려던 사람에게서 왔기 때문*
*이다. V는 내 자유의 이름이다.*

나는 V로부터 왔다.

　　나도 처음부터 알고 있지는 않았다. 기억은 **착취자**
**들**the Extractor 이 우리에게서 빼앗아 간 것 중 하나다. 그들은
기억을 땅에 묻어버리고 우리를 겁에 질려 떨게 했다. 우
선 그들은 우리가 어머니들을 멸시하게 했고 그다음에는
어머니와 우리의 언어, 이름을 잊게 만들었다. 그들은 우

리의 가장 특별한 방식들도 모조리 잊게 했다. 우리 몸에 깃든 힘, 지식, 직관, 관능을 그들은 폭력을 사용해 우리 육체에서 떼어놓았다. 그러면 우리를 우리로 만드는 모든 것들에서 손쉽게 떼어놓을 수 있었기 때문이다.

V는 내 사람들의 진짜 이름과 내 진짜 기원을 상기시킨다. 나는 나를 해쳤던 사람을 풀어주고 나서야 비로소 기억을 되찾기 시작했다. 그는 내 아버지로 온 사람이었다. 거의 60년이라는 긴 시간 동안, 심지어 죽고 나서도 그는 오랫동안 공포감으로 나를 지배했고, 내가 무지하고 어리석은 사람으로 남게 했다. 하지만 지금은 그에게서 벗어나고자 했던 무수한 노력 끝에 많은 기억이 되돌아오고 있다. 식물이 주는 치유와 나무들의 귓속말로 태초의 조상들이 말을 걸기 시작했다. 착취자들은 트라우마라는 것을 가지고 왔다. 그것은 모든 사람, 모든 것, 심지어는 우리의 소중한 땅속에까지 스며들었다. 그것은 온갖 시련과 슬픔 따위가 할퀴고 지나간 자리 같아서, 본래 모습으로 회복되지 못하면 우리를 더 망가뜨리고 더 많은 사람을 다치게 할 것이다. 그것은 우리를 두렵고 아프게 하며 편집증적으로 만든다. 결국 우리는 우리 자신에게서 등 돌린다.

당신에게 내가 어디에서 왔고 내 사람들이 어떤 사람들인지 이야기하고 싶다. 그들은 당신의 꿈과 집 안에, 방 안에, 벽 안에 살고 있다. V는 크고 겸손한 사람들이다. V는 그릇Vessel의 V에서 따왔으며 활짝 열린 초대장을 의미한다. V의 위아래를 뒤집은 반쪽을 초대해 마름모 형체를 완성하는 것이다. 나의 종족은 하늘을 향해 V자로 두 팔을 벌리고 기도했다. 신성神性이 V를 만나 마름모의 상像이 완성되면 불꽃이 튀며 융합이 일어났고 메시지와 지혜가 V커넥터를 통해 사람들에게 이르렀다.

V 공동체에 위계질서는 존재하지 않았다. 그 누구도 다른 이의 위에 혹은 아래에 있지 않았다. 더 중요한 사람도 덜 중요한 사람도 없었다. 사람들 모두가 저마다의 특별한 재능과 공동체에 봉사할 수 있는 것들을 지니고 있었다. 때로는 그 재능이 진화하고 변하기도 했다. 모든 재능은 동등한 가치를 지녔다. 모든 아이가 자기만의 행복을 따르도록 응원받았다. 그 행복들이 저마다 특별한 재능으로 자라날 것이기 때문이었다. 어떤 아이들은 새들과 대화하고 나무들과 교감했다. 조숙한 어떤 아

이들은 그 나이에 볼 수 없는 어떤 이미지들을 자기 안에서 끌어내기도 했다. 어떤 아이들은 미래를 보았다. 그들은 예언 능력을 지녔다.

나의 근원을 찾고자 하는 갈망은 때로 날카로운 고통이 되기도 한다. 내가 간절히 바라는 것이 다른 장소인지 다른 시대인지, 어쩌면 다른 행성인지조차 알 수 없다. 나는 사랑하는 사람들에게 이렇게 설명했다. 내 진짜 집으로 돌아가고 싶다는 생각이 들 때는 죽고 싶지 않다고. 나는 V라는 곳을 향한 집앓이를 하고 있다.

세상 밖으로 나왔을 때, 나는 이 세상의 방식들에 혼란스러웠다. 기를 쓰고 밖으로 나오니 밝은 빛이 쏟아졌다. 내 어머니는 마치 누가 그녀를 짓눌러 옴짝달싹 못하게 한 것처럼 바닥에 등을 대고 누워 내게 눈길도 주지 않았다. 나는 오랫동안 어머니를 되찾기 위해 애썼다.

이곳의 많은 것이 충격이었다. 어린 시절 나는 아주 많은 사람을 사랑했다. 그래, 솔직히 말하면 나는 모두를 사랑했다. 이 때문에 나는 끊임없이 비난받아야 했다. 사람들은 내게 그렇게 많은 사람을 사랑하는 것은 불가능하다고 말했다. 내가 진실하지 않거나 감정을 꾸며내고 있다고 사람을 보는 안목을 기르고 적절히 선택해 사랑할 줄 알아야 한다고 했다. 나는 일찍부터 너무 감정적이고 너무 쉬워 보이며 너무 성적이라는 이유로 벌을 받았다. 나는 이런 것들에 한계가 있어야 한다는 사실이 도무지 이해되지 않았다.

V 종족 사람들은 우리의 존재 이유가 생명력과 감각할 줄 아는 능력을 무한히 확장함에 있다고 믿으며 자랐다. 우리는 늘 서로 맞닿아 있었고 즐거웠다. 일이라는 개념은 존재하지 않았다. 우리가 하는 모든 것이 기쁨에서 나왔기 때문이다. 현대 사회는 즐거움이 삶의 의미가 아니라 마치 모욕이나 사치 혹은 병이라도 되는 것처럼, 즐거움을 추구하는 사람들을 쾌락주의자hedonist라 얕잡아 본다. 어찌 보면 우스운 일이다. 오래전 우리는 가능한 한 모두가 안전하고 행복하며 귀하게 여겨지는 사회를 만들고자 노력했다. 우리는 이런 것들을 배우기 위해 학교에 갔고 훌륭한 선생님들에게서 가르침을 받았다. 우리는 경청하는 법과 끊임없이 스스로를 되돌아보는 법을 배웠으며 질문하는 법과 사과하는 기술을 배웠다. 우리는 모두 한낱 인간일 뿐이므로 늘 실수하고 의도하지 않아도 다른 이에게 상처를 줄 수 있으니 말이다. 계속해서 경외할 수 있도록 우리는 더욱 겸허해지는 법을 배웠다.

V 사람들은 서로를 보살폈다. '나'란 존재하지 않았다. 타인은 중요하지 않고 본인만 중요한 사람들에게 무섭게 들릴지 모르겠지만 기쁨은 '우리WE'에 깃들어 있었다. WE, 즉 두 개의 V가 팽창의 중심이었다.

그들은 WE를 위해 모든 일을 했다. 농사를 지어 농작물을 키우고 집을 짓고 물을 깨끗이 관리해 흐르게 했으며 이를 나누어 썼다. 마을을 계획하는 모든 일은 서로와 교감하고 사람들과 그 삶을 소중하게 지키는 능력을 확장하기 위해서였다.

이제 여러분도 그때가 얼마나 아름다웠을지 상상할 수 있을 것이다. 그들은 태어나면 가장 먼저 자기가 태어난 세계가 얼마나 아름다운지 최대한으로 인식하는 방법을 배우기 시작했다. 이는 의식 확장의 가장 중요한 첫 단계였다. 그러고 나면 옷을 입거나 집을 꾸미는 방식 등 자신이 하는 모든 일과 만드는 모든 것을 통해 아름다움을 모방하고 드러냈으며 삶 안에서 그러한 의식을 실천하려 노력했다. 우리 지구 전체가 제단이었고 우리 몸과 집이 제단이었다. 그들은 기도를 드리거나 영혼의 안내자들을 초대하고 만날 수 있는 제단과 장소를 따로 만들었다. 그들은 안과 밖, 서로의 안에 존재하는 신을 모두

섬겼다. 아름다움을 창조하는 일은 가장 높은 소명이었으므로 이를 위한 시간에 제한 따위는 두지 않았다. 시간이라는 개념조차 존재하지 않았다. 시작과 끝을 만든 것은 착취자들이었다. 그들은 통제하고 금지하는 일에만 관심이 있었으니까. 반면 V 사람들은 자신들의 육체와 자아가 황홀감과 존재감을 오롯이 느끼고 깨닫고 확장하는 능력을 갈고닦는 데에만 관심 있었다. 에너지를 받아 그것과 일치되고 자신을 확장하는 일. 그 일에 방해가 되는 것은 무엇이든 없애거나 바꾸거나 불태워 사라지게 해야 했다. 때때로 그들이 다른 세상이나 다른 시대, 조상, 꿈에서온 업보 혹은 고통의 잔재를 가져오고는 했기 때문이다.

착취자들은 안과 밖을 구분 지었다. 그리고 위와 아래도. 오래전, V 사람들은 커다란 바다와 커다란 하나의 숨결 안에서 살았다. 그들은 WE로 존재하며 계속해서 확장했고 멈추지 않았다. V 종족은 태초의 우리 모습이 어떠했는지 상기시킨다. 그들은 어릴 때부터 자연이 그들의 친족이라는 것을 배웠다. 속도를 줄여 자신을 둘러싼 주변을 가만히 관찰했다. 나무, 이끼, 지의식물, 곰팡이, 이슬, 오리 등등 사소한 것들까지 주의 깊게 들여다보면서 그것들 안에 무엇이 들었는지를 마음으로 느꼈다. 그러자 자신을 둘러싼 것들이 이해되었고 아예 그것들이 되었으며 자신과 다름없는 그것들을 소중히 여기게 되었다. 그들은 예술과 영화, 음악, 문학, 과학으로 자연을 모방하고 관찰하고 표현함으로써 자연을 느끼고 자연과 하나 될 수 있음을 깨달았다.

섹슈얼리티는 어른들의 세상을 움직이는 동력이었다. 그것은 부끄러운 일이 아니었다. 가장 높은 단계의 에너지였다. 그들이 신성과 연결되어 있다는 감정을 느끼게 해주었으므로 숭배 대상이 되었다. 섹슈얼리티는 성스러웠으므로 자위는 가장 높은 경지의 기도였다. 사람들은 이를 일상적으로 행했다. 자신의 성적 리듬과 수준을 이해하고, 누구를 해치거나 침입하지 않는 방식으로 그것에 올라 타 지휘하고 열릴 줄 아는 일은 아주 높은 수준의 예술이자 선(善)이었다. 착취자들은 V 종족의 그 열정과 열려 있음이 몹시 불쾌했다. 아마도 착취자들에게 끔찍한 일이 일어났던 것이 분명하다. 그렇지 않고서야 그렇게 성질이 나쁘고 거칠고 폐쇄적일 수는 없다.

V 종족의 당당하기까지 한 환희는 착취자들의 분노를 일으켰고 시기심과 열등감도 불러일으켰다. 착취자

들은 V 사람들의 초대를 의미 그대로 받아들이지 못하고 자기들을 놀린다고 이해했다. 이는 착취자들이 V 종족에게 끔찍한 일을 하는 신호탄이 되고 말았다. 착취자들은 V 종족을 없애고 파괴하기 위해 무자비한 작전을 감행했고 결국 V 사람들의 신성한 육체를 강간하고 해치고 살해했다.

　　　V 종족은 이런 종류의 공포를 알지 못했기에 속수무책으로 당했다. 착취자들은 수치심을 만들어냈다. V 사람들을 수치심으로 덮어 그 안에서 질식해 죽게 했으며 혈관 안까지 수치심을 주입했다. 이는 폭력보다 더 끔찍했다. 그 이후로 V 사람들은 자신과 수치심을 영영 분리하지 못했기 때문이다. V는 곧 수치였다. 수치스러운 V. V 사람들은 스스로를 의심하기 시작했고 그것은 그들의 생명력을 갉아먹었다. V 종족은 자기를 혐오하기 시작했다. 착취자들이 섬기는 주인은 V 종족에게 죄라 불리는 것을 세뇌했다. 착취자들은 그들이 가진 능력과 생기를 지우기 시작했다. V 사람들은 더 이상의 폭력을 원하지 않았기에 몸을 감추기 시작했다. 그들은 스스로 몸을 숨겼다. 매미가 땅속을 기어다니듯 자기만의 동굴로 숨어들었다. 태양뿐 아니라 다른 사람들도 피해 다녔다.

그들은 WE를 잃고 말았다. 그들이 더 이상 WE가 아니게 되자 착취자들은 더욱 완벽히 V를 통제할 수 있었다.

착취자들은 V 종족이 음부에 수치심을 갖게 했다. 생식기를 V의 몸에서 따로 떼어내 이분법적으로 성을 구분했고 인종도 구분 지어 서로를 미워하고 전쟁하게 만들었다. V 사람들은 연결과 연대에서 존재 의미를 확인했기에 모든 사람이 충격에 빠지고 상처 입었다. 그들은 이러한 사악한 분열에 너무나 취약했다. 하나의 분열은 또 다른 분열을 낳았고 암은 또 다른 암들을 낳았다. 균열이 일어나기 시작하자 걷잡을 수 없이 퍼져나갔다.

V 사람들은 성인이라고 해도 섹스라는 것을 구분하지 못했다. 일상 모든 부분은 살아 있음과 기쁨, 진정, 흥분, 교감 등을 최대로 느끼기 위한 것이었다. 그러나 착취자들이 온 후로 섹스 또한 음부처럼 분리되었다. 전에는 우리 몸의 모든 곳에서 오르가슴을 느낄 수 있었다. 음부가 그중 가장 확실한 곳이기는 했지만 능숙하고 깊이 몰두할 줄 아는 사람은 귀를 문지르거나 발목 안쪽을 건드리는 것만으로도 오르가슴을 느낄 수 있었다. V 종족은 이런 능력을 키우는 데 많은 시간을 썼고 단체로 하는 활동들도 있었다. 사람은 많으면 많을수록 좋았다. 그들

은 하나의 거대한 파도처럼 움직이는 법을 배웠다. 그 많은 사람이 하나가 되어 만드는 물결은 하나의 진동하는 거대한 장場이자 힘이었다. V 브릿지 혹은 V 커넥터 역할을 하는 사람들이 있어 사람들의 에너지와 신성의 에너지를 만나게 해주었다. 커넥터들은 그 어떤 두려움이나 자아에도 휘둘리지 않고 자신의 육체를 자유롭게 쓸 수 있었다. 그들은 전달자로서의 삶에 자신을 바쳤고 무한히 팽창하면서 동시에 에너지를 분출하는 능력을 기르는 일에 전념했다. 올림픽 선수이자 대사제였던 것이다.

V 사람들은 석 달에 한 번씩, 일주일에 걸쳐 의식을 치렀다. 성인이라면 모두 북쪽 들판에 모여 먼저 샘에서 목욕하고 온몸에 오일을 바른 다음 비단처럼 부드러운 이끼 위로 각자 하나의 매개체인 것처럼 가장 편안한 자세로 사람들과 나란히 누웠다. 연주자들이 신비한 선율의 연주를 시작하면 감각이 고조되면서 사람들이 움직여 만드는 물결 안에서 야성과 정열, 생명의 에너지가 너울댔다. 각자 고유한 능력들이 한데 모여 만들어 낸 아름다운 무늬였다. 개인과 개인이 섞이는 와중에도 그들은 위축되지 않았고 오히려 해방감을 느꼈다. 사방으로 끝없이 커지는 행복감이 방출되었다. 의식이 진행되는 동

안 축복받은 커넥터들은 신 혹은 그들의 최고 자아로부터 메시지와 지혜, 조언을 계시받았다. 그들이 따르는 법과 서로에 대한 헌신 등 모든 사회 규범은 그 의식을 통해 생겨났다. 그 규범들은 모두가 참여해 만들고 전달받기에 반대에 부딪히거나 논란이 되지 않았다.

그러나 우리가 살고 있는 트라우마의 시대에는 개인이 다른 모든 것에 우선하며 가장 높이 숭배된다. 이 때문에 우리는 대단히 많은 문제를 안고 산다. V의 시대에는 사람들의 정신을 쏙 빼놓거나, 육체와 분리시키거나, 타인이나 스스로를 인간이 아닌 것처럼 느끼게 하거나 신체에 해를 입히는 공장, 거대 농장, 은행, 감옥, 돈, 경찰, 국가, 군인, 신용카드, 관료 체제, 창고 따위가 없었다. 결혼처럼 소유권이 인정되는, 공동체에서 한 쌍을 분리하는 어떤 형태의 결합도 존재하지 않았다.

처벌과 유기, 배제, 박탈, 전쟁, 폭력, 빈곤, 계급, 평가, 장애, 엘리트, 인종차별주의처럼 사람들이 하나가 아님을 의미하는 개념 또한 없었다. 그들이 모두 그토록 다르다는 놀라운 아름다움은 V 종족의 기쁨이었다. 모두가 모두에게 인정받고 받아들여졌기에 좀처럼 시기심을 찾아볼 수 없었다. 사람들은 모두 자신이 신의 창조물이라는 사실을 잘 알았다. 그러니 어찌 이웃을 사랑하지 않을 수 있었겠는가. 그들 중 하나가 다른 이보다 낫거나 옳다고 혹은 사랑받을 가치가 있다고 어찌 말할 수 있었겠는가. 그것이야말로 창조주에 대한 가장 큰 모욕이었다. 사람들은 제각각 자신만의 신체적, 감정적, 심리적 고유성을 지니고 태어났으며 그것은 자신과 공동체 모두에게 가르침을 주었다. 가령, 과묵한 사람이 있다면 사람들은 그를 공동체의 선물로 여겼고 사회가 다양한 배려와 지원을 갖추도록 했다. 앞을 보지 못하는 사람을 위해서는 공동체의 촉감과 후각, 소리, 관능의 감각을 정제했다. 이처럼 저마다의 감정적, 신체적 특성에 맞추어 서로를 위하는 법을 배우는 것이 우리 인간이 존재하는 이유였다.

・・・

내가 V에 관한 이야기를 꺼낸 것은 이번이 처음이다. 우선 이 강렬한 기억을 떠올릴 수 있을 정도로 내가 강해지기까지 거의 평생이 걸렸다. 기억 속에 있는 내가 잃은 것들에 대한 슬픔이 너무 컸기 때문이다. 이토록 잔인한 세상에 대한 슬픔이 너무 컸고 또 그 기억 속의 어리석고

헛된 폭력에 대한 내 분노가 너무나 컸기 때문이다. 지금도 그렇다.

　　나는 내 기억들을 말하는 일이 두려웠다. 세상이 얼마나 냉소적이고 비판적인 눈으로 볼지 알기 때문이다. 피 흘리고 다친 사람들에게 보내는 매정하고 의심으로 가득 찬 눈초리에 얼마나 자주 상처 받았는지 모른다. 어린 시절 나는 그들의 조롱에 무참히 짓밟혔다. 그런 채로 쉰다섯 살까지 살았더니 그 고통이 내 몸 안에 진득하게 쌓였다.

　　내 자궁은 생명을 잉태하는 대신 작은 죽음 덩어리를 키웠다. 그것은 자라고 자라서 벽을 뚫고 내 몸의 다른 장기들을 움켜쥐었다.

　　서양 의학과 신성한 사랑, 거짓과 상흔, 왜곡, 트라우마, 나쁜 선택들을 불에 태워 날려 보낸 내 나름의 샤머니즘 의식을 통해 나는 나무로, 흙으로, 별로, 태양으로, 가장 극적으로는 나의 몸으로 다시 태어났다. 내 새로운 몸에는 기억들이 묻혀 있었다. 어떤 기억들은 곧장 돌아왔지만 어떤 기억들은 여전히 무언가에 가로막혀 돌아오지 못하고 있다.

　　기억들은 내가 가해자인 아버지를 이해할 수 있

을 만큼 강해지고 나서야 돌아오기 시작했다. 그가 누구고 왜 그랬는지 이해하고 나서야, 그의 무감각한 고통을 다시 들여다보고 나서야, 그가 내게 저지른 범죄를 똑바로 바라보고 나서야, 그리고 그가 되어 나에게 사과 편지를 쓰고 나서야 나는 마침내 착취자들의 손아귀에서 벗어났다.

"이름을 바꾸렴." 이윽고 어떤 목소리가 들려왔다. "네 최초의 가족인 V의 이름을 받으렴."

사람들은 물론 의심하고 조롱할 것이다. "그 이야기에 무슨 권위가 있지?" "증거가 어디 있어?" "V 종족이 존재했다는 것을 무슨 수로 알지?"

그러나 어차피 세상은 누군가 만들어 낸 이야기로 이루어져 있다. 힘을 가진 자들이 이야기의 등장인물과 시점, 형식을 정할 뿐. 나는 이름이 가진 힘을 믿는다. 성서가 되거나 찬사로 남거나, 회상이 되거나 주문이 되거나. 기억처럼 보이는 것이 예언이 될지도 모르는 일이다.

그것은 우리에게 달렸다. 우리 모두에게.

# 감사의 말

이 책이 나올 수 있게 도와준 모든 분께

지난 몇 달간 저널과 기사 더미, 문예지 등을 뒤지며 이 책에 나오는 글들을 찾아준 폴라 앨런에게 큰 빚을 졌다. 폴라, 당신이 없었다면 이 책은 나오지 못했을 거예요. 그리고 내 인생을 함께 거쳐 온 당신의 훌륭한 사진들을 책에 실을 수 있어 무척 기뻐요. 우리의 자매애와 이 망가진 아름다운 행성을 함께 오래 여행할 수 있음에 감사합니다.

편집자 낸시 밀러Nancy Miller, 책을 시작할 때부터 당신이 보내준 신뢰와 통찰력, 놀라운 편집 노트들, 변함없는 응원 모두 고마워요.

샬럿 쉬디Charlotte Sheedy, 45년이 넘는 세월이었네요. 당신에게 축복을 빌어요. 당신이 없는 작가로서의 내 인생은 상상도 할 수 없어요. 당신은 선지자고 사랑 넘치는,

헌신적인, 대단히 용감무쌍한 투사며 작가가 가질 수 있는 최고의 친구예요.

토니 몬테니에리Tony Montenieri, 이 책이 나오기까지 당신이 보내준 열렬한 지지에 고마움을 전합니다. 당신은 최고예요.

수전 셀리아 스완Susan Celia Swan, 푸르바 판데이 콜먼Purva Panday Coleman, 라다 보릭Rada Boric, 요한 하리Johann Hari, 알누르 라다Alnoor Ladha, 세실리에 수라스키Cecilie Surasky, 알리샤 가르시아Alixa García, 알리아 랄루Alia Lahlou, 캐럴 블랙Carole Black, 제니퍼 버핏Jennifer Buffett, 팻 미첼Pat Mitchell, 제인 폰다Jane Fonda, 니콜레타 빌리Nicoletta Billi, 수 그랜드Sue Grand, 다이애나 드베Diana DeVegh, 질라 아이젠시타인Zillah Eisenstein, 낸시 로즈Nancy Rose, 조지 레인George Lane, 원고를 위해 애써준 당신들의 시간과 통찰력, 질문, 아름다운 마음 모두 고마워요.

나오미 클라인, 책에 해준 많은 조언 고마워요.

새로운 생각들에 기회를 준 캐서린 바이너Katharine Viner와 〈가디언〉 관계자분들에게 감사한 마음을 전합니다.

이 책은 내 지난 45년의 인생을 담은 책이에요. 내 사랑하는 친구들, 동료들, 함께 활동한 동지들, 자매들,

사랑하는 연인들, 선구자들, 기꺼이 내 초기 글들을 실어 준 사람들, 시대를 넘어 내게 불을 지피고 영감을 주고 나를 지지해주는 제임스 볼드윈, 사뮈엘 베케트, 토니 모리슨*Toni Morrison*, 무하마드 알리*Muhammad Ali*, 그리고 내 영혼의 자매 아룬다티 로이*Arundhati Roy*에게 고개 숙여 감사 인사를 전합니다.

크리스틴 슐러 데쉬베 그리고 드니 무쿼게, 당신들이 콩고에서 하는 그 엄청난 일들과 사랑, 협업, 여정에 진심으로 감사드립니다.

사랑하는 모니크 윌슨*Monique Wilson*, 전염병의 시기에 마닐라와 킹스턴을 가로지른 우리의 무수한 깊은 밤들과 자매애에 고마움을 전해요.

내 자매이자 형제인 셀레스트 레센, 당신에게 축복을! 이 책이 태어난 **연꽃 연못 농장***Lotus Pond Farm*에서의 우리 삶과 나를 치유해 주는 당신의 다리 마사지, 언제나 변함없이 내 작업을 믿어주는 당신의 마음, 마지막으로 당신이 보여준 마법까지 모두 고마워요.

그리고 딜런, 코코, 니코, 너희들이 내 가족이라는 사실이 얼마나 큰 행운이자 축복인지!

# 사진 출처

**36쪽**    폴라 앨런

**44쪽**    폴라 앨런

**82쪽**    아리엘 오르 조던 *Ariel Orr Jordan*

**97쪽**    폴라 앨런

**105쪽**    폴라 앨런

**130쪽**    아겐차 포토그라피치나 차로 *Agencja Fotograficzna Caro /*
　　　　　 알라미 *Alamy*

**139쪽**    폴라 앨런

**163쪽**    폴라 앨런

**196쪽**    만시 타플리얄 *Mansi Thapliyal* / 로이터 *Reuters Pictures*

**210쪽**    도나타 구미에로 *Donata Gumiero*, life-pictures.com

**223쪽**    폴라 앨런

**230쪽**    폴라 앨런

**241쪽**    브록 돌만 *Brock dolman*

**316쪽**    V(전 이브 엔슬러)

**331쪽**    폴라 앨런

**343쪽**    알라미